가시고기 우리 아빠

아기곰치 우리 아빠

조창인 장편소설

산지

목차

프롤로그.............................7

1장.................................13

2장.................................77

3장.................................145

4장.................................203

5장.................................251

6장.................................305

에필로그......................350

작가의 말..................358

프롤로그

바람으로 낮을 씻고, 별의 노래로 잠을 청하는 초원.

그 초원의 끝자락에 어린 아들과 늙은 아버지가 있었다.

아들은 아버지의 두 다리가, 아버지는 아들의 밝은 두 눈이 되어 살아갔다.

초원에 오랫동안 비가 내리지 않았다.

풀들은 시들고, 우물은 마르고, 가축들은 야위고, 이웃들은 하나둘 초원을 등지고…….

마침내 초원에는 두 사람만 남았다.

게르에 먹을 것이 떨어졌다.

아들은 양식을 구하기 위해 초원을 떠나기로 했다.

멀고 험한 길이기에 아버지를 데려갈 수 없었다.

마지막 남은 한 마리의 양을 잡아 아버지 곁에 남겨두었다.

돌아올 때까지 견딜 수 있겠다고 생각했다.

떠나기 전 아들은 말했다.

"아홉 밤이 지나기 전에 돌아오겠어요."

"아들아, 너는 언제 하루가 시작되고 언제 끝나는지 모르잖느냐?"

"잠이 들었다 깨어나면 그게 하루죠."

"그렇지만 아들아, 초원의 길을 알기 위해선 밝은 눈이 필요하단다. 너무 멀리 가면 돌아오는 길을 잃어버릴 거다."

"아빠, 제가 양과 염소를 데리고 초원 멀리 나갔다 어떻게 돌아왔는지 생각해 보세요."

아들은 코를 벌름거리며 덧붙였다.

"저는 어디에서든 아빠의 향기를 맡을 수 있어요. 아빠의 향기가 나에겐 밝은 눈이에요."

게르에 늙은 아버지 혼자 남았다.

떠나기 전 아들은 아버지에게 당부했다.

"사나운 늑대가 나타날지 모르니 꼭 게르 안에 계세요."

한 번, 두 번, 세 번······.

아홉 번을 잠들었다 깨어났지만 아들은 돌아오지 않았다.

아버지는 게르 문밖에서 아들을 기다렸다.

낮에는 햇살이 따갑게 내리쬐고 밤에는 차가운 바람이 휘몰아쳤다.

하지만 자리를 뜰 수 없었다.

늑대가 무서워도 차마 게르 안으로 몸을 숨기지 못했다.

게르 밖에서 자신의 향기가 초원 멀리멀리 날아가길 바랐다.

그래야 아들이 길을 잃지 않고 돌아올 테니까.

아홉 번의 밤과 낮이 다시 여러 차례 더해졌다.

시든 풀처럼, 말라버린 우물처럼, 야윈 양처럼 아버지는 빠르게 기운을 잃어갔다.

마침내 아들이 돌아왔다.

아버지의 허기를 달래줄 식량을 가득 담은 자루를 등에 진 채로.

아들은 아주 늦지는 않았다고 생각했다.

틀렸다.

아들은 아버지에 대한 걱정 때문에 제대로 자지 못했다. 그래서 얼마나 많은 날들이 흘렀는지 정확히 알지 못했던 것이다.

아빠, 아빠…….

아들은 아버지를 불렀다.

크게, 목이 쉬도록 오래.

하지만 아버지의 목소리는 끝내 들려오지 않았다.

게르 문가에서 아버지의 겉옷을 찾아냈다.

아버지의 살은 녹아 땅으로 스며들었다.

아버지의 뼈는 삭아 공중에 흩어졌다.

아버지의 겉옷만이 남아 아들을 향한 손사래인 양 바람에 나부꼈다.

아들은 울고 또 울었다.

뚝뚝, 눈물이 메마른 땅 위로 떨어졌다.

눈물이 떨어진 자리에서 새싹이 돋아났다.

눈물을 받아먹으며 자라나 꽃을 피웠다.

아버지의 향기를 닮은 꽃이었다.

한 송이 꽃이 구름을 불러 모았다.

구름은 비가 되어 메마른 대지를 적셨다.

잠든 풀씨들이 일제히 깨어나 푸른 초원의 모습을 되찾

았다.

사람들이 서둘러 초원으로 돌아왔다.

게르 앞에 앉아 있는 아들의 모습을 보았다.

아들의 발치에 작은 꽃 한 송이가 피어 있는 모습도 보았다.

사람들은 아버지가 죽어 꽃이 되었다고 했다.

꽃의 향기가 초원을 살렸다고 믿었다.

희망의 꽃이라며 네뜨와르로 불렀다.

네뜨와르는 시들지 않는 꽃이었다.

세월이 흘러 아들이 세상을 떠났다.

그 순간 네뜨와르도 홀연 꽃잎 떨어뜨리며 대지 속으로 사라졌다.

그 후로 아무도 네뜨와르를 보지 못했다.

초원에 가뭄이 닥치면 사람들은 네뜨와르를 떠올렸다.

어린 아들처럼 메마른 땅에 얼굴을 대고 눈물을 흘렸다.

한 송이 네뜨와르가 피어나기를 기원했다.

네뜨와르의 향기를 좇아 구름이 몰려오고, 구름이 모여 비가 되고, 마침내 초원을 살려낼 것이라고 믿으며.

제1장

1.

'재미있게 지내다 와.'

사라의 메시지였다. 고양이가 주둥이에 OK 깃발을 물고 있는 이모티콘을 보냈다.

재미?

재미는 내 삶의 목록에 들어 있지 않다. 재미를 느낄 더듬이가 잘린 채 세상 속으로 던져졌다. 그리하여 미지근한 맹물 같은, 시시한 인생을 살게 되었다.

불만은 없다. 재미를 쫓아가는 인생보다 시시함에 눌러앉은 인생이 훨씬 낫다. 불시에 폭망할 위험도, 머리 쥐어뜯으며 괴로워할 일도 확실히 줄어든다. 내가 겪어봐서 안다.

재미는 피곤을 자초하는 일이기도 하다.

씹다 버린 껌이 구두 밑창에 달라붙은 꼴이다. 찌걱대는 이유를 알면서도 한가롭게 구두를 벗어 껌을 제거할 수 없다. 계속 재미를 찾아다녀야 한다. 피곤해도 좋다면, 재미있게 살아라. 나는 못하겠다.

'한국에선 외롭게 지내면 안 돼.'

다시 사라의 메시지.

보딩을 알리는 방송이 들려왔다. 다녀오겠다는 메시지를 끝으로, 휴대전화의 전원을 껐다.

사라의 눈에 비친 나는, 외로운 사람이구나. 도리 없다. 억울하게 여길 일도 아니다.

기다림이 끝나자 바야흐로 외로움이 시작되었다. 그때부터 나에게 외로움이란 매일 입는 팬티와도 같았다.

제아무리 지독한 외로움일지라도 따지고 보면 별거 없다. 팬티라는 게 갈아입는 그때뿐, 종일 입고 있어도 잊은 채 지낸다. 외로움도 훅, 밀려드는 순간만 넘어가면 된다. 샤워 뒤 팬티처럼 받아들이면 그만이다. 거부해서 탈이 난다. 아, 오늘은 팬티 입는 걸 까먹었군. 그 즉시 팬티에 사로잡혀 하루를 망쳐버리는 것처럼.

외로움은 혼자 있지 못하는 자의 발목을 묶는 올가미이다.

그렇다고 혼자이기에 영영 괴로울 거라는 단정은 곤란하다. 혼자든 여럿이든 결국 마음먹기 나름이다.

외로움을 다루는 법을 나는 배웠다.

꽤 힘겹게 알아내긴 했다. 그 후론 미로를 빠져나올 방법을 익힌 쥐라도 된 양 외로움에 속수무책 시달릴 까닭은 없어졌다. 사람과 환경에 함부로 흔들리지 않는다면, 혼자라는 사실도 충분히 견딜 만하다.

적어도, 10년째 삶의 터전으로 삼은 곳을 벗어나기 전까지는 그랬다.

지금부터는 제법 신경 곤두세우게 되리라.

덜 외롭거나 더 외롭다는 식의 부피 차원이 아니다. 이제껏 맞닥뜨리지 못한 낯선 외로움, 그 어둡고 끈적한 입 속으로 뛰어드는 중이다. 곧 외로움의 송곳니에 물어 뜯기리라.

나의 시시한 인생도 왠지 온전치 못할 것 같다.

★☆★

'The Book of Questions'.

파키스탄 출신 하마드가 권한 책이다.

프랑스에서 대서양을 건너 미국으로, 대학에 진학한 직후였다. 기숙사 룸메이트 하마드는 나에게 필요한, 삶을 확실하게 바꿔놓을 만한 베스트셀러라고 소개했다.

제목 그대로 183개의 질문으로만 꾸며졌다. 저자는 프롤로그에 정답도 오답도 없는, 정직한 답변과 그렇지 않은 답변만 있는 질문이라고 했다.

7번 질문에서 책을 덮었다. 뒤뚱거리는 식탁을 괴는 용도로나 쓰고 싶었다.

질문 7: 조국을 떠나 다시는 돌아오지 않는다. 이 조건으로 100만 달러를 제의한다면 받아들이겠는가?

한심하고도 치졸하여라. 조국을 떠난 자는 반드시 돌아가고 싶어 한다는 저자의 확신이 가소로웠다.

그러나 하마드는 사뭇 진지했다. 100만 달러를 포기하고 조국을 선택하겠단다. 이어 자신의 애국심을 증명이라도 하려는 듯 파키스탄과 국경 분쟁이 잦은 인도를 맹렬하게 비난했다.

애국심을 가장한 편견, 혹은 광기로 여겨졌기에 나는 질문을 비틀어 물었다.

귀국하는 조건으로 벌금 100만 달러를 내야 된다면 어쩌겠는가?

하마드는 심각하게 고민해 볼 문제라며 나중에 답을 주겠다고 했다. 기숙사 생활을 마칠 때까지 끝내 듣지 못했다.

반드시 돌아간다.

간절하게 귀국을 꿈꾸며 하루하루를 견디던 시절이 내게도 있었다. 하지만 꿈이 깨졌을 때 알았다.

조국이란, 집단 최면이 빚어낸 몽상에 가깝다. 몽상의 껍질을 깨고 나와야 실체가 보인다.

나에게 조국은 길바닥에 나뒹구는 돌멩이와 같았다. 무심코 발이 걸려 비틀거릴지언정 주머니에 넣어 집으로 돌아가 책상 위에 진열할 만한 것은 아니었다.

절대로 돌아가지 말자.

이 악물고 다짐하진 않았다. 그럴 가치조차 느끼지 못했다고나 할까. 어쨌든 시간이 지나면서 당연해졌다.

★☆★

연정훈 감독의 제의는 뜻밖이었다.

2년 연속 아카데미 후보에 오른 감독이었다. 주류에 끼지 못한 채 아직 변방에 머무는 나를 지목한 자체만으로도 놀라웠다.

뜻밖의 행운이었다. 놓칠 수 없는 기회였다. 연 감독 작품에 참여했다는 경력만으로도 주위의 시선과 대우가 달라질 터였다.

그럼에도 선뜻 내키지 않았다.

장기간에 걸친 해외 로케이션이었다. 문제없었다. 총탄이 빗발치는 분쟁 지역이거나 전염병이 창궐하는 곳도 아니었다. 제작 중간에 끼어든다는 점이 약간 마음에 걸렸다. 그렇다고 포기할 이유는 아니었다.

오래전 기억 밖으로 몰아낸 조국이었다. 그곳으로 돌아간다는 점이 내내 걸렸다.

도리 없이 케케묵은 외로움을 소환하게 되리라. 조국에서 겪어야 할 외로움은 매일 입는 팬티와는 상당히 다를 것이다.

머뭇거리는 사이, 에이전트 스티브가 동의했다. 내 의사를 착각했다지만 다분히 의도를 담은 결정이었다. 전적으로 할리우드 자본으로 제작되므로 대우가 좋았다. 게다가 스티브가 제시한 오퍼 역시 대부분 받아들여졌다.

차라리 잘됐다. 어디론가 가야 하고 어디로도 갈 수 없을 때, 누군가에게 허리춤을 잡힌 채 끌려가는 편이 나았다.

"한 잔 더 부탁합니다."

나는 스튜어디스가 들고 있는 쟁반 위에 빈 잔을 올려놓았다.

석 잔째였다. 난처한 눈빛으로 내려다보는 스튜어디스를 향해 슬쩍 어깨를 들어올렸다.

"고소공포증. 술기운을 빌려 잠을 자려고요."

스튜어디스는 고개를 갸웃하더니 입꼬리에 미소를 매달았다. 믿기지 않지만 믿어주겠다는 의지의 표시인 듯.

어린 시절부터 높은 곳은 질색이었다. 놀이터 미끄럼틀에도 제대로 올라가지 못했다. 심장을 압축기에 넣고 조이는 듯 괴로웠다. 지금도 3만 피트의 비행 고도에 시달리고 있었다.

무서울 때는 무엇을 무서워하는지부터 알아내야 해. 무서움의 정체를 알아내면 빠져나올 길은 저절로 보인단다.

이렇게 말한 사람이 있었다. 한때, 세상의 전부처럼 보였던 사람.

아빠.

당시 아빠의 말은 반드시 좇아야 할 진리였고, 장차 내가 나아가야 할 방향이었다. 그러므로 의심하고 따져볼 필요조차 없었다.

어느 순간부터 아빠는 덧없는 존재가 되었다.

사랑이 깊었다고 미움으로 바뀌는 시간까지 길어진다고 생각한다면 오해다. 오히려 더 빠르고 더 확실하게 자리바꿈을 한다. 미움이 또 다른 감정으로 옮겨가는 과정 역시 마찬가지다. 한 사람을 향한 감정은 계속 이어질 듯 보일 뿐이다. 사용할 총량이 정해져 있어서 옮겨가고 옮겨 다니다 마침내 닳아 없어진다.

이제 아빠는 차라리 불특정의 누군가에 가까웠다. 그리 되고 말았다.

그때의 말 역시 힘을 잃은 채 빙하에서 떨어져 나온 얼음 조각처럼 기억의 언저리를 떠돌다 불쑥 생각나는 정도였다. 고소공포에 대한 처방도 마찬가지.

높이에 대한 두려움은 똬리를 튼 뱀을 발견하고 움찔 뒤로 물러서는 것과 비슷하다. 도무지 사라지지도, 줄어들지도 않는다. 자주 겪다 보니 견디는 과정에 단련되긴 한다.

당장의 고소고포증은 무시해도 좋았다. LAX 공항을 이

륙한 이후 줄곧 조바심을 내는 이유는 따로 있었다.

높이가 아닌, 물리적 거리.

그리고 마음의 거리.

추방당한 자인 양 떠나야 했던 곳으로 돌아가는 중이었다.

★☆★

모니터에 표시된 항로는 동해를 지나고 있었다.

위스키는 독했고, 한동안 술을 입에 대지 않던 내 몸은 감당치 못했다. 잠에 빠졌다. 그사이 비행기는 태평양을 건넜다.

도착까지 52분.

10년을 살았던 땅이다. 그 두 배의 세월 동안 떠나 있었다.

20년 만에 돌아간다고 특별한 의미가 있을까. 회귀의 숙명을 따르는 연어 신세쯤으로 여겨야 할까. 간단하게 생각하자. 밥벌이의 수단일 따름이다. 감상을 앞세워 밥벌이를 차단한다면, 나는 바보 멍텅구리다.

"네 아빠는 루저야. 그런 사람이 있는 한국은 잊어. 생각해봤자 너만 손해야."

내가 프랑스에 도착한 이후 꽤 오랫동안 어머니 하 여사

가 입버릇처럼 했던 말이다. 마치 세뇌를 시키고 싶은 듯
했다.

　어느 순간 나는 하 여사가 정의한 루저로서의 아빠를 인
정했다. 세뇌가 먹혀들었을까. 아니. 내 스스로 판단했다.
흘러간 시간의 조각들을 맞춰보고 내린 결론이었다.

　아빠는 루저였다. 아빠 때문에 나는 위너보다 루저의 삶
을 근심해야 했다. 그리고 루저인 아빠로 인해 고국마저
정내미 떨어지는 땅이 되었다.

　"케인도 결국 돌아가게 되겠지. 나처럼 너무 늦지 않았
으면 좋겠네."

　요세프가 이스라엘로 떠나기 전 남겼던 말이다.

　미국에서 태어나 줄곧 캘리포니아에서 살아온 유대인
요세프. 일흔이 넘도록 이스라엘을 방문한 적도 없었다.
그럼에도 번번이 'Return'이라는 단어를 썼다. 유대인의
디아스포라가 빚어낸 감상쯤으로 이해했다. 유대인이 아
닌 나에게 굳이 적용할 까닭은 없었다.

　나는 미뤄두지 않았다. 포기했다. 그럼에도 요세프의 예
상대로 되었다.

　요세프는 조명기사를 의미하는 개퍼, 한국의 관례에 의

하면 조명감독이었다.

조명을 그만두고 예루살렘에 정착한 지 5년째. 새해맞이 행사처럼 메일을 보내왔다. 간단한 안부와 함께 조국에서의 생활이 행복하다고 했다. 매번 행복의 증거인 양 통곡의 벽을 배경으로 한 사진을 첨부했다.

LAX 공항에서 탑승을 기다리는 동안, 요세프에게 메일을 보냈다.

연정훈 감독과 일하게 된 사실을 알렸다. 한국에서 석 달을 머물게 되리라는 점은 밝히지 않았다. 잘 가르쳐준 덕분에 좋은 기회를 얻었노라 감사의 인사를 남겼다.

요세프 밑에서 스태프로 일했다.

요세프는 뛰어난 개퍼이자 엄격한 스승이었다. 혹독한 수련을 스태프로서 당연히 감당해야 할 과정으로 여겼다. 칭찬에는 인색했고, 실수에는 가혹했다. 한 달을 넘기지 못하리라는 주위의 예상을 깨고 요세프의 곁을 지켰다. 일에 대한 열망, 혹은 인내가 특별해서가 아니었다. 당장 먹고 살 길이 난감한 상태였다.

그렇게 2년이 흘렀을 때, 요세프가 은퇴를 선언했다. 놀랍진 않았다. 진즉 일선에서 물러났어야 마땅한 나이였다.

정작 놀랄 만한 이유는 따로 있었다. 나를 마치 대단한 실력자인 양 주위에 소개했고, 자신이 진행하던 일의 전부를 맡겼다.

요행을 바라지 말자. 이쪽에서 저쪽까지 놓인 디딤돌을 하나씩 밟아나가야 한다.

나는 조바심이 날 때마다 스스로를 위로하며 격려했다.

요세프는 내 엉덩이를 걷어차 단숨에 서너 개를 건너뛰게 도왔다. 요세프가 아니었으면 나는 여전히 다음 디딤돌만 노려보고 있었을까. 아마도.

★☆★

나는 대학을 졸업한 즉시 뉴욕을 떠났다.

작은 물줄기는 조약돌만 만나도 휘돌아 흘러간다. 하지만 큰 물줄기는 스스로 흐름이 된다.

그런 각오로, 할리우드를 향해 승용차를 몰고 동에서 서로 드넓은 대륙을 가로질렀다. 기반도 연고도 없는 곳이었다. 당장 주목받지 못할 거라고 예상했다. 하지만 기회만 주어진다면 스스로 흐름이 되리라 확신했다.

착각이었다. 허망한 기대였다. 할리우드는 유니언이라

는, 명성과 경력을 갖춘 그들만의 장벽으로 단단히 둘러싸여 있었다. 풋내기에겐 기어오를 기회조차 주어지지 않았다.

마켓에서 짐을 나르며 하루하루를 살아갔다. 버텨냈다고 해야 더 적절하겠다. 햄버거로 허기를 속이며 폐차 직전의 승용차에서 버림받은 고양이처럼 움츠린 채 토막잠을 잤다.

때때로 할리우드의 상징인 베벌리힐스에 올랐다.

무명시절 짐 캐리는 베벌리힐스에서 성공을 다짐했고, 다짐을 이뤘고, 성공의 이유로 아버지를 꼽았다. 자신을 믿고 지지해준 아버지의 사랑에 보답하고 싶었단다.

유치찬란한 이유였다. 적어도 나에겐 그렇게 느껴졌다.

나 역시 성공하고 싶었다. 짐 캐리와 다른 이유로, 나를 조롱한 세상에게 제대로 한 방 먹이고 싶었다.

성공은 너무 멀고 아득해 감히 기대할 수조차 없었다. 당시 솔직한 심정이 그랬다. 그저 베벌리힐스에서 확인하고 싶었다. 영화 관계자들의 호화저택을 내려다보며 내 고단한 인생도 어디쯤에선가 끝이 나리라는 점을.

꾸준히 영화, 방송, 공연, 광고 회사에 포트폴리오를 내밀었다. 마침내 일을 주겠다는 곳이 나타났다. 조명을 대행하는 회사였다. 그곳에서 요세프를 만났다.

뉴욕의 영상 전문 대학에 입학해 전공이 나뉘면서 줄곧 카메라를 잡았다. 조명은 내가 원하는 영역이 아니었다. 대학에서도 겉핥기 수준으로 배웠으므로 잘 해낼 자신도 없었다. 또 조명으로 시작하면 줄곧 그 분야에 머무르게 될지도 몰랐다.

조명의 역할은 맨 앞줄에서 맹렬히 깃발을 흔드는 것이 아니다. 깃발의 흔들림에 맞춰 부지런히 손뼉을 치는 쪽이다.

현실의 고통을 견디기 위해선 때때로 계획의 방향을 수정하거나 속도를 조절해야 하는 법. 곧바로 요세프의 팀에 합류했다.

조명 스태프의 일원으로 2년. 조명팀을 이끄는 개퍼로 5년.

최선을 다했다고는 못하겠다. 단지 주어진 일을 깔끔하게 처리하려 애썼다.

시간이 지나면서 나를 찾는 제작자와 촬영감독이 늘어났다. 어느 순간부터 일을 얻으려 굳이 애쓸 필요가 없었다. 오히려 덜어내야 할 지경으로 스케줄은 촘촘히 이어졌다. 나를 돕는 스태프도 여럿 생겼다.

개인의 능력을 철저히 경제 단위로 구분하는 세계였다. 에이전트 스티브는 그 점에서 놀라운 솜씨를 발휘했으며 내 노동의 가치는 날로 높아졌다.

성공한 개꿔.

그렇게 에이전트 스티브는 나를 치켜세웠다. 아예 조명 대행 회사를 설립해 경영인으로 나설 것을 권했다. 그때 마다 웃고 말았다.

나는 나를 안다. 나는 사업을 할 그릇이 아니다. 거기에 의미를 두지도 않는다. 허황된 꿈보다 차라리 꿈 없는 자의 계획이 안전하다.

내가 당장 오를 수 있는 높이, 건너뛸 만한 넓이만 바라본다. 억지를 부리거나 스스로를 과장하는 짓은 사양이다.

물론 나도 언젠가는 맨 앞줄에서 깃발을 흔들고 싶다. 왜 아니겠는가. 하지만 내일의 꿈에 등판이 밀려 오늘의 삶을 벼랑 끝까지 몰고 가진 않겠다.

사라와 두 번째 만난 날로 기억한다. 사라가 서로를 알아가는 절차인 양 물었다.

"케인은 꿈이 뭐야?"

"없어, 그런 거."

"꿈이 없는 사람도 있구나."

"계획은 세워두지. 아침에 일어나면 오늘의 계획, 잠이 드는 순간에는 내일의 계획. 딱 거기까지."

"그러면 뭐가 좋은데?"

"스스로를 괴롭히는 짓은 확실히 덜하게 돼."

"너무 비관적으로 세상을 보는 거 아냐?"

"현실적이라고 해야겠지."

2.

"영어가 편해요, 아니면 불어?"

자동차가 인천공항을 벗어나자, 여자가 영어로 물었다. 대학에서 불어를 전공했다는 말을 덧붙였다.

'Welcome Gaffer, Kein Jeong'이라고 쓴 피켓을 들고 나를 맞아준 여자였다. 이름을 밝혔지만 금방 까먹었다. 주머니에 넣어둔 명함을 꺼내 확인해야 할까. 귀찮은 절차였고, 그럴 필요도 느끼지 않았다.

"신경 쓰지 말고 원하는 대로 해요."

여자가 입술을 벌린 채 조수석의 나를 쳐다보았다. 나는 운전에 열중하라는 표시로 손가락을 펴 정면을 가리켰다.

"어렸을 때 프랑스로 떠나 한국말이 서툴 거랬어요. 잘못된 정보였네요. 어쨌든 다행이에요."

다행? 나는 유감이다.

언어는 기억의 산물이다. 기억이 가닿을 수 있는 한계 지점, 말을 익히기 전에 떠났어야 했다. 언어 속에는 잊어도 될 기억까지 고스란히 남는 법이다.

"어린 시절부터 외국 생활을 하면 한국말을 거의 잊어버리던데, 부모님께서 엄격한 분이신가 봐요?"

말이 많은 여자는 질색이다. 타인의 과거에 호기심을 품는 경우는 끔찍하다. 여자의 입을 막기 위해 적절한 대답을 찾아냈다.

"입양됐어요."

효과는 재깍 나타났다. 여자는 곁눈질을 해댔지만 더 말을 걸어오진 않았다.

여자가 카오디오를 작동시켰다. 귀에 익은 기타 선율이

흘러나왔다.

'The Weary Kind.'

제프 브리지스가 주연한 영화 《Crazy Heart》의 테마곡이다.

여자가 속삭이듯 노래를 따라 불렀다.

여기는 삶에 지친 자에게 어울리는 곳이 아니다.
여기는 마음을 내려놓을 곳이 아니다.
여기는 남아 있을 만한 곳도 아니다.

피식, 웃음이 나왔다. 여기서, 내가 마주하고 겪어야 할 감정을 노래가 알아서 미리 들려주는 듯했다.

"삶이 힘들수록 노래는 더 달콤해진다. 제프가 계단에 앉아 기타를 치면서 중얼거린 대사예요."

제프는 영화 어디에서도 그런 말을 하지 않았다. 대사가 아닌, 포스터의 카피 문구였다.

여자의 형편없는 기억력을 일깨워줄까. 괜한 수고다. 어디 여자뿐이랴. 사람의 기억이란 얼마나 가소로운가. 자신이 원하는 형태대로, 과장과 축소의 조작 과정을 거쳐 진실로 자리 잡는다.

"종종 노래 가사를 미래로 바꿔놓고 생각해요. 지칠 때 다시 힘을 낼 수 있거든요."

여자는 묻지도 않은 말을 쉽사리 털어놓았다.

그러시던지. 여자의 낙관을 탓하고 싶진 않다. 타인의 인생관에는 전혀 관심 없다.

★☆★

"대장과 함께하는 몇 번째 작업이죠?"

대장은 연정훈 감독을 일컫는다고, 여자가 친절하게 덧붙였다. 연 감독의 권위를 인정하려는, 혹은 그 앞에 납작 엎드려 복종하겠다는 의지를 담은 호칭이리라. 어느 쪽이든 유쾌할 리 없다.

한 편의 영화에서 감독은 봉건왕조의 제왕과도 같다. 연 감독처럼 명성을 얻은 경우는 특히 심하다. 현재의 위치에 오르기까지의 힘겨웠던 과거는 깡그리 잊은 듯 제왕의 칼을 휘두른다.

제왕이 될 기회는 누구에게나 열려 있다. 아니, 그렇다고 믿는다. 그 믿음으로 스태프들은 당장의 칼날에 피투성이가 될지라도 당연한 과정인 양 받아들인다.

물론 나 역시.

때로는 치욕을 감수한다. 내 판단을 침묵으로 뭉갠다. 그렇다고 제왕이 되기 위한 치밀한 설계까지 세워두진 않는다.

나는 당장 손에 잡히는 쪽을 택하는 타입이다. 오늘 주머니에 들어올 50불이 내일 벌어들일 100불보다 중요하다. 먼 훗날의 목표에 멱살 잡힌 채 질질 끌려가는 짓은 하지 않는다. 오늘의 계획에 열중하기도 벅차다.

"제작팀에서는 대장과 각별한 사이일 거라고 짐작하고 있어요."

여자가 실눈을 뜨고 쳐다봤다. 그렇지 않고선 도중에 기존 조명감독을 교체할 일이 있겠는가, 하는 의문이 담긴 눈빛이었다.

"대장이 조명감독 출신이라는 건 알죠?"

나의 대답을 기다리지 않고 여자가 덧붙였다.

"그래선지 조명에 엄청 예민하더라고요."

"전임 조명감독은 왜 그만뒀나요?"

"아, 채 선생님요. 채석구 조명감독을 그렇게 불러요. 현장에 있어요. 앞으로도 함께할 거라던데요."

조명감독을 둘을 두겠다?

여자가 잘못 알고 있거나, 사실이라면 어처구니없는 일이 벌어진 셈이다. 곧장 미국으로 돌아갈 수도 있겠다. 자존심을 구겨가면서까지 머물진 않으리라.

★☆★

"졸려서 커피라도 마셔야겠어요."

여자가 차를 세웠다.

나는 차에서 내렸지만 여자를 따라가진 않았다. 기지개를 켜고 보닛에 엉덩이를 기댔다. 천천히 주위를 둘러보았다. 익숙한 듯도, 낯선 듯도 한 풍경이었다.

두 손에 보따리를 든 노파가 다가왔다.

"젊은 양반, 고속버스터미널로 가려면 몇 번 버스를 타야 하누?"

모르겠다고, 오해를 피하려 자못 정중한 표정까지 지어 보이며 대답했다. 노파가 잔뜩 미간을 찌푸리며 돌아섰다. 이 땅에 사는 사람이 아니라는 표식을 이마빡에 붙여놓기라도 해야 될까.

돌아왔다.

결국 돌아오고 말았다는 사실이 저릿한 통증으로 다가왔다. 20년 만이었고, 그 세월의 부피를 비로소 실감했다.

아홉 살 꼬마는 떠나고 싶지 않았다.

잡아주리라 기대하며 울며 사정했고 몸부림을 쳤다. 결국 무력한 저항이었다.

스물아홉 살 사내는 돌아오고 싶지 않았다.

감정의 절제를 넘어 아예 차단하고 봉쇄하길 원했다. 감정에 휘둘려봤자 무모한 자학이라는 걸 익히 경험했다.

20년의 시간이 어쨌든 흘러갔다.

그동안 나만의 성을 만들었다. 성을 지키기 위해 곳곳에 돌멩이를 모아뒀다. 이제 그 돌멩이로 성벽을 기어오를 적의 머리통을 부술 수도, 성벽을 더 높이 쌓을 수도 있다. 선택은 내 몫이었다. 속수무책 떠날 때와는 사뭇 달라진 점이었다.

노파가 원하는 답을 얻어냈는지 정류장 벤치에 보따리를 내려놨다. 노파의 어깨 너머 건너편 건물이, 그 위로 삐죽 솟은 십자가가 눈에 들어왔다.

이 땅을 떠난 이후 교회에 가지 못했다.

나를 프랑스로 데려간 어머니 하애리 여사는 하나님을 알지 못했으며 알려고도 하지 않았다. 아들에게도 동일한 잣대를 들이댔다. 나는 설득하거나 항의하는 대신 방법을 찾았다.

틈이 날 때마다 아빠의 모습이 담긴 목각을 십자가인 양 가슴에 품고 기도했다.

하나님, 빨리 스무 살이 되게 해주세요.

스무 살은 내 인내의 한계 지점이었다. 하지만 그 훨씬 전에 기도는 끝났다.

응답 대신 거절을 확인한 순간, 믿음의 끈도 끊어졌다. 희망이 사라졌으니 희망 없이 사는 법에도 단련되어야 했다.

그리고 20년 동안 희망의 그늘을 실감했다. 뼈저리게.

고통은 희망이 나를 들쑤시고 지나며 남기는 흔적이었다. 나의 희망은 잃어버린 것을 향한 안간힘이었다. 과거로 돌아가거나 과거에서 완전히 벗어나려는 몸부림이었다.

20년 동안 무엇을 얻었고, 무엇을 잃었을까. 하나는 분명했다.

나는 더 이상 과거에 맥없이 휘둘리지 않게 되었다. 과거는 죽어 땅에 묻혔고, 마침내 사라졌다.

★☆★

"카페라테예요. 졸릴 땐 달달한 게 최고잖아요."

여자가 내민 컵을 받아들긴 했다. 카페라테라? 적어도 묻기라도 했어야 옳았다.

커피는 커피이어야 해. 다른 무엇이 섞이면 왠지 가짜를 마시는 기분이야.

이렇게 말한 건 사라였다. 나에게 커피를 가르쳤으며 사라의 선택과 취향이 고스란히 내 것이 되었다.

내 취향을 여자가 알아야 될 이유는 없다. 우유를 넣든 설탕을 들이붓든 비난할 일도 아니다. 지금처럼 상대의 입장 때문에 마시는 시늉이라도 해야 되는 상황이 유감일 따름이다.

힘겹게 버스에 오르는 노파의 모습이 보였다.

안전 벨트를 매는 여자에게 물었다.

"여기가 어디죠?"

"어디라면 알겠어요?"

여자의 되물음은 적절했다. 마지막으로 살았던 곳조차 떠올리지 못할 만큼 이 땅의 지명은 아득했다.

"입양이라면 아는 사람이 없겠군요."

여자가 5초쯤 침묵하다 말을 이었다.

"혹시 친부모를 찾고 싶으면 말해요. 방송국에 친구들이 많으니까 도와줄 수 있어요."

그러죠, 혹시 그런 게 있으면…….

귀찮다는 이유로 내뱉은 거짓말이 마음에 걸렸다.

고개를 돌려 여자를 바라보았다. 내 눈길이 거북했는지 여자가 귀밑머리를 귓바퀴 뒤로 넘겼다. 귀밑머리를 걷어 내자 머리핀이 드러났다. 윗단에 장미 장식이 달린 핀이었다.

"이름만 갖고도 찾을 수 있습니까?"

"힘들긴 하겠지만 가능할 거예요."

나는 잠자코 조수석의 창을 내렸다. 햇살이 눈을 찔러와 손그늘을 만들어 주위를 살폈다. 할머니는 고속버스터미널을 향해 제대로 가고 있을까. 별걸 다 걱정하는군. 생각하면서도 반드시 알아야 할 의문인 양 계속 머릿속을 맴돌았다.

"말해봐요, 누구죠?"

"여진희."

서둘러 아랫입술을 깨물었다. 내가 아닌 누군가 두개골

을 뚫고 전두엽까지 침입해 생각과 말을 한쪽으로 몰고 가는 느낌이었다.

꽃핀이 화근이었다. 이름도 잊어버린 여자애를 위해 샀던 꽃핀이 진희 고모의 차지가 된 탓이었다.

이 땅에서 나와 아빠의 접점이 있다면, 바로 고모였다.

아빠는 세상을 병의 주둥이처럼 좁혀놓고 살았다. 고모는 자진해서 아빠의 병 속으로 들어왔다. 처음에는 후배로, 나중에는 그 이상의 의미로.

고모는 과연 어찌 되었을까.

아무렴 어때. 나는 마음속으로 도리질을 쳤다. 병이 깨지면 병의 내용물은 어디론가 흘러가기 마련이다.

"계약 기간이 석 달이라고 들었어요. 시간은 많으니까 노력하면 찾을 수 있을 거예요."

여자의 말에 대꾸하지 않은 채 나는 의자 깊숙이 허리를 묻고 팔짱을 꼈다.

석 달.

길다. 물리적 시간보다 오감으로 겪어야 할 시간은 훨씬 길 것이다.

이럴 줄 알았다. 이래서 돌아오고 싶지 않았다.

결국, 힘겹게 빠져나온 늪에 자진해 다시 발을 들이민 꼴이었다.

3.

'도착했어?'

휴대전화의 전원을 켜자 사라의 메시지가 화면에 떠올랐다.

사라는 룸메이트이다. 1년 7개월째 사귀고 있는, 세 살 연상의 여자 친구이기도 하다.

룸메이트와 여자 친구.

룸메이트로 동거하면서 여자 친구가 되었는지, 여자 친구이기에 동거를 시작했는지 가끔 헷갈린다. 그럴 만도 하다. 우리는 임대 계약서를 공동으로 작성하고 각자 따로 살던 곳에서 이사를 왔다. 이후 줄곧 렌트비와 생활비를 양분해 부담하니 여전히 계약 관계 안에 있다. 그러나 함께 식사하고 한 침대를 사용하므로 룸메이트의 위치를 넘어선 셈이다.

룸메이트이자 여자 친구.

어정쩡한 관계가 딱히 불편하진 않다. 불만으로 꼽을 만한 것도 없다. 어느 한쪽으로 치우치지 않아 오히려 안심이다. 딱 지금처럼 지내길 바란다. 적어도 나는 그렇다.

사라는 다른 생각을 하는 듯하다. 대놓고 이야기한 적 없고 불만을 드러내지도 않는다. 그러나 사라가 어정쩡한 관계를 내내 지켜보진 않으리라 직감하고 있다. 구덩이를 채워야 다른 곳으로 흘러갈 수 있는 물처럼 지금은 결정할 순간까지 인내하는 중이리라.

연 감독의 영화에 참여를 망설일 때, 사라는 내 등을 떠밀었다.

여러 이유를 들먹였다. 한동안 떨어져 지내보는 것도 나쁘지 않다고 했다. 시소에 올라탄 듯한 룸메이트와 여자 친구의 관계가 어떤 식으로든 정리되리라 여기는 눈치였다.

'한국, 좋지?'

'덥네.'

'조금만 참아. 곧 시원해질 거야.'

8월의 마지막 날, 여름의 끝?

내 머릿속에 남아 있는 이 땅의 일기 변화가 분명치 않았다. 20년은 확실히 긴 세월이었다. 일기의 변화마저 까먹을 정도로.

사라는 캘리포니아에서 태어나 몬태나에서 성장했다. 그럼에도 이 땅의 계절에 민감했다. 일부러 한국의 일기를 찾아봤고, 매년 성지를 찾는 순례자처럼 방문했다.

내 국적은 프랑스. 미국에서는 취업과 거주가 보장되는 영주권자.

필요하다면 언제든 국적을 바꿀 수 있다. 프랑스든 미국이든 신경 쓰진 않는다. 나에게 국적이란 오늘의 일기에 따라 갈아입는 의복과도 흡사하다.

사라가 영상 통화를 요청해왔다. 승낙 버튼을 누르는 대신 메시지를 보냈다.

'피곤해. 통화는 내일로.'

잠깐 얼굴을 보지 못할 지경으로 몸이 피곤한 건 아니었다. 몸보다 차라리 정신이 흐물흐물해진 느낌이었디.

5초쯤 지나 사라가 응답했다.

'푹 쉬어. 카오스가 케인을 찾네.'

카오스는 고양이다. 사라가 유기 동물보호소에서 데려왔다. 마치 나의 한국 방문으로 생길 빈 자리를 메우려는 양 고양이 입양을 서둘렀다.

카오스라는 이름처럼 뒤죽박죽, 딱히 어느 혈통이 우세하다고 판단하기 어려웠다. 버려진 채 자동차에 치이기까지 했는지 왼쪽 앞다리가 뭉개졌다.

하필이면 왜 카오스일까.

사라가 원했기에 드러내놓고 반대하진 않았다. 카오스를 돌보는 일은 온전히 사라의 몫이라는 점만은 분명히 밝혀졌다.

카오스가 나를 찾는다?

거짓말이다. 사라 자신의 심정을 빗대어 말했으리라.

처음부터 나는 카오스에게 관심이 없었다. 세 발로 뒤뚱뒤뚱 위태롭게 살아가는 꼴을 바라보는 자체가 불편했다.

차차 나아질 거라는 사라의 예상은 어긋났다. 카오스 역시 나의 무관심에 대항하듯 나에게 다가오지 않았다. 내 목소리만 들려도 부리나케 제 집으로 기어들었다. 엉덩이 한 번 걷어찬 적이 없음에도 동물 학대를 일삼는 저급한 인간으로 오해받을 지경이었다. 오해를 받을지언정 아양을 떨어 관계 개선을 시도할 마음은 없었다.

고양이는 고양이다. 고대 이집트에서 고양이를 신성시했더라도, 나에겐 여기저기 잔털을 흩뿌리고 다니는 포유류의 한 종류일 따름이다.

사라에게 카오스는 그저 고양이가 아니다. 고양이 머리를 한 여신에게 경배하던 이집트인을 닮았다는 생각이 들 정도다.

사라는 열심히 돈을 모으는 중이다. 오로지 카오스에게 왼쪽 앞다리를 대신할 의족을 마련해주기 위해서다. 관절의 유연성까지 갖춰 일정 기간 재활 훈련을 받으면 가볍게 뛸 수도 있게 된단다. 그러나 7천 불에 달하는 비용이 든다. 사라가 감당할 5개월 렌트비와 맞먹는다.

이해할 수 없다. 그렇다고 반대하거나 비난하진 않는다. 사라의 선택이다. 내 편에서도 뒤뚱거리는 꼴을 보지 않아도 되니 얼마쯤 보탤까 하는 생각마저 든다. 물론 그런 일은 벌어지지 않을 테지만.

샤워를 할까, 짐부터 정리할까. 고민할 겨를도 없이 휴대전화가 울렸다.

조수아. 헤어지기 직전 여자가 스스로 내 휴대전화에 입력해 두었다.

―― 대장이 보자네요. 픽업하러 갈 테니 8시 정각에 로비로 나와요.

"그러죠."

―― 호칭 말인데요, 조명감독님으로 할까요, 편하게 케인으로 할까요?"

"케인."

―― 케인, 케인. 프랑스 이름으로 불러야 맞지 않나요? 아니다. 입양 전 한국 이름은 없어요?

★☆★

기이하게도, 내 삶은 10년 단위로 나뉘었다.

먼저 장소가 바뀌었다. 마치 그어놓은 경계의 이쪽에서 저쪽으로 건너뛴 양 새로운 곳에서 살아가야 했다. 그때마다 삶의 의미 또한 달라졌다.

한국에서 프랑스로 떠날 때 아홉 살이었다. 열아홉 살이 끝나갈 무렵, 프랑스에서 미국으로 갔다. 번번이 새로운 이름을 얻었다.

정다움.

에두아르.

케인.

정다움은 아빠가, 에두아르는 어머니 하애리 여사가, 케인은 내 스스로 택했다.

어느 쪽이 진짜 이름일까. 아찔하고도 난감한 기분에 사로잡힐 때가 있었다. 내가 아닌, 누군가 이름을 바꿔가며 내 대역의 인생을 살아가고 있는 듯했다.

억울했다. 억울함이 깊어지면서 분노에 휩싸이곤 했다. 처음에는 타인에게, 결국 내 자신에게로 넘어오는 분노였다.

그 끝은 똑같았다. 이런 삶을 받아들일 수밖에 없다고 인정했다. 인정하는 순간, 삶은 시시해졌다. 거룩하지도 숭고하지도 않은 인생이 되었다.

넉 달 후면 다시 10년 주기를 맞는다. 또다시 개명의 절차를 거치게 될까. 어쨌든 과테말라로 옮겨 스페인 이름으로 바꿀 일은 당분간 없을 듯하다.

연 감독 작품에 참여하기로 결정한 날이었다.

사라와 코리아타운의 식당에서 저녁 식사를 했다. 출국에 의미를 부여하려는 건 아니었다. 적어도 1주일에 한 차례는 한국 음식을 먹어야 속이 편해진다는 사라였다.

메뉴는 불고기와 된장찌개.

맛있다며 찌개를 국처럼 먹던 사라가 갑자기 생각난 듯 물었다.

"여생을 어디에서 보내고 싶어?"

"과테말라."

"가보긴 했어?"

고개를 가로젓자 사라가 재깍 물었다.

"하필이면 왜 과테말라?"

웃고 말았다. 대꾸할 말이 없었다. 다른 날, 다른 상황에서 물었다면 키르기스스탄이거나 말라위라고 했을지도 몰랐다.

인생은 누군가 무심코 걷어찬 돌멩이가 남의 집 유리창을 깨는 것과 비슷하다.

문득문득 그런 생각이 들었다. 그때마다 내 의지와 무관하게 흘러가는 인생을 맘껏 비웃어주고 싶었다. 그러니까 불쑥 떠오른 대로 과테말라를 말한 것은, 여생 따위에 특별한 미련을 두지 않겠다는 뜻이었다.

어쨌든 시시한 인생임에는 분명했다.

시시해도 삶은 계속된다. 나는 그 인생을 살아가야 한

다. 마치 목덜미가 묶인 염소처럼 주위의 풀이나 뜯어 먹으면서.

"한국에서 아주 사는 건 어때?"

사라가 물었고, 이번에는 재깍 대답했다.

"그런 일은 절대로 없을 걸."

그랬다. 한국을 삶의 터전으로 삼을 생각은 추호도 없었다.

열여섯 살 이후, 한국은 불모의 땅이었다. 내가 제아무리 시시함에 단련된 염소일지라도 도무지 살아갈 수 없는 곳이었다.

★☆★

'쟌느'라는 상호의 칵테일 바에서 연정훈 감독을 기다리는 중이었다.

대가는 대가답게 뒤늦게 나타나도 된다고 생각하는 걸까, 약속 시간에서 30분이 지났다.

한국으로 오기 전, 연 감독의 작품 전부를 찾아봤다. 워낙 다작인지라 제법 고생을 했다.

할리우드에서 연 감독은 동양에서 온 천재 감독으로 통했다. 내 판단으로는 오히려 늦되는 사람이었다.

천재는 내딛는 첫발부터가 다르다. 단박에 거침없이 정점에 도달한다.

연 감독의 데뷔작은 최악이었다. 시나리오, 연출력, 배우의 연기까지 어느 하나 곱게 봐줄 데가 없었다. 고작 100미터를 달려본 이가 마라톤 풀코스에 도전한 격이랄까, 무모하리만큼 의욕만 잔뜩 늘어놓았다. 나의 관심사인 조명의 수준 역시 낯 뜨거울 지경이었다. 조명의 기교를 지나치게 강조해 전체적인 균형감을 놓쳤고 카메라 워킹과도 어긋났으며, 배우의 연기를 돋보이게 하지도 못했다.

다행히 작품이 거듭될수록 오류들은 서서히 사라졌다. 연 감독은 인내와 노력으로, 더디지만 꾸준히 앞으로 달려나가 지금의 성과를 이뤘다.

천재가 아니라서 다행이었다.

천재는 타인을 괴롭히는 일에 익숙하다. 또 그 짓을 천재로서 마땅히 누려야 할 권리인 양 여긴다. 확실히 천재와의 동행은 피곤하다. 천재 때문에 도리 없이 나의 아둔함을 확인하며 괴로워해야 한다.

마침내 연 감독이 나타났다.

아카데미 시상식 영상으로 짐작했던 것보다 육중한 체

격이었다. 목을 앞으로 뺀 채 주위를 두리번거리더니 두 팔을 휘휘 저으며 다가왔다. 마치 최후의 적수를 물리치고 막 우두머리가 된 수컷 고릴라가 무리 사이를 활보하듯이.

연 감독 서너 발짝 뒤처져 촬영감독 피터 황이 들어왔다.

하얀 피부, 반듯한 이목구비, 깔끔하게 빗질을 한 머리카락, 목까지 단추를 채운 와이셔츠 차림이었다. 영화판이 아닌, 아이비리그 출신으로 골드만삭스에서 펀드매니저로 활동해야 어울릴 성싶은 외모였다.

연 감독은 할리우드로 진출한 이래 세 편의 영화 모두 피터에게 촬영감독을 맡겼다. 피터가 합류하면서 작품의 격이 놀랍도록 좋아졌다. 흥행에서도 성공했다. 앞으로도 둘의 관계는 실과 바늘처럼 이어질 가능성이 높았다. 베르나르도 베르톨루치와 비토리오 스토라로, 스티븐 스필버그와 야누스 카민스키, 코엔 형제와 로저 디킨스처럼.

굳이 천재성을 따진다면 연 감독이 아니라 피터 쪽이었다. 색감이 뛰어났고, 화면 구성에 군더더기가 없있다. 카메라 흐름 역시 자연스러우면서도 섬세하였다.

인사를 나누는 절차가 끝났다.

연 감독이 단골로 드나드는지 따로 주문하지도 않았건만 잭다니얼이 탁자에 올려졌다.

"술 즐겨 마시나?"

"어쩌다 마십니다."

"술 취해 허겁지겁 나타나는 일은 없겠군."

연 감독은 혼잣말처럼 말했고, 피터가 받았다.

"오늘도 술 때문에 스태프 몇몇이 지각해 문제가 생겼거든요."

나는 연 감독에서 피터로 눈길을 옮겨가며 고개를 끄덕였다.

책임감을 확인하겠다면 염려할 필요 없다. 더불어 하는 작업에 세워둔 원칙이 있다. 시작했으면 끝까지 가고, 끝까지 가지 못할 바에는 아예 시작하지도 말자. 적어도 나 때문에 망쳤다는 이야기는 듣기 싫으니까. 촬영 시작 30분 전까지 세팅을 마치는 건 나의 오랜 습관이기도 했다.

연 감독이 손을 뻗어 내 팔뚝을 잡았다.

"단단하군. 어깨 근육도 좋고. 일이 일인지라, 운동을 많이 하는 모양이지."

조명은 먼저 장비와의 싸움이다. 무거운 장비들을 설치

하고 다룬다. 몸이 따라주지 않으면 장비를 이겨내지도 못할 뿐더러 감독과 촬영감독이 원하는 영상에 기여할 수도 없다.

"몸은 조명을 시작하면서 만들었나?"

일 이야기나 하자고요, 라는 말이 목젖까지 올라왔다. 나는 웃으며 슬며시 팔을 뺐다.

★☆★

'Souriceau'.

생쥐라는 뜻의 불어로, 프랑스 초등학교 시절 내 별명이다.

또래에 비해 머리 하나는 작았고 오랜 병치레로 깡마른 상태였다. 자신들과는 달리 까무잡잡한 내 얼굴은 영락없이 생쥐처럼 보였던 모양이다.

이 땅을 떠나던 날, 아빠는 말했다. 프랑스는 남의 나라이므로 어깨 펴고 씩씩하게 살아야 한다고.

확실히, 프랑스는 남의 나라였다. 생긴 것만으로도 놀림의 대상이 되었다. 씩씩하게 어울리겠다고 마음먹어도 막상 아이들 앞에 서면 절로 주눅이 들었다.

차별 자체는 어디서나 있는 일. 다만 차별이 상식이 될 때 끔찍하다.

이방인으로서 나는 그 상식의 틀에서 속절없이 시달려야 했다. 막다른 골목에 몰린 생쥐 꼴이었다. 따돌림은 당연했으며 때로 은근하고 교묘한 폭력에도 시달렸다.

아빠의 당부대로 씩씩하게 살지 못해 슬펐다. 다행히 어깨 펴는 것만큼은 혼자서도 해낼 수 있을 듯했다.

턱걸이.

사락골 폐교, 운동장 한구석에 있던 녹슨 철봉대를 생각해냈다. 겨우겨우 턱걸이 한 개를 했었다. 올림픽에서 메달이라도 딴 선수를 맞이하듯 아빠는 박수를 치고 환호성을 질렀다.

매일매일, 매달릴 수 있는 것만 눈에 띄면 턱걸이를 했다. 턱걸이로 나의 그리움을 확인하였다. 안간힘을 쓰는 나를 아빠가 곁에서 지켜보는 듯했다.

나를 보내고 나처럼 아빠도 슬퍼할 테니까, 턱걸이 실력으로 아빠를 기쁘게 해주고 싶었다. 아빠를 만나는 훗날, 백 개도 거뜬히 해내는 아들이 되고 싶었다.

어머니 하 여사는 괜한 짓이라며 그림에 열중하길 바랐다. 하 여사의 비난은 오히려 지속할 구실이 되었다.

서서히 팔에 힘이 붙고 가슴팍과 등판이 단단해지면서 어깨는 저절로 펴졌다.

턱걸이에서 푸시업으로, 승패를 가르는 격투기에서 42.195킬로미터의 마라톤 풀코스까지 운동의 종류를 가리지 않았다. 어깨 펴기와 무관한 이유가 있었다. 육체를 한계까지 밀어붙이는 순간, 마음의 무거움이 가벼워졌다.

★☆★

"자네를 적극 추천하더군."

연 감독이 피터를 바라보며 나에게 말했다.

피터가 나를 선택했을 거라고 짐작했다. 설사 연 감독이 먼저 나를 알아봤더라도 결국 피터의 동의를 구했을 것이다.

촬영감독은 카메라, 조명, 미술, 편집까지 영상에 관련된 전부를 디자인하고 책임진다. 그러므로 내 작업의 대부분은 피터와 호흡을 맞춰야 한다. 피터의 결정과 지시를 받고, 내 의견을 제시해 적정선에서 합의해야 된다. 연 감독보다는 피터의 뜻을 정확히 읽어내야 한다.

피터가 나를 선택한 이유를 밝혔다.

"상당히 인상적으로 본 작품이 있어요."

《그 여자의 산》.

가족을 교통사고로 잃고 홀로 살아남은 여자가 죽음의 장소로 산을 택한다. 거기서 삶의 의미를 회복한다는 내용이었다.

주제도 스토리 전개도 마음에 들지 않았다. 저예산 영화이기에 합당한 보수를 보장받지도 못했다. 그럼에도 끌리는 점이 있었다. 4,285킬로미터 남짓의 서부를 남북으로 횡단하는 '퍼시픽 크레스트 트레일' 로케이션이었다.

당시 뮤직비디오 의뢰가 줄기차게 이어졌다. 대부분 스튜디오에서 랩, 알앤비, 프로그레시브 록, 컨트리까지 다양한 장르의 뮤지션들과 함께하는 작업이었다.

몸은 편했고 마음의 부담 역시 가벼웠다. 원하는 틀에 맞춰 정해진 시간 내에 끝내주면 됐다. 하지만 내게는 지루한 반복에 가까웠다.

《그 여자의 산》이 구원의 출구처럼 여겨졌다. 실제로도 그랬다. 조악한 장비와 고단한 일정이었지만 자연 속에서 몸을 움직이는 원시적 감흥에 젖어 작업 내내 즐거웠다.

영화 자체만 놓고 보면 참패였다. 국제 영화제에 출품했지만 수상하지 못했다. 주목하는 이조차 없었다. 상영관에 걸려보지도 못한 채 곧바로 인터넷 플랫폼으로 넘어갔다.

제작사의 입장에선 속 쓰린 결과였다. 그러거나 말거나. 나로선 자부심을 가질 만한 작품이었고, 내가 이룬 성과물들을 자평해도 손으로 꼽을 만했다.

연 감독이 상체를 내 쪽으로 기울이며 물었다.

"조명을 섬세하게, 그러면서도 고요히 흐르는 강물처럼 사용하더군. 비결이 뭔가?"

비결 따위는 없었다. 그렇게 해주길 촬영감독과 총감독이 원했고, 거기에 맞춰 시냇물 위 나뭇잎처럼 둥둥둥 흘러갔을 뿐이다. 내가 추구하는 영화와 무관할지라도.

"조명으로 무엇을 하려 하는가. 어디까지 할 수 있는가. 이 두 가지 관점을 놓치지 않으려 합니다."

연 감독이 뒷다리를 잡힌 방아깨비처럼 연신 고개를 끄덕였다.

"영화에 세세한 부분을 두고 이런저런 의미를 부여한다? 그건 비평가들이나 하는 거라고. 관객들에게는 그냥 스르르, 물이 흐르듯 자연스럽게 젖어 들면 충분해. 머리로 낱낱이 분석하지 않아도 가슴으로 알아차릴 수 있는 메시지. 나는 그게 좋은 영화라고 믿어."

모름지기 영화란 불편한 구석이 있어야 한다. 그렇지 않으면 관객들은 흘러가는 그림만 보고 만다. 불편해야 뭔가를 궁리하는 동물이다, 인간이란.

관점만 놓고 보면 연 감독과 나는 서로 등진 채 반대쪽을 바라보는 셈이었다. 상관없었다. 내가 연 감독 쪽으로 등을 돌리면 간단했다. 나에겐 익숙하고도 손쉬운 전환이었다.

연 감독이 호기롭게 술잔을 비워냈고, 잔을 나에게 건넸다. 마치 질문의 순서를 나에게 넘기겠다는 듯이.

"촬영 도중에 굳이 저를 부르신 이유가 궁금하군요."

"좋은 그림을 만들어 줄 적격자를 찾았고, 그게 자네라고 생각했네."

연 감독은 진짜 이유를 제대로 밝히지 않았다. 알아서 짐작하라는 투였지만, 나로선 어물쩍 넘어갈 수 없었다.

"이제까지 맡아오신 분의 개인적 사정인가요, 영화 전반적인 문제인가요?"

피터가 짧게 한숨을 내쉬며 끼어들었다.

"감각이 떨어져 원하는 그림을 만들기가 힘드네요. 내가 교체하자고 했어요."

"완전히 배제하는 겁니까?"

"그러고 싶지만……."

피터가 연 감독의 눈치를 살피며 뒷말을 흐렸다. 냉큼 연 감독이 말했다.

"조명 메인은 케인이야. 채 선생은 이제 스태프일 뿐이야. 케인이 원하는 대로 일을 맡겨도 되네."

연 감독의 말을 받아 내가 물었다

"저도, 그분도 불편하지 않겠어요?"

"케인도 만나 보면 알겠지만, 좋은 사람이야. 나이가 많아서 감각은 떨어지지만, 그래도 이 바닥에 경험이 많아 장비 다루는 솜씨는 괜찮을 걸세."

"나이가 좀 많긴 하죠. 케인의 아버지뻘은 되겠네요 아마."

말해놓고 피터가 으흐흐, 괴상한 웃음소리를 냈다.

내가 겪어온 영화의 현장에서 나이를 문제 삼은 적은 없었다. 우대의 조건도 차별의 이유도 아니었다. 이 땅의 풍토는 다르다. 그 점을 미리 겪은 피터가 경고하고픈 모양이었다. 아버지뻘이라는 표현까지 동원하며.

연 감독 역시 아버지뻘이었다. 한 명 더 늘어난다고 예민하게 굴 건 없었다. 그럼에도 가슴팍에 주렁주렁 납덩이를 매달고 사다리를 기어오르는 듯했다. 이런 기분은 3개월 내내 이어질 듯했다.

지금이라도 LA로 돌아가는 편이 낫지 않을까.

★☆★

"이번 작품에 참여하는 소감을 들어볼까."

연 감독이 손을 뻗어 내 어깨를 툭 쳤다.

주저하긴 했어도 결국 참여하였다. 영광으로 여길 만했다. 분에 넘치는 호사를 누리게 된 셈이었다. 그러나 속내를 드러내는 일에 익숙하지 않아 웃고 말았다.

피터가 끼어들었다.

"소감이야 차차 밝힐 기회가 오겠죠."

눈치가 빠른 건가, 혹은 추천한 당사자로서 내 편에 서겠다는 신호일까. 어느 쪽이든 상관없었다. 연 감독과 피터, 그들이 원하는 영상에 협조하는 것이 나의 역할이었다.

"여긴 할리우드와 시스템이 달라. 처음에는 당황스럽겠지. 자네가 적응해나가야 할 걸세. 내 스타일도 알아서 맞추고."

연 감독이 단숨에 잔을 비워내고는 나를 향해 들어 보였다.

나는 두 손으로 술병을 들어 공손히 연 감독의 잔을 채웠다. 이 땅의 관습이 낯설고 어색해도 당분간 맞추며 지내야 하므로.

"영화의 흥행은 스토리와 자본의 힘에 달렸지만, 영화의 품격은 카메라와 조명에 있다고 생각하네."

나는 말일세, 라며 연 감독이 나와 피터를 번갈아 보더니 말을 이었다.

"새 작품에 들이갈 때마다 딱 한 사람 마음속으로 찍어. 내가 아닌 누군가를. 그리고 생각하지. 이번 작품은 너를 위한 거야. 그래야 최선을 다하게 되고 끝내고 나서도 아쉽지 않아. 이해하겠나?"

물론 이해하지 못했다. 그런 장치를 만들어 두어야 최선을 다할지도 의문이었다. 물구나무서기에 성공해야 바나나를 얻어먹는 원숭이 꼴이 아닌가.

연 감독이 내 쪽으로 상체를 기울이며 물었다.

"자네는 그 한 사람을 누구로 정할 참인가?"

"정해지면 말씀드리겠습니다."

대꾸와는 달리 나는 속으로 도리질을 쳤다.

그럴 일은 일어나지 않을 것이다. 장담한다.

내 작업을 특정한 누군가 봐줬으면 좋겠다고 생각한 적이 없었다. 그럴 만한 사람도 존재하지 않았다.

오로지 나를 위해 영화판에 뛰어들었다. 처음부터 능력을 발휘하리라 확신하진 못했다. 겪다 보니 내게 맞는 옷이라고 판단했고, 애착과 자부심이 생겼고, 지금까지 용의주도하게 먹고사는 문제 역시 해결했다.

그렇다. 영화는 내게 밥벌이다.

제아무리 숭고한 의미를 지녔을지라도 밥그릇보다 강렬할 수는 없는 법. 밥그릇 그 이상의 의미가 있다고 믿는다면 아직 철딱서니가 없거나 제대로 배를 곯아보지 못한 자이다. 의미는 밥그릇 다음에 오는 것이다.

연 감독이 또다시 잔을 비웠다. 이번에는 스스로 잔을 채웠고, 그 잔을 내게 넘겼다.

"혹시 써놓은 시나리오가 있나?"

"글쓰기 소질은 꽝이라서요."

시나리오 두 편, 다섯 편의 시놉시스가 있었다. 미완의 상태였고, 완결되었다손 밖으로 드러내놓을 만한 수준이 아니었다. 그나마 조명을 하면서 뒷전으로 밀어놓았다.

"자네의 큰 그림은 무엇인가?"

나는 잠자코 연 감독이 건넨 잭다니얼을 홀짝거렸다. 대답이 궁색했고, 연 감독의 의도 역시 헤아려야 했다.

"피터와는 이번으로 끝. 드디어 피터도 자기 작품을 할 때가 되었지. 자네를 유심히 지켜보겠네. 피터가 그랬듯 자네도 나를 밟고 넘어가게. 자네의 꿈에 도달할 디딤돌로 말일세."

꿈. 꿈이라…….

나는 연 감독을 응시했고, 불쑥 잊었던 얼굴이 떠올랐다.

4.

내일의 꿈은 없어도 돼.

그렇다고 오늘의 계획마저 버리진 마.

내가 처참하게 망가졌을 때, 이렇게 말해준 이가 있었다.

어머니 하애리 여사가 아니었다. 하 여사의 두 번째 남편, 내가 코털아저씨라는 별명을 붙였던 박인식 화백이었다.

그때 나는 퐁 마리 역 인근의 병원에 입원해 있었다. 박 화백이 줄곧 곁을 지켰지만 보호자를 자처해 나설 이유는 없었다. 나의 유일한 법적 보호자는 하 여사였다.

내 처지를 하 여사가 알았을까. 알면서 모른 척했을까. 아예 박 화백에게 떠넘겼을까. 확인하고 싶지도 않았고, 굳이 그래야 할 이유도 없었다.

하 여사는 박 화백과 헤어졌다. 내가 프랑스에 간 지 2년도 못 돼 쏜살같이. 또 쏜살같이 화가의 작품을 전시하고 판매하는 마르탱과 세 번째 결혼을 했다.

유능한 남편을 두었음에도 하 여사의 두 차례 개인전은 주목받지 못했다. 실패를 환경 탓으로 여긴 듯 하 여사는 파리를 벗어났다.

나폴레옹의 고향 코르시카를 거처로 삼았고, 쌍둥이의 어머니가 되었다. 육아에 열중하기로 굳게 결심하였을까, 그때부터 지금까지 그림과는 무관한 삶을 살고 있었다.

하 여사는 자신의 그림을 위해 나를 방치했다.

그리고 쌍둥이를 위해 그림을 포기했다.

나와 쌍둥이의 의미는 어떻게 다른가. 한국과 프랑스의

차이인가. 나 때문에, 혹은 아빠에게 원인이 있는가.

수학의 7대 난제 중 하나라는 리만의 가설을 증명해내려는 것처럼 나에게는 어렵고도 괴로운 물음이었다.

하 여사가 코르시카로 옮기는 것에 맞춰 나도 파리를 떠났다. 프랑스의 또 다른 영웅, 잔 다르크의 고향 오를레앙에 있는 사립 기숙학교였다. 하 여사의 선택이었다.

기숙사 생활을 하면서 연례행사처럼 하 여사를 만났다. 그마저 내 편에서 코르시카로 가야 했다.

내가 잔 다르크처럼 목숨 걸고 그림에 전념하길 바랐을까. 나를 자신에게서 멀찌감치 떼어놓고 싶었을지도 모른다. 어쨌든 나는 하 여사의 기대에 미치지 못했다.

그림은 목숨 걸 만한 것이 아니었다. 적어도 나에겐.

정직하게 고백하자. 당시 내 가슴에 구멍이 뚫려 있었고, 그림으로는 차마 어쩌지 못했다. 오히려 책을 읽거나 영화를 보면 얼마쯤 구멍이 메워지는 느낌이었다.

하 여사는 나를 이해하지도 설득하려 들지도 않았다. 나 역시 그랬다. 다만 하 여사는 명령했고, 나는 복종하는 시늉만 했다.

역사의 흐름은 강자의 관용이 아닌 약자의 저항으로 바

뛰어 왔다. 하 여사와 나의 관계도 마찬가지. 어느 순간 나는 복종을 거부했고, 재깍 우리의 관계는 끝났다.

어머니와 아들의 끈은 끊어졌다. 미뤄 짐작하건대 다시 이어질 가능성은 없는 단절이었다.

하 여사는 내가 자초했다고 말했다.

"네 앞길도 알아서 해. 한국으로 돌아가든, 프랑스에 남아 노숙자 신세로 구걸을 하든. 난 이제 모르는 일이야."

두 갈래 중 어느 쪽도 내 길은 아니었다. 프랑스에 머물렀지만 노숙자는 되진 않았다. 그 대신 거친 삶으로 뛰어들었고, 마침내 파리의 뒷골목에서 그 대가를 치러야 했다.

★☆★

나는 병으로 죽을 뻔했다.

인간의 폭력이 또다시 죽음 직전까지 몰고 갔다.

백혈병은 인정하고 받아들일 수밖에 없었다. 폭력은 달랐다. 피할 수도, 멈추게 할 여지도 있었다. 나는 그러지 않았다. 무수히 얻어맞고 걷어차이고 이러다 죽을지도 모른다고 생각하면서도 정신을 잃는 순간까지 맞섰다. 겉으론 저항이었고, 실제론 죽음의 유혹에 몸을 맡긴 셈이었다.

겨우 살아남았다.

살았다는 사실이 살고 싶다는 희망으로 이어지진 않았다. 한 가지는 명확해졌다. 죽으려는 각오조차 우스웠고 덧없었다.

삶이란 폭풍의 바다에 뜬 돛단배와도 같았다. 속절없이 가라앉아도 그만, 용케 항구에 도착해도 그만이었다.

사는 게 아니라 살아지는 것. 그렇게 하루하루를 맞이하기로 했다. 억지를 부리지도, 지레 포기하지도 않은 채로.

그런 나에게 박 화백은 어쩌자고 내일의 희망과 오늘의 계획을 말했던가. 거북이에게 날다람쥐를 사냥하라는 꼴이었다.

프랑스 경찰은 나를 폭력의 피해자이자 가해자로 지목했다. 순순히 인정했다. 나를 폭행했던 패거리들은 잡다한 범죄를 일삼았으며 나도 그들 중 하나였다.

나를 잠재적 범죄자로 판단했건만 교도소로 보내진 않았다. 그 대신 독특한 교정 프로그램에 참여시켰다.

2주간 걷기.

걷는 것만으로도 과거의 행실을 뉘우쳐 밝은 미래를 설계할 수 있다고 믿는 모양이었다. 교정 효과야 내가 염려

할 바 아니었다. 어쨌든 해변에서 쓰레기를 줍거나 요양원에서 잡일을 거드는 편보다는 나을 듯했다.

자원봉사자 한 명이 안내하는 대로 걷고 또 걸었다.

트레킹 코스는 딱히 힘들지 않았다. 하루 동안 걸어야 할 거리 역시 게으름을 피워도 될 만했다. 나지막한 언덕을 넘고, 호밀이 자라는 들녘을 관통하고, 끝없이 펼쳐진 포도밭을 지났다.

퇴직 교사인 초로의 사내가 동행하며 끼니와 잠자리를 해결해줬다. 미리 지시를 받았는지, 성격 탓인지 먼저 말을 걸지 않았다. 바라던 바였다. 종일 입을 다물어도 되는 자유를 누렸다.

주위 풍경에 감격하지도, 내 자신을 돌아보지도 않으려 했다. 그저 시냇물에 떨어진 나뭇잎처럼 흐름에 맡긴 채 둥둥둥 떠내려가고자 했다. 물론 뜻대로 되진 않았다. 불쑥불쑥, 기이하게도 박 화백의 말이 귓전을 울렸다.

희망과 절망은 동전의 앞뒷면 같았다. 희망이 간절할수록 절망의 고통도 커졌다. 희망이 사라진 뒤 겪어야 했던 고통을 되풀이하고 싶지 않았다. 희망을 기대하기엔 내 자신이 너무 너덜너덜해진 느낌이었다.

오늘의 계획쯤은 가능하지 않을까.

그쯤은 머릿속에 담아둬도 괜찮지 않을까.

2주가 지났건만 답을 얻지 못했다. 홀로 남아 더 걸어 보기로 했다. 반드시 답이 필요했을까. 오히려 파리의 뒷 골목으로 돌아가지 않으려는 선택에 가까웠다. 좀도둑질 이나 하는 패거리들 속에 섞여 스스로를 갉아먹는 일상에 서 벗어나고 싶었다.

목적지도 기한도 따로 정해놓지 않았다.

숱한 낮과 밤이 흘러갔다. 산과 들과 마을과 도시를 지 나쳤다. 걷다 지치면 쉬었다. 돈이 필요하면 일거리를 찾 았다. 시간의 흐름도, 공간의 이동도 굳이 의식할 필요가 없었다.

몸은 비명을 질러댔어도 마음은 점점 가벼워졌다.

평화. 살아오면서 처음으로 평화를 맛보고 있다는 기분 마저 들었다. 평생 길 위에 머문대도 전혀 불만이 없을 듯 했다.

★☆★

겨울의 시작에서 봄이 끝날 무렵까지 걸었다.

분분히 불어오는 바람처럼 이리저리 쏘다니다 마침내 지중해에 닿았다. 니스였다. 물 위를 걸을 수 없기에 배에 올랐고 코르시카에 내렸다.

바스티아 항구에서 섬 일주를 시작했다. 남은 체력의 한 줌까지 완벽하게 소진해버리고 싶었을까, 둘레길을 따라 여느 때와는 달리 시간에 쫓기기라도 한 양 맹렬하게 걸었다.

다시 바스티아에 도착했을 때, 어디로든 가야 하지만 어디로도 갈 수 없을 듯했다. 느낌은 곧 확신으로 바뀌었다.

무심코 코르시카까지 흘러온 게 아니다. 길 위의 시간을 끝내야 할 순간이다.

2년 만에 하 여사에게 전화를 했다. 반가워하지도 놀라지도, 기대를 저버린 아들에 대한 원망조차 담겨 있지 않은 목소리였다. 마치 연체 사실을 통보하는 텔레마케터와도 같았다.

"얼굴이나 보자."

약속 장소인 노천카페에서 한 시간 넘게 기다렸다. 걸으면 고작 5분이면 닿을 구역에 하 여사의 집이 있었다. 굳이 밖에서 만나자는 이유를 따져보지 않기로 했다. 둘 사이의 거리를 인정하자는 쪽으로 정리했다.

마침내 하 여사가 나타났다. 그날 그 사건 이후, 처음으로 얼굴을 마주하는 셈이었다.

하 여사로부터 무슨 말이든 듣고 싶었을까, 내가 먼저 건넬 말이 떠오르지 않았다. 도리 없이 코르시카의 특산 맥주 피에트라를 홀짝였다.

"넌 미성년자야. 대놓고 술을 마셔야 되겠니?"

피식, 웃고 말았다.

성인의 기준인 열여덟 번째 생일이 그제였다. 아들의 생일과 나이를 기억하지 못한다고 비난하고 싶진 않았다. 쌍둥이의 육아만으로 충분히 고달픈 탓이리라. 그렇게 받아들이는 편이 나의 정신건강에도 이로울 터였다.

피에트라를 한 병 더 주문하자 하 여사가 당장 미간을 찌푸렸다.

"제멋대로인 건 여전하구나. 할 말이 있어 여기까지 왔겠지. 말해봐라."

붉은색 립스틱이 너무 선명해 입술만 움직이는 무성영화를 지켜보는 듯했다. 립스틱 색을 바꿔보라고 진지하게 충고해 주고 싶을 지경이었다.

하 여사는 테이블 위에 올려놓은 자신의 손을 지긋이 바라보았다. 할 말을 찾으려는 의도인지, 할 말이 없다는 표시인지 분명치 않았다.

새로운 피에트라가 테이블에 올려졌고, 하 여사는 자리에서 일어섰다.

"아이들 하교 시간이야. 픽업해야 된다."

이번에도 말의 내용보다 선홍빛 입술의 움직임이 더 강렬하게 다가왔다.

하 여사는 자신이 꿈꾸던 화려한 삶, 그러나 결국 꿈의 뒤편으로 밀려난 현실을 붉은 치장으로나마 부인하고 싶은 걸까. 일정 부분은 내 탓일지도 모른다는 생각에 조금은 안쓰러웠다.

어쨌든 그날 하 여사의 입술은 나에게 각인되었다. 거리나 촬영 현장에서 선홍빛 립스틱을 바른 여자를 보면 도리 없이 하 여사를 떠올렸다.

"저도 일어나야겠네요, 출항 시간이 임박해서. 잘 지내세요."

내 자신을 지키려 태연하게 거짓을 말했을까. 하 여사가 미안해할 수도 있다는 노파심 때문인지도…….

나는 마지막 한 방울의 피에트라까지 알뜰하게 입 안에

털어 넣었고 호기롭게 병을 테이블 위에 내려놓았다. 트림까지 걸판지게 했는지는 모르겠다.

하 여사가 10초쯤 내 얼굴을 쏘아보았다. 이어 고개를 좌우로 흔들더니 자리에서 일어났다.

"어떻게 네 아버지와 하는 짓이 똑같냐."

나는 반복해 고개를 끄덕였다. 동의가 아니었다. 무엇이 똑같다는 것인지를 떠올려보기 위한 몸짓이었다.

하 여사가 핸드백을 뒤져 봉투 하나를 테이블 위에 내려놓았다. 표나게 휙 돌아섰고, 허리를 꼿꼿하게 세운 채 잰걸음으로 멀어졌다.

나는 하 여사의 뒷모습을 부지런히 좇다 고개를 돌렸다.

뒷모습을 태연하게도 보여주는군.

속말을 중얼거리다 내 안에 무엇인가 터져 나올 듯해 입술을 힘주어 깨물었다.

뒷모습을 보이는 자, 뒷모습을 바라보는 자.

어느 편이 쉽고 간단할까.

아빠의 뒷모습을 기억할 수 없었다. 어쩌면 단 한 번도 뒷모습을 보여주지 않았을지도 모른다는 생각이 들었다. 마지막 순간까지도 내 뒷모습을 지켜봤을 뿐.

그게 억울했고, 그게 아픔으로 다가왔던 시절이 있었다. 한때의 감정이었다. 어느 순간부터 그마저 덧없어졌다.

★☆★

나폴레옹이 태어나기 정확하게 1년 전, 코르시카의 운명이 바뀌었다.

제노바 공화국이 루이 15세에게 코르시카를 팔았다. 코르시카에서 태어나 프랑스 국적을 얻은 나폴레옹은 선조의 조국이었던 제노바 공화국을 정복했다. 제노바 공화국으로선 일테면 적에게 팔아버린 미사일로 본토를 공격받은 격이었다.

운명이란 그 자체로 존재하지 않는다. 선택이 빚어낸 결과물일 뿐이다. 스스로 결정했든, 타인에 의해 결정되었든.

코르시카까지 흘러든 것이 내 운명일까. 그렇다면 더는 타인의 선택에 내 운명을 맡기진 않으리라.

하 여사의 뒷모습조차 완전히 시야에서 사라졌다.

테이블 위 봉투를 집어들었다. 100유로 지폐들로 채워져 있었다. 헛웃음이 절로 나왔다. 분노가 치밀었다. 잠시뿐, 곧 마음이 가벼워졌다.

돈으로 대신할 수 있다고 믿는다면, 얼마나 덧없고 하찮은 관계인가.

카페에서 거리로 나섰다.

늙은 개와 산책하듯 하 여사의 집까지 느릿느릿 걸어갔다. 대문 옆에 설치된 우편함 안으로 봉투를 밀어 넣었다. 툭, 바닥에 닿은 소리가 선명하게 들렸다.

비로소 내부에 깊이 가라앉은 돌멩이 하나를 걷어낸 기분이었다. 적어도 하 여사 때문에 마음 무거울 이유는 없어졌다.

항구가 아닌 공항으로 향했다. 서둘러 파리로 돌아갈 필요는 없었지만 계속 길에 머물고 싶지도 않았다.

박 화백의 말대로, 오늘의 계획쯤은 세워둘 필요가 있다고 생각했다. 누군가에 의해 등이 밀리지 않은, 자발적 선택의 시작으로.

대단한 무엇인가를 이루자는 게 아니었다. 희망은 물론 계획마저 삭제해버린 채 살아온 삶이 역겨웠다.

인생, 뭐 있어? 없다.

없으므로 닥치는 대로 사는 게 맞다고 믿었다. 착각이었다. 그 자체가 또 다른 무거움이 되어 삶을 짓눌렀고, 결국 우격다짐으로 하루하루를 버티는 꼴이 되었다.

　희망까지는 욕심부리지 말자. 희망이란 누군가 곁에서 응원할 때 간직할 가치가 있는 법.

　나는 혼자였다.　애오라지 스스로만을 위해 살아도 될 자격이 나에겐 있었다. 오늘의 계획에 맞추다 보면, 적어도 함부로 살진 않으리라.

제2장

1.

어둡고 적막한 병원의 복도.

폭 2미터, 길이 20미터, 높이 3미터의 복도 왼쪽으로 유리창. 복도 끝은 수술실.

임신한 여자가 복도의 2/3 지점에 있는 긴 의자에 앉아 수술 결과를 기다리고 있다. 아이는 지루한지 바닥에 무릎을 대고 두 팔을 의자에 올려놓고 장난감 자동차를 굴리며 논다.

콘티로 확인한 씬이다.

나는 복도의 끝을 향해 더디게 걸음을 옮긴다. 병실 앞에서 돌이켜 나무 의자가 놓인 지점에 선다. 한 번은 시계 방향으로, 또 한 번은 반대 방향으로 돈다. 팔짱을 끼고 눈을 감는다.

빛이 어떻게 흘러들고 어떤 강도로 꿈틀대고 어느 빛깔로 머물지 느껴본다.

복도의 길이를 표현하기 위해 형광등을 띄엄띄엄 설치한다. 낡고 쓸쓸하고 고즈넉한 느낌을 주어야 한다. LED보단 예전 스타일의 Fluorescent 형광등을 쓰고 싶다. 12초 씬을 위해 맞춤 사이즈로 형광등을 제작하는 건 무리다. 다섯 걸음마다 가늘고 긴 LED 튜브를 복도에 달고 형광등 케이스로 장식하자. LED를 사용하되 휴와 틴트, 세츄레이션으로 초록빛이 담기게 한다.

복도 왼쪽의 창을 넘어온 달빛이 여자와 아이까지 닿게 한다. HMI 조명을 창문마다 하나씩 설치한다. 멀리서 쏘는 푸르스름한 빛이 달빛처럼 보일 수 있도록 조명을 최대한 높이고 각도는 내린다. 그 앞에는 1/8th의 파란색 커렉션 젤과 디퓨전으로 색감을 조절한다.

머릿속 세팅은 끝났다. 이제 그대로 옮기면 완벽하다.

완벽? 적어도 내 능력 안에선 달리 표현할 길이 없다.

요세프에게 조명을 배우면서 나는 조명의 세계에 빠르게 빠져들었다. 잘 맞는 옷을 입은 듯 편했고, 내 안에 잠들어 있던 재능이 깨어나는 느낌이었다.

한때 아빠와 사락골 오두막에서 지낸 적이 있었다. 아빠는 버섯과 약초와 독사를 목표로 박지산을 들쑤시고 다녔다. 홀로 오두막을 지키다 심심하면 조각을 하곤 했다. 배워본 적이 없었지만 원하는 모습대로 조각해낼 수 있었다. 억지로 이런저런 모양을 조각하겠다는 생각을 하진 않았다. 나무토막을 보고 있으면, 그 안에 들어 있는 모습이 저절로 보였다. 토끼, 예수님 얼굴, 아빠……. 나는 그걸 조각칼로 꺼내주기만 하면 됐다.

주위에선 천재라고 했다. 특히 어머니 하 여사가 감격했고, 결국 나를 프랑스로 데려가는 이유가 됐다.

프랑스에서 본격적으로 미술 공부를 했다. 하지만 하 여사가 기대한 천재성은 점점 빛을 잃어갔다. 도무지 그림에 집중할 수가 없었다. 이젤 앞에 앉으면 눈물부터 쏟아졌다. 그림이 아빠와 나를 분리시켰다는 생각 때문이었다. 결국 나는 그림을 버렸다. 하 여사가 경탄했던 천재성을 내 스스로 죽여버렸다.

조명의 세계에 들어서면서 어린 시절 조각을 하던 감각이 되살아났다. 조각이 안에 있는 것을 밖으로 꺼내는 작업이었다면, 조명은 밖의 빛을 안으로 불러 모으는 것이었다. 접근 방법은 달라도 본질은 같았다.

콘티를 확인하고 눈을 감으면, 어느새 그 장면 안에 내가 들어가 있다. 그 안의 내가 주위를 둘러본다. 씬의 흐름에 맞게 빛이 일렁이고 아우성치고 멈추는 게 절로 느껴진다. 조명기기로 생기를 불어넣고 색감을 입혀 재현해낸다. 때로는 소스라치듯 차갑게, 때로는 상처를 감싸듯 은은히 퍼지는 따뜻함으로.

★☆★

스태프들을 한자리에 불러 모았다.

내 의도를 전달했고, 조명기기의 선택과 세팅 위치를 지시했다. 구구한 설명은 하지 않았다. 그냥 내 뜻대로 움직여주면 충분했다.

돌아서 몇 걸음을 떼어놓았을 때였다.

"할 말이 있는데……."

전임 조명감독인 채 선생이었다.

"스태프들 의견도 들어보는 게 좋지 않겠소."

입술 끝을 길게 늘이며 말했다. 마치 복화술사의 입놀림을 보는 듯했다.

연 감독은 좋은 사람이라고 평했다. 내면은 몰라도 외모만큼은 확실히 호감이 가지 않았다.

목소리는 마치 녹슨 철판을 사금파리로 그어대는 듯했다. 게다가 유통 기한이 지난 우유라도 마신 양 잔뜩 찡그린 낯이었다. 우연히 기차에서 같은 칸에 앉았더라도 이야기는커녕 간단한 인사조차 나누고 싶지 않은 타입이었다. 아무리 아버지뻘이라고 해도.

나는 스태프들을 쓱 훑어보았다.

내가 조명팀을 꾸린다면 결코 함께하지 못할 이들이었다. 실력이 부족한 건 참을 수 있었다. 조명에 대한 열의도 없이 그저 시간이나 때우려는 시은 곤란했다

나는 팔짱을 끼고 채 선생에게 물었다.

"그 의견이란 걸, 내가 왜 들어야 하죠?"

"한 팀 아니오."

"더 좋은 그림을 위한 제안이라면 듣겠어요. 혹 내 지시에 문제가 있으면 정확히 근거를 갖고 의견이란 건 말하고요. 한 팀이니, 두 팀이니 하는 소린 내 앞에서 하지 말아요."

채 선생이 기가 막힌다는 표정으로 나를, 응원을 요청하듯 스태프를 바라봤다.

나는 카메라의 상황을 확인하기 위해 돌아섰다.

조명팀에 합류한 지 3주째. 그동안 스태프들이 내 앞에서 불평불만을 대놓고 드러낸 적은 없었다. 등 뒤에서 쑥덕거렸고, 내 귀까지 들려왔다.

지가 실력이 있으면 얼마나 있다고 사람을 무시해.

나이도 어린 게 싸가지가 없어.

우리가 뭐 로봇이야. 시키는 대로만 해야 돼.

불평불만은 어디에서나 있는 법. 일일이 대응하는 건 바보짓이었다.

나는 타인의 비난에 그다지 신경 쓰지 않는다. 칭찬이라 해도 마찬가지다. 어차피 각자의 안목과 취향일 뿐이다. 내가 스스로에게 내리는, 과장과 속임수가 통하지 않는 평가가 중요하다.

앞으로 두 달 남짓 남았다. 스태프들의 불만이 확대될 수도, 한순간 잦아들 수도 있었다.

이제 와서 스태프들에게 살갑게 굴 필요는 없다. 물론 무시하지도 않겠다. 주어진 일만 충실하게 해주고 떠나면 그만이다. 스태프들과 팀워크로 단단히 묶일 일은 없을 것이다.

★☆★

오늘의 촬영 장소는 강원도 Y군에서 유일하다는 종합병원이었다.

다섯 동의 건물 중 촬영은 메인 병동에서 이뤄졌다. 병원 복도에서 병실로 이어지는 장면의 오전 촬영은 잘 끝났다. 오후 촬영은 5시로 예정되었다. 노을에 물든 병원의 전체 정경 씬으로 재개될 것이었다.

2시간의 여유가 생겼다.

나는 병원 담장을 따라 펼쳐진 오솔길을 걸었다. 그동안 주로 실내 촬영이었다. 3주가 지나 비로소 가을과 마주하는 셈이었다.

늘어선 나무 사이로 가을 햇살이 펼쳐졌고, 건들바람이 손을 내밀어 만져보고 싶을 만큼 부드럽게 불어왔다. 가을 속으로 한껏 게으름을 부리며 걸어 들어가는 느낌이었다.

도리 없이 사락골을 떠올렸다. 내 기억 속 유일한 이 땅의 가을은 사락골에 있었다.

향리로 이어진 오솔길, 폐교 운동장의 녹슨 철봉대, 오두막 뒤편의 옹달샘, 박지산 골을 따라 불어오는 바람,

아침마다 사립문에 내려앉는 오목눈이 한 쌍, 앞니를 잃어버려 웃을 때마다 합죽이가 되던 할아버지, 그리고 아빠…….

그 가을, 나는 행복했다. 아홉 살짜리에게 행복이란 의미가 과연 어울릴까. 하나는 분명했다. 내 생애의 가장 빛나는 시간이었다.

그러나 끝. 어느 순간부터 떠올리는 것조차 힘겨웠다.

갈증을 느끼며 눈에 보이는 건물 안으로 들어갔다.

소아암센터 안내판이 현관문에 붙어 있었다. 종합병원이라고 하기엔 민망한 규모였다. 소아암센터가 있다는 자체가 선뜻 이해되지 않았다.

로비의 자판기에서 캔커피를 골랐다. 자판기 옆 벽면에 황동으로 된 게시판이 눈에 들어왔다. '소아암 센터 건립을 도와주신 분들'이라는 타이틀 아래 기부자의 이름이 새겨져 있었다.

캔커피를 홀짝이며, 별 생각 없이 이름들을 작은 소리로 읽어내렸다.

김명희, 김석기, 김충렬…….

그리고 아, 정다움.

누군가 크고 억센 손으로 입을 막아버린 듯했다. 절로 눈이 감겼다.

내 이름이었다. 하지만 나일 리 없었다. 단정해도 좋았다. 세상에 같은 이름은 얼마나 많은가. 게다가 정씨는 한국에서 다섯 번째로 많은 성씨였다.

눈을 떴다. 나머지 기부자의 이름을 마저 읽으려다 돌아섰다. 이렇다 할 이유도 없이 가슴이 답답해졌다.

단숨에 캔커피를 마셨다. 쓰레기통은 로비의 끝 엘리베이터 옆에 있었다.

쓰레기통에 캔을 던져넣는 순간, 엘리베이터의 문이 열렸다. 가운을 입은 세 사람이 밖으로 나왔다.

신음인지 비명인지 모를 외마디가 입 밖으로 흘러나왔다. 이번에는 눈이 감기는 대신 절로 고개가 숙여졌다.

단박에 그인지 알았다. 고개를 들었을 때, 그의 모습은 이미 사라진 뒤였다.

나는 이미지부터 머리에 새기는 버릇이 있었다. 기억은 그 이미지를 하나씩 페이지를 넘기듯 되돌리는 과정이었다.

스치듯 지나는 짧은 시간이었지만 그의 가운의 이름은 이미지로 남았다.

민윤식 전문의, 소아암센터 원장.

머리카락이 성글어졌고, 이마에 주름이 잡혔고, 어깨도 주저앉았다. 그렇다고 20년 전 내 기억에 아로새겨진 모습에서 아주 멀어지진 않았다.

당시 서울의 대학병원 소아암센터 과장으로 내 주치의였다.

일곱 살에서 아홉 살까지 백혈병은 나를 끈질기게 괴롭혔다. 얼마나 더 아파야 죽게 되나요? 그렇게 주치의에게 물었을 정도로 치료 과정은 끔찍했다.

숱한 위기가 찾아왔다. 특히 마지막 재발했을 때 심각했다. 훗날 알았다. 그때 나는 죽음을 기다릴 수밖에 없는 처지였다.

그런 나를 민 원장이 살려냈다.

민 원장은 내가 잘 버텨준 덕분이라고 했다. 민 원장이 나를 포기하지 않았기에, 전력으로 골수 기증자를 찾아냈기에 가능했다.

민 원장을 맞닥뜨린 후 나는 갈림길에 서 있는 기분이었다. 찾아갈까, 모른 척 지나칠까.

애써 덮어두었던 기억 속으로 스스로 걸어 들어갈 필요

는 없다. 생각하면서도 발걸음은 원장실로 향하고 있었다.

★☆★

닫힌 문 앞에서 나는 깊게 숨을 내쉬었다.

우연이라도, 이 땅에서 나를 아는 이를 만나보지 못했다. 그럴 만한 사람도 별로 없긴 했다. 설사 만나야 할 사람이 있어도 내 편에서 사양할 거였다. 하지만 민 원장은 다르다는 생각이 들었다. 목숨을 구해준 이에게 인사쯤은 건네야 마땅했다.

원장실에 들어섰다.

의아한 눈빛으로 나를 바라보던 민 원장이 벌떡 의자에서 일어났다.

"혹시 기억하실지……."

기억을 되살릴 만한 말을 하려는데, 민 원장이 나를 향해 두 팔을 벌렸다가 접어 자신의 가슴을 감쌌다.

"아, 다움이, 정다움."

이미 사라진, 칸브리아기의 삼엽충 화석처럼 흔적으로만 남은 이름이었다. 그 이름으로 불렸고, 목덜미에 다족류의 벌레라도 달라붙은 기분이었다.

민 원장에게 다가갔다. 주춤주춤.

나란 존재가 숱한 세월이 흐른 뒤에도 누군가의 기억으로 남아 있다는 자체가 놀라웠다. 그리고 부담스러웠다.

"용케 기억하시네요."

"당연하지. 내가 다움이를 어떻게 잊겠어."

민 원장이 내 어깨에 손을 얹는가 싶더니 와락 껴안았다.

"고맙다, 고마워."

민 원장처럼 나 역시 감격해야 마땅하리라. 생각하면서도 어색함에 몸이 굳어버렸다.

누군가의 품에 안겨본 적이 언제였더라. 인사치레가 아닌 마음을 나누는 포옹의 기억이 없었다. 소년에서 청년으로, 그리고 지금까지.

민 원장이 손짓으로 권한 소파에 앉으며 물었다.

"금방 알아보시네요?"

"정 선생님이 오셨다고 착각했다."

민 원장이 자신의 말을 입증할 단서라도 찾으려는 양 고개를 앞으로 내민 채 내 얼굴을 살폈다. 나는 천천히 눈을 감았다 떴다. 민 원장의 눈길이 거북했다. 아빠를 빼닮았다고, 되풀이하는 감탄 역시 마음에 걸렸다.

"언제고 나를 만나러 올 거라고 생각했지."

미안하지만, 나는 상상조차 해본 적이 없었다.

원래의 로케이션 장소에 문제가 생겨 급히 정한 병원이었다. 소아암센터의 기부자 명단을 읽으며 지체하지 않았다면 마주치지도 못했을 민 원장이었다.

"잘 자라줬구나."

살아있었구나, 라고 해야 더 적절하지 않을까. 그러나 나는 순순히 고개를 끄덕였다. 당장은 생명의 은인을 향해 공손히 옷깃을 여밀 때였다.

민 원장은 내가 지내온 세월을, 특히 내 건강 상태를 알고 싶어 했다. 과거 담당의로서 당연한 의문이었다. 나는 제법 세세하게 이야기했다.

프랑스에서 1주일마다 통원치료가 이어졌다. 이식 부작용들이 다발적으로 나타나 약물 치료가 반복되었다. 출혈성 방광염으로 한 달 가까이 입원을 하기도 했다. 1년이 지나면서 병원을 찾는 횟수가 줄어들었다. 백혈구와 혈소판 수치도 꾸준히 정상을 유지했다. 다시 반년쯤 지났을 때, 특이 증상이 나타나지 않는다면 병원에 올 필요 없다는 판정을 받았다.

"다행이다, 다행이야."

민 원장이 혼잣말처럼 되뇌더니 덧붙였다.

"프랑스로 몇 번 연락했었다. 무슨 까닭인지 연결이 되지 않더구나."

하 여사는 나를 과거로부터 철저히 분리시켰다. 현재의 울타리 안에서 완벽한 프랑스 아이로 살아가길 원했다. 국적을 바꿨고, 불어만 쓰도록 강요했고, 식탁의 메뉴에서 한국 음식을 삭제시켰다.

나는 하 여사에게 속마음을 털어놓으며 사정을 했다. 눈물을 흘리며 애걸했지만 소용없었다. 울타리 밖으로 뛰쳐나가며 저항도 해봤다. 그때마다 목덜미를 사로잡힌 채 끌려와야 했다. 하 여사가 결코 생각을 바꾸지 않으리라는 것을 절감했다.

하 여사의 의도는 성공했다. 먹고 입고 말하고 생각하는 것까지 완벽한 프랑스 아이인 척 굴었다. 적어도 겉으로는.

참고 견딜 만했다. 그때까지만 해도 내 마음속에는 모닥불이 있었다. 내가 돌아갈 곳을 떠올렸다. 아빠가 지펴놓은 모닥불에 시린 손을 녹이는 광경을 상상하며 때를 기다렸다.

민 원장이 미소를 지으며 나를 바라보았다.

이쯤에서 정식으로 감사의 인사를 해야겠다고 생각했다.

원장님이 아니었으면 못 살아겠죠. 감사합니다.

하지만 입속말을 웅얼거릴 뿐 쉽사리 밖으로 꺼내지 못했다.

감정을 드러내는 일이 늘 어려웠다. 미안하면 미안하다, 고마우면 고맙다는 표현 자체가 낯간지러웠다. 경우에 따라선 비겁한 짓인 양 여겨졌다.

결국 엉뚱한 말을 하고 말았다.

"대학병원을 책임지실 줄 알았어요. 어떻게 여기까지 오셨어요?"

"얼추 20년 가까이 되었네. 물 좋고 산 좋고, 환자는 의사 귀한 줄 알고 의사는 환자 위할 줄 알고…… 아주 만족하고 있다네. 사람의 인연이란 참 신묘해."

민 원장이 지긋이 나를 쳐다봤다. 마치 신묘의 뿌리가 나에게 있기라도 하듯이.

"일단 자네 건강 상태부터 체크해야겠어. 지금 당장."

자리에서 일어서려는 민 원장을 향해 손을 내저었다.

"조금 뒤부터 촬영입니다."

"촬영?"

"영화 촬영 때문에 한국에 왔고, 지금 여기서 촬영 중입니다."

"그랬군. 그럼 내일 오전에 내 방으로 와."

"미국에서 검진을 받았습니다. 아주 건강합니다."

"단단하고 듬직하게 잘 컸어. 그걸 의학적 수치로 증명하고 싶다네. 한 번 주치의는 영원한 주치의."

민 원장이 이를 드러내며 환히 웃었다. 그 이유를 알 듯했다.

한 번 해병은 영원한 해병. 끔찍한 고통인 골수를 채취할 때마다 겁에 질린 나에게 아빠는 그렇게 말했다. 아빠가 용감한 해병대 출신이기 때문에 아들인 나도 당연히 용감해야 된다면서.

민 원장을 따라 환하게 웃고 싶었다. 마음뿐이었다.

"내일은 힘들겠습니다."

"그럼 모레?"

"서울로 돌아가 일정을 살펴봐야겠어요."

나는 자리에서 일어섰다. 민 원장이 급히 손사래를 치며 다시 앉게 했다.

"그냥 보낼 수는 없지. 식사는 검사받는 날 하고……."

★☆★

"지리산 우전이라고, 정 선생님께서 참 좋아하셨지."

민 원장이 녹차를 담은 잔을 내 앞에 내려놓았다. 이어 소파에 앉은 채 책상으로 손을 뻗어 책 한 권을 집어들었다.

정다움, 민윤식.

두 이름을 차례로 속표지에 써넣고는 나에게 건넸다.

"30년 의사 노릇하며 보고 느낀 것들을 책으로 엮었어. 주위의 성화로 쓰긴 썼는데 어설프네. 이해하고 읽어줘."

나는 테이블에 코가 닿을 지경으로 깊이 고개를 숙였다. 단지 책에 대한 감사가 아니라는 것을 민 원장이 알아주었으면 했다.

"그동안 한글을 잊은 건 아니겠지?"

민 원장의 물음에 나는 고개를 좌우를 저었다.

충분히 그럴 만한 상황이었다. 하 여사 앞에서 나는 모국어 사용을 금지당한 식민 지배의 백성과도 같은 처지였다. 작별의 선물로 받았던 아빠의 시집도 제대로 읽어보지 못했다. 내 소지품 전부를 담은 가방 자체가 사라졌다.

하 여사는 공항 수화물 처리 과정에서 분실된 듯하다고 했다.

하 여사의 감시를 피해 한글책을 구해 읽었다. 주로 파리 한국문화원 도서관을 이용했다. 애석하게도 아빠의 시집은 찾을 수 없었다. 하 여사를 떠나 기숙사 생활을 하면서 금지의 사슬이 느슨해졌다. 돌아갈 그날을 위해, 내가 한국인이라는 사실을 까먹지 않으려 애를 썼다.

"정 선생님에 대한 내용도 담겨있어."

민 원장이 기억하는 아빠는 어떤 사람이었을까. 밀린 병원비로 머리를 조아리며 애걸하던, 간병인을 두지 못해 새파란 간호사에게 호통을 듣던 모습이 떠올랐다. 마치 그때 그 시절로 돌아간 듯 얼굴이 뜨거워졌다.

어떡하면 그렇게 구질구질하게 살았을까, 아빠는.

가난한 아빠 때문에 가난한 아들이 되어 가슴 졸였던 순간들을, 아빠는 알기나 했을까.

내내 웃는 낯이었던 민 원장이 정색을 하며 물었다.

"정 선생님께는 다녀왔나?"

"무슨 말씀인지……."

"어디에 모셨는지 알기는 해?"

"모릅니다."

민 원장이 내 얼굴을 빤히 쳐다봤다.

"이식 수술 받기 전 다움이가 지냈던 산골이라고 들었어."

사락골. 아빠가 그 깊은 산골 어딘가에 묻혀 있다?

불쑥 조명 장비를 매단, 까마득한 높이의 크레인 위에서 아래를 내려다보듯 현기증이 밀려왔다.

아빠가 죽었다.

나는 어쩌자고 거기까지만 생각했을까.

죽어 땅에 묻혔을 거라는 생각을 하지 못했을까.

또 산소의 행방조차 알려고 하지 않았을까.

사실을 인정하고 싶지 않다면, 사실 속에 미처 깨닫지 못한 진실이 숨어 있기 때문이다. 그 진실 앞에서 나는 눈 먼 자가 되어 허둥대고 있었다.

2.

"나는 내 직감을 믿어요."

피터의 말이었다.

직감은 종종 놀라운 세계로 이끈다. 그러나 직감에서 한 발 더 나가지 않으면, 유감스럽게도 오류를 뭉개고 실패를 부인하게 된다.

나 역시 직감을 믿는다.

그러나 직감에만 묶이지 않으려 노력한다. 실현 가능하다는 전제 안에서 논리와 수치로 딱 떨어져야 한다. 조명은 그런 점에서 꽤 정직한 분야이다.

피터가 직감을 거론한 이상 나의 조언은 무익했다. 영상 전체를 디자인하는 쪽의 선택을 존중하면 끝.

"뭐, 케인의 생각이 나쁘다는 건 아니고."

위로의 말이라면 피터는 잘못 짚었다. 더 나은 그림을 얻을 기회를 놓쳤다고 안타깝게 여길 이유도, 의견이 무시되었다며 얼굴 붉힐 필요도 없었다.

촬영 4주째. 피터와의 호흡이 갑자기 매끄럽지 않았다. 그동안 꽤 괜찮은 조합을 이뤘다.

지난 병원 촬영 이후, 피터의 태도가 변했다. 조명 세팅에 앞서 사전 조율 단계부터 피터가 내 의견을 들으려 하지 않았다. 막상 피터의 의견대로 세팅을 마무리해 놓으면 언제 그랬느냐는 듯 뒤집었다.

그날 복도 조명 세팅에 연 감독이 대단히 만족했다. 그걸 과도하게 드러냈다. 나에게만 한정되었다면 그나마 문제가 되지 않았을 것이다. 피터의 영역까지 침범한 발언을 했다.

먼저 피터의 의도에 충실히 맞췄다. 다음으로 내가 생각하는 세팅을 제시했다. 둘을 비교해 보완하길 바랐건만 피터는 대부분 자신의 선택을 따랐다. 그러나 카메라 리허설을 마치고 연 감독이 끼어들면서 다시 세팅해야 하는 일이 반복되었다.

감정을 앞세워 영화의 질을 고려치 않겠다? 피터가 꼭 그 짝이었다.

문득문득 영화가 산으로 가고 있는 느낌이었다. 물론 내가 어쩔 수 있는 일이 아니었다.

농부가 씨를 뿌리고 열매를 거두면, 그 열매는 농부의 것이다. 햇살이, 빗방울이 열매를 키웠대도 소유가 달라지지 않는다.

영화에서 내 위치는 한 줌의 햇살에 불과하다. 엔딩 크레딧에 내 이름이 올라간다고 내 작품일 리 없다. 나는 아직 내 작품이라고 자부할 만한 위치에 있지 않다.

그런 날이 오길 바란다.

그날에는 세상에게 제대로 한 방 먹인 기분이리라.

★☆★

피터의 직감에 대해 듣고 난 뒤, 조명팀 스태프가 모여 있는 발전차 쪽으로 갔다.

간이 의자에 앉아 있던 채 선생이 벌떡 일어났다.

"세팅 완료. 지시대로 잘 됐는지 확인해 보시죠?"

피터의 직감을 쫓아 다시 세팅해야 될 상황이었다. 당장 스태프 중에서 볼멘소리가 터져나왔다.

"웬만하면 한 번에 갑시다."

어이, 하는 소리와 함께 채 선생이 불만의 장본인을 향해 손을 내저었다.

나는 잠자코 조명 기기로 다가갔다. 내가 직접 움직여 조명 기기를 재배치하는 수밖에. 스태프들은 아예 거들 생각이 없는지 팔짱을 낀 채 지켜봤다. 채 선생은 그들을 향해 열심히 설득하는 듯했다. 설득이 통했는지, 오래지 않아 스태프들이 다가왔다.

채 선생이 나를 향해 씨익 웃었다. 마치 지난날 조명 책임자로서의 권위를 과시하겠다는 듯이.

늙은 말을 따라가면 길을 잃지 않는다며, 채 선생은 스태프들에게 자신의 경험을 늘어놓곤 했다. 정작 나를 겨냥하고 있다는 느낌을 받았다.

조명에서는 오랜 연륜이 자랑거리가 되지 않는다. 조명 기기는 끊임없이 업그레이드되거나 신제품이 출시된다. 눈과 귀를 열어두지 않은 채 경험에만 의지하다간 곧바로 퇴물 취급이다.

내가 보기에 채 선생은 늙었을 뿐더러 눈까지 희미해진 듯했다. 게다가 경험을 요령 부리는 수단쯤으로 여겼다.

솔직히, 채 선생과 갈등을 빚고 싶지 않았다. 분노할 일이 생겨도 내색하지 않으려 애썼다. 갈등과 분노의 끝이 어떤 꼴인지 알기 때문이었다.

연 감독과 대화 중 채 선생의 태도를 언급했었다. 연 감독은 단호하게 말했다.

"나는 한번 쓴 사람은 절대 버리지 않네. 차라리 역할을 바꿔줄지언정."

연 감독 앞에선 고개를 끄덕였다. 과연 자랑으로 삼을 만할까. 내가 보기엔 스스로 꽤 괜찮은 사람으로 여기고 픈 허세에 가까웠다.

일은 일이고, 사람은 사람이었다. 일과 사적인 감정을 뒤섞을 필요는 없었다. 결국 일도 사람도 망치는 꼴이 될 테니까.

피터의 의도에 맞춰 오늘의 촬영이 끝났다.

개운치 않은 끝이었다. 액션, 컷. 숱하게 되풀이한 연 감독도 끝까지 불만스런 표정이었다.

채 선생이 주뼛거리며 내게로 다가왔다.

"일진이 사나운 날이었네요."

나는 고개를 끄덕이며 촬영장 떠날 채비를 서둘렀다.

"오늘 회식을 할까 하는데, 같이 가시죠."

"생각 없습니다."

채 선생이 당황한 기색으로 조명 장비를 정리하는 스태프들을 힐끔거렸다.

"케인이 오고 한 번도 모이지 않았고, 서로 알아갈 기회도 필요하고……."

"스태프끼리 알아서 하세요."

"조명팀이 영 마음에 들지 않은 모양이네요, 케인은?"

"마음에 들고 안 들고의 문제가 아니라, 사람들과 어울리는 거에 관심이 없습니다."

돌아서려는데 채 선생이 내 팔을 낚아챘다.

"정히 참석하기 어려우면 조명팀 사기를 위해 성의라도 보여줬으면 하네요."

"성의라면?"

"회식비를 찬조한다든지……."

나는 채 선생과 잡힌 팔을 번갈아 쳐다봤다.

"거절하겠습니다."

채 선생이 뜨거운 냄비를 잘못 쥔 양 얼른 손을 뺐다.

3.

나흘 동안 이어진 지방 촬영을 마치고 숙소로 돌아왔다.

뜨거운 물을 받아놓은 욕조에 들어앉아 사라에게 연락을 취했다. 문자도 음성도 아닌, 메신저 화상 통화 기능으로 얼굴을 확인하고 싶었다. 사소하고 시시할지라도 가능한 길게 이야기를 이어가고 싶었다.

그러다 무심결인 듯 민윤식 원장을 입에 올리게 되리라. 이야기하다 보면 아빠에게로 흘러가겠고, 어떤 식으로든 정리가 될 듯했다.

민 원장의 말이 맞다면, 아빠의 무덤은 사락골에 있었다.

예의상이라도 찾아봐야 할까. 찾은들 무슨 소용일까. 아빠는 죽어 진작 백골이 되었을 테고, 나는 이미 오래전 아빠를 마음 밖으로 몰아냈다.

두 직선이 접점을 지나친 것처럼 점점 멀어질 뿐이다. 돌이키는 건 불가능하다.

생각하면서도 개운치 않았다. 누군가 뒤통수를 노려보고 있는 느낌이었다.

새벽 3시, LA는 오전 10시.

사라가 제아무리 잠꾸러기일지라도 지금쯤 책상에 앉아 컴퓨터에 매달려 있으리라. 하지만 연결이 되지 않았다.

에디터로서 영상 편집에 관한 일을 하는 사라. 프리랜서인지라 촬영감독과 조율이 끝나면 대부분 집에 머물러 작업을 마무리한다. 작업 시간이 들쭉날쭉 제멋대로이다. 바쁘면 밤을 새우고, 한가하면 늘어지도록 잠을 잔다. 계획을 세워 미리미리 준비하는 법이 없다. 스스로에게 지나치게 관대하다.

이해할 수 없다. 그렇다고 간섭하거나 충고하지 않는다. 사라는 사라의 인생을 살아가면 충분하다.

나는 정해진 루틴에 따라 하루의 시간을 나눠 관리하는 스타일이다. 일주일에 세 번은 무슨 일이 있어도 10킬로미터를 달리고, 매일 오전 오후로 나눠 푸시업을 하고, 몸무게는 징해놓은 눈금에서 1킬로그램도 벗어나지 말아야 하고, 하루에 다섯 시간을 넘게 자면 꼭 바보가 된 기분이다.

10분 간격을 두고 다시 연락을 시도했다.

사흘 전, 사라는 새로운 프로젝트에 참여한다는 소식을 전해왔다. 그 때문에 외출을 했으리라.

누군가 내 삶에 끼어드는 것을 원치 않는다. 그러기 위해선 내가 먼저 타인의 삶에 지나치게 관심 기울이는 짓을 피해야 한다. 이런 나를 두고 대부분 냉정하다며 비난한다. 사라는 존중받는 기분이 들 때도 있다고 했다.

세 번째로 연결 버튼을 터치했다. 여전히 묵묵부답.

별일이야 있겠어.

별일이 있다 해도 내가 어찌하겠는가. 자기 모자는 자기 손으로 벗어야 하는 법. 생각하면서 다시 연결 버튼 위에 검지를 올려놓았다.

웬 집착이지? 스스로에게 혀를 찼다. 그러나 이미 버튼을 누르고 있었다.

사라는 내가 살아온 내력을 알고 있었다. 그동안 누구에게도 내 마음의 그늘을 드러내 본 적이 없었다. 사라 외에는.

★☆★

사흘 일정으로 비욘세의 광고 촬영이 이어졌고, 그 마지막 날이었다.

여자 화장실 문이 반쯤 열려 있었다. 그 틈으로 바닥에 엎드린 하반신이 보였다.

왜 저러고 있지, 하는 의구심이 들었다. 하지만 여자 화장실이기에 섣불리 나설 상황이 아니었다. 게다가 방광이 터질 듯이 부풀어 내 앞가림부터 해야 했다.

내 문제를 해결했다. 여자는 여전히 같은 자세였다. 모른 척할까. 그래서 마음이 편하거나 잊어버릴 수 있다면……. 결국 여자 화장실로 들어갔다. 여자는 새우처럼 허리를 접은 채 바닥에 쓰러져 있었다. 일반인의 접근이 철저히 통제된 상태였으므로 스태프 중 하나일 거였다.

여자 자세를 돌려놓고 목 부근을 짚어보았다. 숨결이 느껴졌다.

여자를 들쳐 업었다. 성인 여자가 이다지도 가벼워도 되는가. 마치 깃털을 등에 붙여놓은 기분이었다.

밖으로 나와 도움을 요청했다. 우르르, 스태프들이 달려왔다. 여자를 그들에게 넘겼다. 나는 재깍 작업 재기를 위해 조명팀으로 발길을 돌렸다.

촬영은 예정에 맞춰 끝이 났다. 문득문득 여자의 상태가 궁금하긴 했다. 그렇다고 따로 짬을 내 확인하진 않았다. 내 시간을 허비하면서까지 타인의 일에 관심 가질 이유는 없었기에.

스태프들과 작별 인사를 나눈 후 픽업트럭에 시동을 걸었다.

톡톡, 조수석 창문을 두드리는 손이 보였다. 이어 얼굴이 차창 밖으로 나타났다. 화장실의 여자였다.

고맙다는 인사라도 할 참일까. 그럴 필요 없다는 표시로 나는 오른손을 들어 좌우로 흔들었다.

"패서디나까지 태워줄래요?"

난감했다. 비단 동행 요구 때문만은 아니었다. 여자가 한국어를, 게다가 대단히 자연스럽게 구사했다. 스태프 중에는 중국 출신이 많았기에 여자 역시 중국인이리라 짐작했다.

"타도 되겠죠?"

대답할 겨를도 없이 여자가 조수석으로 엉덩이를 들이밀었다. 자리에 앉더니 어깨에 두르고 있던 커다란 숄더백을 뒷좌석 쪽으로 던졌다. 숄더백이 좌석에 제대로 올려졌고, 여자가 이편의 동의를 받아낸 양 보조개를 만들며 웃었다.

나는 전혀 웃을 기분이 아니었다.

내가 여자의 한국어를 알아들을 줄 어찌 알았을까. 나의 행선지 역시.

"만난 적이 있던가요?"

"여기저기 현장에서 스치듯이 잠깐씩."

특별한 경우가 아니라면 나는 여자의 얼굴을 똑바로 쳐다보지 않았다. 괜한 오해를 불러오기 싫었고, 딱히 관심도 없었다.

"우리 분야에서 한국 사람 만나기가 쉽지 않잖아요. 내 생명의 은인이기도 하고요. 그래서 차 좀 얻어 타려고요."

"왜 쓰러졌습니까?"

"며칠 동안 제대로 먹질 못했어요."

말해놓고 여자가 목을 뺀 채 나를 유심히 쳐다봤다.

"배고파요. 저녁 좀 사줘요."

저녁을 먹자, 라고 해야 통상의 대화다. 식사를 마치고 통상의 절차에 따라 자신의 몫을 계산한다.

종종 미국으로 촬영 온 한국 스태프들과 작업을 했다. 그들에게 배웠다. 밥을 먹자고 했으면, 제의한 쪽이 비용 전부를 지불하겠다는 뜻이었다. 거기까지는 익숙해졌다. 하지만 저쪽이 제의했건만 굳이 다른 사람이 나서 싸울 듯한 태도로 지불하는 건 아직도 이해하기 힘들었다.

여자의 미국 생활이 얼마 되지 않아 여전히 한국 정서가 남은 탓이리라. 갑자기 장난을 치고 싶었다.

"생명의 은인이라면서요? 밥은 그쪽이 사는 게 이치에 맞겠죠."

"한 사람의 목숨을 구했다면 그 사람의 앞날도 책임져

야 하는 거래요."

여자는 두 가지를 잘못 짚었다. 나는 여자의 목숨을 구하지 않았다. 그리고 인생은 스스로 외에는 누구도 책임져줄 수 없다.

"누가 그딴 소리를 합니까?"

"우리 아빠가요."

절대로 잊지 말아야 할 명언이라도 말한 양 여자는 당당했다.

재미있는 여자였다. 상식의 틀을 깨고도 머뭇대거나 미안한 낯빛이 아니었다.

"그 아빠의 명언을 더 들려줘요. 과연 밥을 살 가치가 있는지 판단해 보게."

명언이 이어지진 않았다. 대신 한 남자의 생애를 들었다. 밥은 물론 술까지 사줄 만한 스토리는 아니었다. 자신의 아빠에 대한 두터운 신뢰도 별로 동의하고 싶지 않았다.

도발적으로 시작하였기에 거침없는, 격정에 사로잡힌, 상대의 입장 따위는 고려하지 않는 성격의 여자라고 예상했다. 시간이 지날수록 전혀 다른 모습이 드러났다. 차분했고, 경망스럽지 않았다. 나에게 다가온 것은, 여자가 발휘할 수 있는 최대치의 용기였다는 생각이 들 정도였다.

빠르지도 느리지도 않은 적당한 말투였다. 상대방이 의문을 품을 만한 부분에 이르면 덧붙여 설명할 줄 알았다. 무엇보다 이편의 동의를 강요하려는 기색이 없었다.

나는 허리띠 풀어놓고 어깨를 축 늘어뜨린 기분으로 여자의 이야기를 들었다. 맞장구를 쳐야 할 순간, 천천히 눈을 감았다 뜨는 것으로 대신했다. 편했다. 어미 새가 물어다 준 먹이를 배불리 먹고 잠이 든 둥지 속 어린 새라도 된 듯했다.

식사가 끝나갈 무렵 여자가 말했다.

"귀가 웃기게 생겼어요. 아니 귀엽다고 정정할게요. 하여튼 만져보고 싶을 정도예요."

나는 씁쓸하게 웃었다. 어릴 적 아빠의 귓불을 만져야 안심했고, 그래야 잠들 수 있었다.

버릇이란 무섭다. 결핍이 불러온 버릇이라면 더더욱 그렇다. 아빠의 귓불을 만질 수 없게 된 이후, 나는 스스로 귓불을 만지작댔다. 세월이 흐르면서 귓불이 단련된 근육처럼 두툼해졌다.

"만져 봐요."

어쩌자고 그런 말을 했는지, 정작 말해놓고도 난감했다.

아마 다른 사람이 귓불을 만졌을 때, 그 촉감이 궁금했으리라. 내가 아빠의 귓불을 만졌을 때, 아빠가 느낀 감정을 확인하고 싶었을지도.

득달같이 여자가 귓불을 잡았다. 여자의 손길 자체는 별다른 감흥이 없었다. 내 안의 무엇인가 쩽하고 금이 가는 느낌이었다. 그 틈새로 여자가 쑤욱 들어왔다.

그 여자가 사라였다.

그 이후로도 만남은 이어졌다.

사라는 나를 마치 오래 사귄 벗인 양 대했다. 나 역시 형식과 절차에 묶이지 않았다. 어느 한쪽의 일방적 결정이 아닌, 물이 흐르듯 자연스러운 만남이었다. 함께 지내길 열망하진 않았지만 함께 있으면 평안했다. 적어도 나는 그랬다.

★☆★

'너무 늦었지?'

선잠이 막 깊어질 무렵 사라에게서 연락이 왔다.

재깍 몸을 일으켜 영상 연결을 시도했다. 사라는 음성

기능만 열었다. 뜻밖이었다. 사라는 늘 얼굴을 보며 대화하길 원했다. 나는 이런저런 이유를 들어 문자나 음성으로 대신했다. 얼굴까지 드러내면 아무래도 통화가 길어지기 마련이었다.

처지가 바뀌었다. 사정이 있겠지만, 지나친 비약인지 알면서도 왠지 버림받은 기분이었다. 잠깐 동안.

―― 네 번이나 전화했네. 무슨 일 있어?

"보고 싶어서."

―― 처음으로?

묻고 나서 사라가 소리 내어 웃었다. 나의 무심함을 나무라고 싶은 모양이었다.

한집에 둥지를 튼 이후 우리는 줄곧 붙어 지냈다. 촬영 스케줄에 의해 떨어져 있긴 했어도 기껏해야 사나흘이었다. 보고 싶다는 감정이 생길 간격이 아니었다. 일부러 감정을 과장한다면 모를까.

사라가 카오스를 불렀다. 분명 카오스가 뒤뚱거리며 다가와 사라의 품으로 파고들었으리라.

―― 병원에 갔다 왔어.

"병원? 왜? 어디 아파?"

갸릉갸릉. 카오스가 기분 좋을 때 내는 소리가 들려왔다.

-- 아픈 건 아니고, 검진을 받아보려고.

사라의 말을 곧이곧대로 믿기 어려웠다.

사라는 프리랜서다. 작업에 참여할 경우, 제작사에서 한시적으로 의료보험을 들어준다. 그마저 촬영 현장에서 발생할 돌발 사고에 한정한다. 실내 작업이 대부분인 에디터의 경우 스스로 해결해야 된다. 애석하게도 사라에게는 의료보험에 가입할 만큼 경제적 여유가 없다.

미국에선 아파도 섣불리 병원에 가지 못한다. 개인 파산 원인 중 절반 이상이 병원비 때문일 만큼 끔찍하게 비싸다. 보험료 역시 보장 규모에 따라 달라지긴 하지만 상당히 부담스런 금액이다.

"결과는 나왔어?"

어, 라는 사라의 대답에 다시 물었다.

"뭐래?"

-- 나중에 이야기해 줄게.

"문제가 있구나?"

-- 아냐, 그런 거.

굳이 나중으로 미루는 이유가 무엇일까. 더는 묻지 않기로 했다.

강요와 회유로 원하는 바를 얻어낸다면, 사라 역시 그런 식으로 나를 대하리라. 결국 서로의 감정을 앞세워 상대의 영역을 침범할 것이 뻔하다.

내가 원하는 관계는 평형이다. 누가 누구에게 휘둘리지 않은 채 상대를 바라보기. 너무 밀착되지도 지나치게 멀어지지도 않은, 적당한 거리를 유지하기.

화제를 바꿔볼 심사로 카오스에 대한 이야기를 꺼내려 할 때, 사라가 물었다.

―― 촬영은 탈 없이 흘러가지?

"자꾸 삐걱거려."

―― 그러면 안 되는데…….

사라의 말대로, 나 또한 원치 않은 일이었다. 계약 기간인 11월 30일에 맞춰 떠나고 싶었다. 그러나 진행 상태로 봐선 그때까지 도무지 끝날 성싶지 않았다.

제아무리 치밀하게 스케줄을 짜놓아도 제작 과정에는 예기치 못한 일들이 곳곳에 도사리고 있기 마련이다. 계약 기간의 연장은 피할 수 없는 절차이고, 영화 흥행을 좌우하는 주연배우일지라도 당연히 받아들일 책무로 여긴다.

"아무래도 해를 넘길 듯해."

-- 새해를 같이 맞이하면 좋겠는데……

잊고 있었다. 대수롭지 않게 여겼다고 하는 편이 옳았다.

올해의 첫날, 나는 플로리다에 있었다. 촬영 일정이 꼬인 탓이었다. 사라는 홀로 집을 지켰다. 그게 마음에 걸렸던 모양이었다. 다가오는 연말연시는 자신의 고향인 몬태나에서 보내자고 했다.

동의했는지, 기억에 없다. 세상이 정한 기념일에 딱히 의미를 두지 않기에 아마 웃어넘겼을 것이다.

오랫동안 홀로 살아온 자에겐 기념할 날이 따로 존재하지 않는다. 용케 살아낸 오늘 하루가 바로 기념일이다.

★☆★

"아홉 살 때 한동안 지냈다는 산골 오두막, 기억해?"

-- 그럼. 깊은 산속 옹달샘.

사라가 콧노래를 흥얼거렸다.

"아빠 산소가 거기에 있다네."

마치 통화가 종료된 착각마저 들 지경으로 사라에게선 반응이 없었다.

"우습네, 아빠가 죽어 사락골에 묻혔다는 게."

–– 우스운 게 아니라 믿어지지 않는다고 해야지.

사라는 자신이 세 살 연상이라는 사실을 확인시키려는 듯 지적할 때가 있었다. 흔치 않았고, 지적받을 만한 말이거나 행동이었기에 기분 나쁘지도 않았다.

–– 인사드리러 갈 거지?

"왜 그래야 돼?"

–– 아빠니까. 더 이상 무슨 이유가 필요해.

과연 그럴까. 누군가에겐 아버지는 따뜻한 모닥불이지만, 또 누군가에겐 맨발로 걸어가야 할 얼어붙은 황무지다.

"뒤늦게 가는 게 과연 의미가 있을지 모르겠어, 솔직히."

–– 일단 가봐야 무슨 의미인지 알겠지.

세상에서 가장 멋진 남자, 라고 사라는 자신의 아빠를 평했다. 그런 사라에게 얻어들을 말은 어차피 뻔했다. 알면서도 내 등을 떠밀어주길 바랐을까.

–– 두려워? 두려워서 가지 않을 구실을 찾으려는 거 같아.

그럴 리 없다고, 부인하려다 입을 닫았다. 두려움이 발목을 잡고 있다는 생각이 들었고, 곧 급소를 강타당한 듯 숨이 막혔다.

―― 두려우면, 내가 같이 가줄까?

제발, 그래 줄래.

입 밖으로 나오려는 말을 겨우 막았다.

―― 내일 당장 비행기 티켓 끊는다?

"농담할 기분 아냐."

―― 진심인데.

★☆★

사라와 함께 지낸 지 서너 달쯤 되었을 무렵이었다.

아홉 살 프랑스로 떠난 이후 그때까지, 누군가에게 내 이야기를 하지 못했다. 처음에는 주위에 마음 터놓을 상대가 없었다. 비명을 질러도 아무도 귀 기울이지 않았다. 그런 나날이 이어지면서 내 마음은 단단하게 봉인되었다. 의도를 해도 함부로 들쳐낼 수 없었다.

사람들 속에 있으면서도 나는 외로웠다. 마음 나누기를 원하는 상대가 나타나면 내가 먼저 등을 보이곤 했다.

2박 3일 라스베이거스 일정을 마치고 돌아온 날이었다.

사라가 저녁으로 삼계탕을 식탁에 올려놓았다. 사막에서 진땀을 흘리며 수고했을 나를 위해 코리아타운의 한국

마트까지 다녀왔다고 했다.

"처음 끓여 봤어. 인터넷 요리법을 그대로 따라 했는데 맛은 장담 못해."

김이 무럭무럭 오르는 삼계탕을 지켜만 보는 나에게 사라가 물었다.

"마지막으로 삼계탕을 먹어본 게 언제야?"

통증이 느껴질 정도로 가슴이 저린 물음이었다. 나는 잠자코 그릇에 거의 머리를 박고 꾸역꾸역 삼계탕을 삼켰다. 국물까지 알뜰히 비워내면서 결국 아무 말도 하지 않았다.

이런저런 것을 묻던 사라도 스스로 입을 닫았다. 불시에 인형을 빼앗긴 아이의 표정으로 나를 흘낏거릴 뿐이었다.

침묵의 식사가 끝났다. 나는 사라에게 등을 보인 채 설거지를 시작하며 비로소 말했다.

"아홉 살 때 먹어보고 처음이야."

"정말?"

"그때 한 달 내내 먹었어."

"설마……."

"사실은 뱀탕이었어. 뱀탕을 삼계탕이라고 속여 아침 점심 저녁으로 먹였어."

"누가? 도대체 왜 그런 짓을?"

"아빠."

내 목소리는 녹슨 철판을 사금파리로 긁어대는 듯해 스스로 듣기에도 거슬렸다. 아빠, 아빠. 이따끔씩 속으로 중얼거리긴 했다. 하지만 입 밖으로 꺼낸 적이 언제인지조차 아득했다.

사라가 다가와 뒤에서 나를 껴안았다. 어깨가 떨리는 것을 들키지 않으려 거친 손놀림으로 설거지를 했다.

처음으로, 누군가에게 나의 이야기를 털어놓았다.

그럴 만한 기회가 없었다. 그럴 만한 기회를 만들지 않으려 했다. 솔직히 인정하자. 과거를 돌이키는 것은 쓰라린 발바닥으로 사막을 걷는 것과 다름없었다.

순전히 삼계탕 탓이었을까. 방아쇠를 당겼으면 일단 총알은 발사되기 마련이었다. 원하든 원하지 않든, 과녁에 명중하든 빗나가든.

핵심만 요약하려고 했다. 제법 긴 이야기가 되고 말았다.

고맙게도, 사라는 도중에 끼어들거나 함부로 자신의 소감을 더하지 않았다. 다행히, 놀라지도 슬퍼하지도 않은 채 그저 담담히 들어주었다.

"다신 삼계탕을 끓이지 마."

펼쳐 놓은 이야기의 벼리를 움켜쥐는 심정으로 나는 덧붙였다.

"한국이 싫어. 내 과거에 엮이는 자체가 싫다고."

사라가 천천히 눈을 감았다 떴다. 이해할 수는 없지만 너의 결정이니 인정해줄게, 하는 표시처럼.

아주 잊어버린 듯했던 장면이 떠올랐다. 사락골의 오두막, 박지산, 향리로 가는 오솔길, 향리의 폐교…….

"어쩔 수 없이 가게 된다면, 찾아보고픈 곳이 있긴 해."

"어디야?"

"깊은 산속 옹달샘. 뱀탕을 먹어야 했던 그곳이 어떤 모습으로 변했을지 궁금해."

사락골.

오두막은 무너졌겠고, 오솔길은 잡초에 덮여 사라졌을 테고, 할아버지는 진작 떠났으리라.

황폐한 현재를 확인하려는 게 아니었다. 사락골에서 다시 느껴보고 싶었다. 내 유년 시절 가장, 아니 유일하게 찬란했던 순간들을.

하지만 찬란했던 기억마저 무참하게 만들지도 모를 아빠의 흔적이 거기에 있었다. 사락골 어딘가에 아빠가 묻혔다. 과연 가게 될까. 끝내 가지 않을 가능성이 훨씬 높았다. 사라는 내 속을 정확히 꿰뚫고 있었다.

나는 두려웠다.

4.

샤워를 했고, 편의점에서 사온 도시락으로 배를 채웠다.

사흘 뒤에나 재개될 촬영이었다. 한껏 게으름을 부려도 좋을 시간이었다. 홀가분해야 마땅한데 무엇인가 미진했다. 긴 여행에서 돌아왔는데 아직 등에 배낭을 메고 있는 기분이었다. 아니 누군가 뒤통수를 쏘아보고 있는 듯했다.

문득문득 사라의 말이 생각났다.

"과거와 대화하지 않으면, 미래는 결코 우리에게 말을 걸어오지 않는대."

의미 없다. 말장난에 불과하다. 고단한 과거를 겪어보지 못한 자의 한가한 넋두리다. 단정지으면서도 손톱 밑에 박힌 가시처럼 신경 쓰였다.

과거를 들추는 짓은 사양이다. 정글의 늪, 사막 유사와 같아서 잘못 발을 들여놓았다가 끝내 빠져나오지 못하리라.

한때 과거가 현재의 발목을 잡는다고 생각했다. 나약한 자의 변명이었다. 오히려 현재가 과거의 발목을 놓아주지 않을 뿐이었다. 생각을 고쳐먹었다. 흘러간 것은 그럴 만한 이유로 흘러갔노라 인정하기로 했다. 되짚어 돌아가지 않으면 그만이었다. 아빠의 산소를 찾아나서는 것 역시.

랩탑의 전원을 켜고 인터넷을 연결했다.

최근 기다리던 조명 기기가 출시되었다. 외장 하드에 운용 매뉴얼을 담아 두었지만 아직 읽지 못했다.

외장 하드를 꺼내려 가방을 열었다. 먼저 눈에 들어오는 것이 있었다.

민 원장의 책이었다.

아빠에 대한 내용이 있다고 했다. 그래서 더욱 읽고 싶지 않았다. 장차 읽게 되리라 생각하지도 않았다. 선물이므로 보관하긴 할 생각이었다.

개운치 않게 남아 있는 감정을 정리하라는 일종의 계시?

쓴웃음을 지으며 책장을 폈다. 설렁설렁 페이지를 넘기다 '가시고기를 기억하며'라는 제목에서 멈췄다.

★☆★

"가시고기, 알아요?"

대학병원 소아암센터에 근무할 때, 한 아이가 내게 던진 물음이었습니다.

아이는 아홉 살이었습니다. 똑똑하고, 착하고, 놀라울 정도로 참을성이 좋았습니다. 끔찍한 고통이 뒤따르는 골수 채취도 울고 떼쓰는 다른 아이들과 달리 바들바들 떨면서도 참아냈습니다.

당시 아이는 골수 이식 수술을 받고 무균실에 있었습니다. 골수 공여자를 만난 자체가 기적었습니다. 이식한 골수가 성공적으로 생착해 백혈병을 극복하리라 자신했습니다.

"어떤 고기일까?"

입원과 퇴원이 반복되면서 아이는 주치의인 나를 꽤 친밀하게 여겼습니다.

"가시고기는요, 아주 쬐그만 물고기예요. 엄마 가시고기는 알들을 낳으면 어디론가 가버려요. 아빠 가시고기가 혼자서 알들을 돌봐요. 덩치 큰 고기들이 알들을 삼키려 할 때도 목숨을 걸고 싸워요. 아빠 가시고기 덕분에 새끼 가시고기들은 알에서 깨어나요. 너무 지친 아빠 가시고기는 죽어버리고요."

아이는 눈물이 글썽한 모습을 들키지 않으려는 듯 고개를 숙였습니다. 그리고 혼잣말처럼 작게 말했죠.

"우리 아빠는요, 꼭 아빠 가시고기 같아요."

그렇지 않다고, 너의 아빠는 가시고기가 아니라고 차마 말해주지 못했습니다. 애석하게도, 아이의 말이 현실에서 실제로 벌어지고 있었기 때문이죠. 아이를 간호하는 동안 아이의 아빠는 이미 만신창이가 되었습니다.

아이의 아빠는 시인이었습니다. 아내는 자신의 길을 찾아 떠났고, 홀로 아이를 돌보며 치료비를 감당했습니다. 2년이 넘는 병원 치료로 있던 재산마저 몽땅 쏟아부었습니다.

시인은 아이 곁에서 노트북 자판을 두드렸습니다. 저녁 회진에서 봤던 모습을 이튿날 새벽 회진에도 그대로 목격하곤 했습니다. 아마 돈이 되는 원고라면 종류를 마다하지 않는 듯했습니다. 정말 아빠 가시고기처럼 먹지도 잠들지도 않은 채로.

돈 때문에 아이의 치료를 중단할지도 모른다는 두려움으로 하루하루가 살얼음 위를 걷는 기분이었을 겁니다. 아빠의 그 모습이 아이에겐 영락없이 가시고기로 느껴졌던 모양입니다.

아이의 이식 수술 직전, 시인의 상태를 알게 되었습니다. 간암 말기였습니다. 시인은 아이의 곁을 떠나지 않으려 했습니다.

"아이에게 마지막 기회입니다. 제가 곁에 있어야 힘을 낼 겁니다."

아이의 이식 수술은 성공했습니다. 길고 고단한 싸움이 끝난 셈이었죠.

나는 시인을 진료실로 따로 불렀습니다. 애타게 기다려 온 소식이므로 시인과 기꺼이 감격의 포옹을 하고 싶었습니다.

하지만 시인은 묵묵히 두 눈을 감았습니다. 포옹은커녕 함부로 말을 건네기도 힘들어 그저 지켜만 보았습니다. 천천히 어깨가 흔들렸고, 입술이 씰룩거렸고, 마침내 감은 두 눈에 눈물이 맺혔습니다.

시인은 소리 없이 울기 시작했습니다. 고요하지만 아주

긴 울음이었습니다. 격렬한 울부짖음과 비교할 수 없는 가슴 저린 울음이었습니다. 아이는 살아났지만, 정작 시인 자신은 죽음의 문 앞에 있었습니다.

"저는 아이에게 죄인입니다. 아이를 지키지 못한 죄인이라서, 아이가 떠나면 저도 같이 떠날 생각이었습니다."

골수 제공자를 찾지 못했을 때, 아이에게 남은 치료 방법은 없었습니다. 시인은 희망 없는 치료로 아이를 더 이상 괴롭히지 않겠다며 퇴원을 고집했습니다. 병원을 나가 아이와 함께 최후를 맞이할 장소를 찾아다녔다고 했습니다.

시인은 자신의 아버지 이야기를 들려줬습니다. 어린 시인의 손에 쥐약을 쥐어줬던 아버지. 그 아버지가 미워서, 그 아버지처럼 되지 않기 위해 전력을 다해 아들을 사랑했답니다. 하지만 결국 그 아버지의 길을 걷게 되리라는 생각에 견디기 힘들다고 했습니다.

시인이 이야기 끝에 물었습니다.

"우리 아이를 기억해주겠습니까?"

내가 고개를 끄덕이자 시인은 이야기를 이어갔습니다.

"외롭게 자랐습니다. 외로움이 사무칠 때마다 생각했죠. 누군가, 어디에선가 나를 기억해주고 있을지도 모른다. 그 생각 때문에 함부로 살지 않겠다고 다짐하곤 했어요."

며칠 후 아이는 어머니와 함께 프랑스로 떠났습니다.

그리고 시인은, 서둘러 아빠 가시고기가 되었습니다. 마치 이 땅에서의 소명을 다 마쳤다는 듯이.

나는 간간이 프랑스로 연락을 취했습니다. 처음에는 아이의 예후를 알아야 했습니다. 한편 시인과의 약속을 지키고 싶었습니다.

누군가를 기억한다는 것은, 그 사람의 과거가 아니었습니다. 오늘과 내일에 향한 기대이자 응원이었습니다.

아이와는 단 한 차례도 연결이 되지 않았습니다. 아이는 어느덧 서른 즈음이 되었을 겁니다. 지금 어디에 있는지, 어떤 모습으로 성장했는지 알 길이 없습니다. 궁금하긴 해도 크게 걱정하진 않습니다.

아빠 가시고기가 된 시인이지만, 여전히 그 기억 속에서 헤엄치고 있을 아들 가시고기이기 때문입니다.

5.

진저리를 치며 잠에서 깨어났다.

깜박 졸았다고 해야 옳았다. 토막잠에도 꿈을 꿨고, 그 꿈으로 이마에는 진득한 땀이 배어 있었다.

언제나 비슷비슷한 상황과 내용으로 과거의 한때를 고스란히 재현하는 꿈이었다. 숱한 세월이 흘렀음에도 꿈속의 나는 여전히 아이였고, 하 여사는 두려운 존재였다.

프랑스에 도착한 직후, 하 여사는 단단히 결심한 듯했다. 한국에서의 친절했던 모습을 버리기로 작정한 듯 나를 매섭게 몰아붙였다.

바뀐 환경에 빠르게 적응시키려는 건지, 자신이 희망하는 틀에 빈틈없이 맞추고 싶은 건지, 아니면 나에게서 과거 생각을 아예 걷어내려는 의도인지…….

아빠는 나를 그렇게 몰아붙인 적이 없었다. 백혈병 치료 말고는 언제나 내 생각부터 물어보곤 했다.

혼란스러웠고 무서웠고 무엇보다 외로웠다. 머릿속이 텅 빈 느낌이었다. 프랑스가 졸지에 나를 바보 멍텅구리로 만들었다는 생각마저 들 지경이었다.

하 여사는 자주 나를 혼냈다. 하 여사의 기대를 따라가

지 못하는 내 그림 실력 때문에, 멍텅구리 짓을 해서, 아빠를 그리워한다는 이유로.

먼저 말로 나를 꾸짖었다. 나무람이 길어지면서 폭언으로 바뀌었고, 때로 손찌검도 했다. 두려움에 떨다가 어느 순간 툭 긴장의 끈이 끊어지면 나는 꾸벅꾸벅 졸았다. 하여사는 자신을 무시한다고 여겼다. 그럴수록 하 여사의 목소리는 점점 높아졌다.

어쨌든 나는 그렇게 길들여졌다. 엄마라는 이름은 절대복종의 자세를 취해야 할 존재였다.

복종하면서 두려움이 생겼을까. 반대로 두려움 때문에 복종하게 되었을까. 어느 쪽이든 나는 오랫동안 두려움과 복종의 울타리에서 지냈다.

하 여사를 원망할 수도 없었다. 원망해야 한다면, 바로 아빠였다. 나를 프랑스로 보낸 건 아빠였기 때문에.

나는 하 여사에게 반항하지도 못했다. 그랬다간 영원히 한국으로 돌아가지 못할 것 같았다.

두려워도 참아야 했다. 복종하며 견뎌야 했다. 스무 살이 될 때까지, 혹은 아빠가 생각을 바꿔 나를 데리러 올 그날까지 하 여사의 울타리 안에 있어야 했다.

울타리를 뛰쳐나갈 기회는 훨씬 빨리 찾아왔다. 내가 원하는 방향과는 전혀 다르게.

몸을 일으켜 침대에서 빠져나오는 순간, 휴대전화가 부르르 진저리를 쳤다.

사라의 메시지였다.

바빠, 라는 글자 뒤에 물음표가 주욱 달렸다. 의문의 강도를 물음표 개수로 표시한 듯했다.

-- 아빠한테는 갔다 왔어?

사흘 밤낮 이어진 촬영으로 코가 어디에 붙어 있는지도 모를 정도였다. 사락골을 가지 못한 이유인 양 여기는 스스로가 우스웠다.

나는 여전히 갈림길에 서 있었다. 가느냐, 마느냐. 그 차원이 아니었다. 아빠라는 존재 자체에 대한 선택이었다.

아빠를 현실로 불러낼 것인가. 이제껏 그래 왔듯이 봉인한 채로 내 삶의 바깥에 둘 것인가.

-- 언제 갈 거야?

영상 통화 버튼을 누르려다 휴대전화를 내려놓았다.

사나운 꿈에서 막 깨어났다. 샤워부터 하고 싶었다. 진득하게 남아 있는 땀도, 꿈으로 무거워진 마음도 씻어내고 싶었다.

욕실로 들어가 샤워기를 틀었다.

뜨겁다고 느껴질 정도로 온도를 조절해 놓고 샤워기 아래에 섰다.

쏟아지는 물줄기에 몸을 맡긴 채 벽면의 거울을 바라보았다. 김이 서린 거울 속 내 모습은 흐릿했고, 머리에서 흘러내린 물줄기가 시야를 가렸다.

★☆★

오를레앙에서는 드물게 종일 폭우가 쏟아지던 날이었다.

그리고 내가 살아온 모든 나날에서 가장 격렬했던 순간이기도 했다.

방학을 맞이한 첫날이었다. 룸메이트 대부분은 고향으로 돌아가 기숙사는 거의 비어 있었다.

하 여사가 폭우를 뚫고 찾아왔다. 코르시카로 나를 데려가려는 방문이 아니었다. 이유는 이네스의 호출 때문이었다.

이네스에게 나는 좋은 제자가 아니었다. 그림에 열중하지 않았고, 그나마 이런저런 핑계를 대며 수업을 빼먹었다.

하 여사는 험상궂은 일기처럼 잔뜩 화가 난 상태였다.

이네스가 나를 더 이상 제자로 받아들이지 않겠다는 통보를 했던 모양이었다.

"그동안 너한테 쏟아부은 돈이 얼마인지나 알아?"

하 여사가 분노할 때는 침묵이 최선이었다. 대꾸 자체가 분노의 불길을 키우는 이유가 되기 때문이었다.

"재능은 최고인데 노력을 하지 않는다더라. 도대체 이유가 뭐냐?"

재능이란 단지 출발점이다. 결과까지 보장하진 않는다. 재능이 제자리를 맴돈다면, 재능의 문제가 아니라 재능을 발휘할 이유를 찾지 못한 탓이다.

내가 꼭 그 짝이었다. 주위에선 그림에 재능이 있다고 했고, 나도 얼마쯤은 그렇다고 생각했다. 하지만 그림을 그리기 위해 이젤 앞에 앉는 게 한가한 짓거리로 여겨졌다. 하 여사를 만족시키기 위해 그림에 열중한다는 자체가 솔직히 역겨웠다.

"이네스만 한 선생 구하기가 어디 쉬울 것 같니. 앞으로는 열심히 하겠다고, 이네스에 달려가 매달려라. 너한테는 마지막 기회야."

마지막이라는 말이 나의 용기를 이끌어냈을까. 나는 처

음으로 조건을 내세웠다.

"이번 방학에 한국에 보내줘요. 갔다 오면……."

말이 끝나기도 전, 하 여사가 내 뺨을 후려쳤다. 간혹 플라스틱 자로 등짝을 맞는 것과 손으로 뺨을 맞는 것은 차원이 달랐다. 때리는 쪽도 그랬을까, 하 여사의 눈에는 분노를 넘어 멸시가 담겨 있었다. 곧 그 멸시를 거침없이 쏟아냈다.

"한국에 가도 소용없어."

"보내만 주면 아빠를 만날……."

하 여사가 뒷말을 가로채며 소리쳤다.

"절대 못 만나. 네 잘난 아버지는 이미 죽었어."

나는 웃었다. 하 여사가 날 놀리고 있다고 생각했다.

"웃어. 내가 거짓말을 한다고 생각하냐. 천만에. 네 아빠는 확실히 죽었어. 오래전 이 세상 사람이 아니라고."

나는 더 크게 웃었다. 하 여사가 자신의 뜻을 따르지 않는 아들의 약점을 노려 제대로 복수한 셈이라고 생각했다.

하 여사는 엄지와 검지로 내 뺨을 쥐고 흔들었다.

"정신 똑바로 차려. 너에게 아빠란 존재는 없어. 쓸데없이 고집부리지 마. 이제부터 잡생각은 버리고 그림에만 집중해."

아빠를 그리워하는 게 잡생각이란 말인가.

눈앞이 깜깜해진다는 말은 사실이었다. 갑자기 두 눈이 멀어버린 듯 아무것도 보이지 않았다. 아빠가 죽었다는 말보다 잡생각이란 표현에 더 화가 치밀었다.

나는 하 여사의 손목을 잡고 비틀었다. 으아……, 치명적 상처를 입은 늑대의 하울링처럼 길게 소리쳤다.

아빠의 죽음을 인정한 건 아니었다. 이제껏 나에게 쏟아졌던 하 여사에 대한 울분이 한꺼번에 터졌다.

그리고 나는 아무것도 믿을 수 없게 되었다. 아무것도 생각할 수 없게 되었다.

프랑스에 온 지 6년 7개월이었고, 열여섯 살이었다.

★☆★

어떻게 하 여사와 헤어졌는지 기억이 나지 않았다.

정신을 차렸을 때, 나는 폭우 속을 하염없이 걷고 있었다. 기숙사를 그냥 뛰쳐나왔는지 민소매 셔츠에 반바지 차림이었다. 발에는 슬리퍼 한 짝만 걸려 있었다.

나는 다시 기숙사를 향해 걸었다. 마치 잃어버린 슬리퍼

한 짝을 되찾으려는 양 두 눈을 희번덕거리며.

방으로 돌아왔을 때, 하 여사의 모습은 보이지 않았다. 대신 쪽지가 책상에 올려져 있었다.

'이네스에게 계속 지도받겠다고 말해뒀다.'

아빠의 죽음을 알린 지 한 달, 일주일, 하루가 지나지도 않았다. 그럼에도 태연하게, 한가한 내용을 적어뒀다.

따라 배우고 싶을 지경으로 용감한 행동이었다. 아예 아파할 줄 모르는 아들로 여겼을지도 몰랐다. 아니, 처음부터 하 여사에게 아빠는 깃털처럼 가벼운 존재였다. 참 불쌍한 아빠였다. 죽어서가 아니라 그런 대접밖에 받지 못해서.

나는 쪽지를 손에 쥐고, 우두커니 선 채 바닥으로 뚝뚝 떨어지는 물방울을 바라봤다. 단지 비에 젖었을 뿐이었다. 내 몸뚱이가 낱낱이 해체되면서 액체로 변해 떨어지는 듯했다.

불현듯 영화《포레스트 검프》에서 3년 2개월 14일 동안 달린 포레스트 검프의 말이 생각났다. 강렬한 유혹의 속삭임처럼 귓전을 맴돌았다.

'나는 몹시 지쳤어. 이제 그만 집에 갈래.'

나도 지쳤다. 그러나 포레스트와 달리 내게는 돌아갈 집이 없었다.

하 여사의 쪽지를 찢었다. 젖은 옷을 닥치는 대로 벗어 던졌다. 알몸으로 침대 속으로 기어들었다. 돌아갈 곳이 없기에 잠으로 달아났다.

어쩌란 말인가. 내가 무엇을 할 수 있을까. 그 옛날 하 여사의 분노 앞에서 꾸벅꾸벅 졸던 것처럼 나는 무력했다.

꼬박 이틀 밤낮을 잤다.

마치 안개 속을 걷는 듯 몽롱한, 그러나 기나긴 잠이었다. 많은 꿈을 꿨다. 어느 하나 기억나지 않았다. 전속력으로 달리는 테제베에서 밖의 풍경을 바라보는 느낌이었다.

동면 중인 곰이 겨울이 채 끝나기도 전 굴에서 기어 나오는 건 허기 때문이다. 나도 그랬다. 냉장고를 뒤져 닥치는 대로 먹고 마셨다.

허기에서 빠져나오자 현실이었다.

험악한 꿈을 꿨다고 생각하고 싶었다. 그러나 두 눈 부릅뜨고 돌아봐야 할 현실이 입을 벌리고 있었다.

추락하는 비행기에서 구명조끼를 찾아 입을 것인지, 차라리 옆 좌석의 사람과 악수를 할 것인지 결정할 시간이었다.

★☆★

기숙사 1층에 마련된 공중전화로 갔다.

박 화백에게 전화를 걸었다.

간간이 박 화백이 연락을 해왔다. 잘 지내는지, 필요한 건 없는지, 아프진 않는지…….

친절한 박 화백. 도무지 가까워질 수 없는 불편한 상대이지만 적어도 거짓말을 늘어놓지는 않았다.

"아빠가 죽었대요."

대꾸가 없었다. 박 화백의 헛기침만 몇 차례 들려왔다.

"우리 아빠가, 죽었대요."

"그래, 돌아가셨다."

이번에는 내가 대꾸하지 못했다. 몸이 주체할 수 없을 만큼 떨렸다.

박 화백이 내 이름을 연거푸 불렀다. 처음에는 에두아르로, 곧 다움이로.

"갑자기, 왜, 멋대로 죽어요?"

"많이 아프셨다는구나."

기이하게도, 오래전부터 예상했던 일이 마침내 벌어졌다는 생각이 들었다. 근거 없는 그야말로 엉뚱한 생각이었다.

이쯤에서 더는 묻지 말아야겠다고 이를 악물었다. 하지만 다시 묻고 말았다.

"언제 죽었어요?"

"꽤 되었다고 알고 있다."

"꽤가 언제냐고요?"

박 화백의 헛기침이 다시 들려왔다. 나는 같은 내용을 거의 악을 쓰며 다시 물었다.

박 화백이 느리게, 사뭇 가라앉은 목소리로 말했다.

"다움아, 일단 침착해라."

"날 속였네요."

"미안하구나."

아빠는 죽었다. 그리고 나는 속았다.

아빠의 죽음보다 속았다는 사실이 더 참기 어려웠다. 나에겐 분노할 구실이 필요했다. 울고 싶은 아이의 뺨을 때려주듯이.

"왜 이제야 알려주는 거죠?"

"하 여사는 아마 네가 견딜 만한 힘이 생길 때를 기다렸을 거다."

견딜 만한 힘?

인내를 두고 한 말이라면, 틀렸다.

내가 가장 잘할 수 있는 건 그림이 아니라 인내였다. 나에게 인내란 주머니에 들어 있는 동전 같은 거였다. 따로 준비하지 않아도 필요할 때면 언제든 꺼내 쓸 수 있었다.

인내만 놓고 따진다면, 나는 100살 노인보다 더 험난한 세월을 살았다.

백혈병으로 뼈와 살이 너덜너덜해지는 고통을 견뎠다. 아빠에게 돌아갈 날을 기다리며 참아야 했다. 이방의 땅에서 외톨박이로 지내도 묵묵히 버텼다.

잘못을 물어야 한다면, 바로 인내였다. 인내 때문에 이 꼴이 되었다.

그랬다. 나는 지나치게 인내했다.

그러지 말아야 했다. 거절하고, 저항하고, 분노했어야 했다. 아프면 아프다고, 외로우면 외롭다고, 힘들면 힘들다고 아우성을 쳤어야 옳았다.

다움아, 하고 박 화백이 목소리를 높였다.

"지금 내가 가마. 만나서 더 이야기하자꾸나. 꼼짝 말고 가만히 있거라."

나는 잠자코 통화를 끝냈다.

방으로 돌아와 욕실로 들어갔다. 샤워기를 틀어놓고 쏟아지는 물줄기 속에서 마지막 양치질이기라도 한 양 꼼꼼히 이를 닦았다.

거울 속 나를 노려보며 아빠를 떠올리려 했다. 거울에 어린 수증기 탓으로 여기며 손바닥으로 닦아내고 닦아내도, 끝내 아빠의 얼굴이 생각나지 않았다. 아빠 스스로 자신의 모습을 차단해버린 듯했다.

서서히 내 안에 들끓던 혼란과 격정이 사라졌다.

고통도 감당할 수 있을 때까지만 고통이었다. 용량을 초과한 고통은 고통으로 다가오지 않았다. 고통을 당하는 내 존재가 덧없어질 따름이었다.

아빠는 내가 마땅히 누려야 할 기회들을 앗아갔다. 마지막 아빠의 죽음을 애도할 기회마저.

아빠의 목소리가 들려왔다. 벤치에 앉아 나를 보낼 때 했던 말이었다.

아빠는 널 잊을 거다. 너도 아빠를 잊어버려라. 아예 아빠가 없다고 생각하고 살아라.

아빠의 뜻대로 되고 말았다.

생각하고 결심할 필요조차 없게 되었다.

마침내, 아빠는 입이 열 개라도 할 말이 없는 꼴이 되고 말았다.

★☆★

박 화백이 당부했지만, 나는 가만히 있지 않았다.

더 이상 짓눌린 채 견뎌야 할 하루하루가 지긋지긋했다.

박 화백을 기다릴 이유가 없었다. 서둘러 짐을 꾸리기 시작했다.

서랍 깊숙이 넣어둔 여권을 꺼냈다. 무용지물인지 알면서도 보관해 온 한국 여권이었다.

나는 이미 프랑스인이었다. 한국으로 가려면 프랑스에서 발행한 여권이 필요했다.

아빠는 헤어지기 직전 명령했다. 10년을 엄마와 살아야 한다고. 너무 긴 시간이었다고, 아빠가 틀림없이 후회하리라 생각했다. 아빠와 나, 우리는 한 팀처럼 생각이 잘 맞았으니까.

한때 프랑스 여권을 만들려고 했다. 하 여사 모르게 탈출 계획을 세웠다. 하지만 법적 대리인의 동의가 있어야 했고, 하 여사는 내 계획을 철저히 봉쇄했다. 열여덟 살이 되기 전까지 탈출은 불가능했다.

짐을 꾸렸지만 30리터 배낭도 채우지 못했다. 헐렁한 배낭을 바라보고 있자니, 까마득한 옛날이 생각났다.

아파트에서 연립주택으로, 다시 반지하 단칸방으로 이사를 다닐 때마다 아빠는 짐을 줄였다. 마지막 봉고에서 지내게 되면서 달랑 박스 몇 개만 남았다.

가난한 아빠. 아빠의 마지막 순간만큼은 부디 가난하지 않았기를…….

그게 무슨 의미람. 나는 세차게 머리를 흔들어 생각을 떨쳐냈다. 재깍 배낭을 둘러맸다. 그리고 아무짝에도 쓸모없는 한국 여권을 쓰레기통에 버렸다.

기숙사 정문을 빠져나오며 영화 《그리스인 조르바》의 마지막 장면, 안소니 퀸의 대사를 떠올렸다.

'사람에게 광기가 필요하답니다. 광기가 없다면 자신을 묶고 있는 끈을 끊어내지도, 자유로워질 엄두도 내지 못하죠.'

인내의 삶을 걷어찰 때였다.

인내 대신 광기를 택해야 할 순간이었다.

자유까지는 기대할 수 없을지라도 당장은 그 수밖에 없었다.

제3장

1.

촬영 현장에서 평화를 기대하기란 추락하는 비행기에서 살아남기를 바라는 것과 같다.

긴박하고도 치열하다. 어떤 돌발 상황이 언제 어떻게 닥칠지 모른다. 피가 튀고 살점이 찢겨나가지 않을 뿐이다. 육체와 정신의 한계 지점까지 오가면서 누구랄 것도 없이 철창에 갇힌 맹수처럼 거칠고 사나워진다.

이런 현장의 분위기에 만족한다. 내가 어디에 있는지를, 무엇을 원하는지를 명확하게 보여주기 때문이다.

그리고 촬영이 끝났을 때의 느낌이 좋다. 난관을 뚫고 해냈다는 성취감도, 무사히 마쳤다는 안도감도 아니다. 최후의 기력까지 소진해 버려 아무것도 남지 않은, 그저 텅 비어버린 듯한 상태가 마음에 든다.

52시간 농안 이어진 주적과 격투 씬 촬영이 마침내 끝났다.

두 팀으로 나뉜 조명 스태프들과는 달리 나는 거의 자지 못했다. 전체 진행을 살펴야 될 입장이기도 했지만 내 손을 직접 거치지 않으면 불안했다.

스태프들이 조명 기구를 해체해 정리하는 동안, 간이 의자에 앉아 해거름이 찾아든 서쪽 하늘을 바라보았다.

아, 그만 캘리포니아로 돌아가고 싶어.

무심결에 중얼거렸고, 대수롭지 않게 넘기려 했다. 그러나 이미 눈앞에는 데스밸리의 정경이 펼쳐졌다.

불쑥 가슴에 커다란 구멍이 뚫린 기분에 사로잡히곤 했다. 딱히 이유는 없었다. 형태도 의미조차 없는 그저 느낌에 불과한 구멍 속으로 속수무책 빨려들 때, 나는 데스밸리로 향했다. 70마일의 속도로 5시간을 내처 달려야 닿는 곳이었다.

데스밸리에서 드넓게 펼쳐진 샌드듄, 어느 모래 언덕에 팔베개를 하고 누워 하늘을 올려다보곤 했다. 바람에 날려온 모래가 내 몸뚱이를 덮을 즈음 언덕을 내려왔다.

아무 일도 하지 않았고 아무 일도 벌어지지 않았다. 그럼에도 마치 모래 알갱이가 모이고 모여 내 안의 구멍을 메워놓은 기분이었다.

지금, 나에겐 구멍을 메워 줄 데스밸리 같은 장소가 필요했다.

민 원장을 만나면서 구멍이 뚫렸다. 손가락 하나 드나들 크기였고, 아직은 무시해도 될 만했다. 그러나 민 원장의 책을 읽은 뒤 구멍은 손을 쑥 집어넣을 만큼 넓어졌다. 계속 방치하다간 메울 길이 아예 없어질 듯했다.

아빠는 나를 버렸다. 그렇게 생각해왔다. 사정이 있었겠지만, 버린 건 버린 거였다.

아빠는 나를 버릴 수밖에 없었다. 민 원장의 글에 의하면 이미 병이 깊은 상태였다. 프랑스라도 보내야 고아 신세를 면할 처지였다.

버리고, 버릴 수밖에 없고.

둘의 차이를 머리로는 어쨌든 이해할 만했다. 아빠를 원망할 자격조차 없었다는 사실을 인정하는 건 끔찍하고도 괴로웠다.

그러나 가슴으로는 여전히 동일한 의미였다. 어느 쪽이든 달라질 건 없었다. 결국은 버림받은 신세로 살아야 했으니까.

혼돈과 갈등에서 벗어나기 위해선 민 원장을 만나야 했다. 예수 손바닥의 못자국을 확인하는 도마처럼 민 원장에게서 직접 들어야 했다.

그러나 하루 이틀 계속 미루고 있었다.

★☆★

"저어, 저어……."

채 선생이었다. 언제 왔는지, 혼날 준비가 된 아이처럼 두 손을 앞으로 모으고 고개를 떨군 채 서 있었다.

"오늘은 워낙 정신이 없어서 큰 실수를 했네요."

정신만 온전하다면 결코 실수하지 않는다는 뜻인가. 옹색한 변명에 불과했다. 정신이 없는 게 아니라 관심이 없거나 게으른 탓이었다.

"요즘 집안에 머리 복잡한 일들이 연달아 일어나서……."

채 선생님, 하고 목소리를 높여 다음 말을 가로챘다.

"머리 복잡한 집안일을 왜 현장까지 가져옵니까?"

"그러게요."

채 선생이 혼잣말처럼 중얼거리더니 허리를 직각에 가깝게 숙였다.

"폐를 끼쳐 대단히 송구합니다."

아버지뻘인 채 선생의 태도를 이마 파란 내가 천연덕스

럽게 앉아 지켜보기 어려웠다. 잘잘못을 떠나 민망한 짓이었기에 의자에서 일어났다.

"다시는 오늘 같은 실수는 없을 겁니다."

내일은 다른 종류의 실수를 하겠죠, 라는 말이 목구멍까지 올라왔다. 사실이었다. 그동안 작고 큰 실수를 저질러왔다. 스태프들조차 채 선생에게 혀를 내둘렀다. 채 선생의 실수를 처리하는 일이 반복되면서 이젠 노골적으로 못마땅한 기색이었다.

"한 번만 눈 감고 넘어가면 안 되겠소."

채 선생의 의도가 드러났다. 미안한 척하면서 책임을 모면하려는 얄팍한 속셈이었다.

18000w HMI 램프가 파손되었다. 램프 온도가 충분히 떨어지기도 전에 조명기에 전원을 연결한 탓이었다. 채 선생은 당연하고도 간단한 확인 절차를 무시했고, 스태프 두 명의 한 달 급여에 달하는 고가의 램프를 한 방에 날려버렸다.

"실수가 반복되면 실력이죠. 그냥 실력이 없어서 그랬다고 하세요."

"맞아요. 이젠 실력도 없어졌네요."

채 선생은 전임 감독으로, 아니 한 사람으로서의 자존심을 스스로 뭉개고 있었다.

자존심을 버리면서까지 지켜야 할 것이 있을까? 없다. 설사 있어도, 그런 일이 벌어지게 만든 자의 잘못이다. 스스로 지키지 못할 자존심이라면, 처음부터 간직할 자격이 없는 셈이다.

불현듯 채 선생에게서 아빠의 모습이 엿보였다. 나는 재빨리 머리를 흔들어 생각을 떨쳐냈다.

"오늘 일은 그냥 넘어가지 못하겠네요."

말해놓고 나는 몸을 돌렸다. 가만히 있다간 바짓가랑이라도 붙잡고 늘어질 듯해서 서둘러 걸음을 옮겼다.

조수아가 나를 향해 손을 흔들며 걸어왔다.

"채 선생이 또 무슨 잘못을 했군요?"

"그럴 리가."

"그런데 왜 화가 났죠? 케인은 원래 화를 내는 사람이 아니잖아요. 웃지도 않지만."

나를 찾는 이유나 말해보라며 조수아를 쏘아봤다.

"대장이 케인을 잡아 오래요."

★☆★

세트장 한구석에 마련된 임시 사무실로 들어갔다.

연 감독이 오늘 촬영한 분량을 모니터링하고 있었다. 나와 눈이 마주치자 작동을 정지시켰다. 주연배우의 칼이 상대의 복부를 파고드는 장면이었다.

"케인, 도대체 무슨 생각으로 조명을 이렇게 친 건가?"

"아리맥스 18케이를 바운스 시켜 주연의 상체에 머물게 했고, 24케이에 씨티에스를 씌워 크레인에 올려……."

"아니, 아니. 기존의 액션 씬 조명인데 너무 어둡지 않았느냐고?"

액션 씬이라면 깨끗하고 차갑고 사실적인 조명이 절대적이다. 발상의 틀을 깨고 역으로 가고 싶었다. 어차피 조명은 선택의 연속이었다. 내 선택이 메시지를 더 분명하게 전달할 거라고 확신했다.

"어둡죠. 그래야 콘트라스트가 무겁게 느껴질 테니까요. 그래야 거칠고 강렬하고 통쾌한 느낌이 살아날 듯했습니다."

연 감독이 주먹으로 내 어깨를 강하게 쳤다.

"난 심장이 약하다고. 너무 놀래키지 마."

"앞으로는, 감독님 심장을 위해 정석대로 조명을 치겠습니다."

연 감독이 호탕하게 웃었고, 곧 정색을 하며 말했다.

"조명감독이라면 누구나 빛의 흐름까지는 잘 이해하지. 하지만 자네처럼 빛의 내면을 꿰뚫어보는 건 쉽지 않지."

요세프는 다르게 나를 평했다.

빛과 대상이 어울려야 하는 이유를 몸으로 느끼고, 그 빛을 어떻게 불러 모을지를 머리로 파악한다.

조명으로 한평생을 살아온 요세프의 평가는 떠올리는 것만으로 아직도 가슴이 두근거렸다. 촬영감독에게 내 의도가 외면당할 때, 내 스스로 자존심을 지켜낼 힘이 되었다.

"지금처럼 해줘. 내 부실한 심장을 걱정하지 말고."

연 감독이 내 어깨를 칠 기세로 다시 주먹을 쥐었고, 나는 한 발짝 뒤로 물러났다.

"음, 오늘 채 선생이 실수를 했다며?"

연 감독이 물으며 마치 대수롭지 않다는 표시인 양 외투를 걸쳤다. 나는 연 감독에게 다가서며 고개를 끄덕였다.

"그 양반, 요즘 속이 말이 아닐 걸세. 자네가 잘 감싸줘."

"곤란합니다. 실수가 아니라 아예 관심이 없어 보입니

다.”

“그래도 조명팀에 도움은 될 거 아닌가?”

“돕는 게 아니라 망치지나 않으면 다행이죠.”

“그 정도로 심각한가?”

연 감독이 외투 주머니에 두 손을 찔러놓은 채 고개를 들어 허공을 쳐다봤다.

“채 선생과 조명팀 막내로 영화판에 발을 들였지. 이후 30년 동안 같이 작업을 했네. 그만한 능력을 갖췄으니 살아남은 거지. 그런데…….”

길게 한숨을 토해내며 연 감독이 물었다.

“어쩌면 좋겠는가?”

“아무래도 힘들겠습니다.”

“피터에 이어 케인도 같은 뜻이구먼. 젊은 친구들을 못 따라가는 늙다리의 비애라고나 할까. 자네가 알아서 결정하게.”

이미 결정했다. 사무실을 나오려는데 연 감독의 목소리가 들려왔다.

“단, 이틀만 더 생각해 보게.”

★☆★

조수아의 차를 얻어 타고 숙소로 돌아가는 중이었다.

서울 외곽에 위치한 세트장에서 숙소까지는 1시간 남짓. 정체와 지체를 반복하며 좀처럼 속도를 내지 못했다.

이틀만 더 생각해 보라는, 연 감독의 말이 계속 머릿속을 맴돌았다. 이틀 동안 줄곧 채 선생을 생각하진 않겠지만 생각한대도 결정을 번복할 가능성은 없었다.

"채 선생, 잘 알아요?"

내 물음에 조수아가 고개를 끄덕였다. 이어 미간을 찡그리며 골똘한 표정을 지었다.

"그건 왜요?"

"채 선생 집안에 무슨 일이 있나요?"

"어머, 아직 모르나 봐요?"

조수아가 한심하다는 듯이 쏘아보았다. 그러거나 말거나 나는 잠자코 이어질 말을 기다렸다.

"지난 작품 막바지였으니까, 벌써 1년쯤 되겠네요."

채 선생의 졸음운전으로 중앙선을 침범하여 마주 오는 차와 충돌했다. 채 선생은 경미한 부상에 그쳤다. 반면 조수석에 있던 아내가 뇌를 크게 다쳤다. 수술을 두 차례 받았지만 여전히 깨어나지 못했다.

"조명감독에서 밀렸을 때, 다들 현장을 떠날 줄 알았어요. 자존심을 지키기 위해선 누구라도 그랬겠죠. 하지만 채샘은 그럴 수 없었어요. 아내를 돌보려면 당장 돈이 필요했거든요."

1년 동안 두 번의 수술에 중환자실 신세라면, 병원비가 만만치 않을 거였다.

"조명감독으로 손꼽히는 실력자였죠. 인품도 좋아서 따르는 사람들도 많았고요. 형편이 어려우니까 사람이 변하네요. 아니, 망가졌다고 해야 옳겠네요."

정체가 풀리려는지, 차에 속도가 붙기 시작했다. 조수아가 조수석의 나를 힐끔거렸다.

"채 선생님, 미워하지 말아요."

미워하지 않는다. 다만 맞장구라도 쳐줘야 할 성싶어 고개를 끄덕였다.

미움은 감정의 퇴적물이다. 미워할 만한 사건과 사연이 무이고 쌓일 시간이 필요하다. 채 선생을 만난 지 한 달. 미워하기엔 턱없이 짧은 기간이었다.

나는 어지간해선 사람을 미워하지 않으려고 한다. 미움

은 감정의 소모이다. 품고 있어봤자 스스로만 괴롭히는 꼴이 된다. 미워하기 전에 아예 관심을 끊는 편이 현명하다. 그마저 여의치 않으면 스스로 떠나든지.

연 감독은 채 선생의 거취를 나에게 넘겼다.

채 선생은 이미 신발 안에 든 돌멩이 같은 존재였다. 신발을 벗어 떨어내기 전까진 계속 발바닥을 찔러댈 터였다.

조수아가 길게 한숨을 토해냈다.

"가족 중 누군가 중병에 걸리면 단순히 슬픔에 그치지 않아요. 가족 모두 격렬한 전쟁을 겪어야 돼요."

이래도 채 선생을 신발 안에 든 돌멩이라고 하겠는가, 라고 반문하는 듯했다.

★☆★

사라와 랩탑으로 영상 통화 중이었다.

나는 채 선생에 대해 이야기했다. 사라가 자못 심각한 낯으로 물었다.

-- 그래서 결정했어?

"사라 생각은 어때?"

뻔한 답일 거라고 예상했지만 사라는 선뜻 입을 열지

않았다. 무릎 위에 앉은 카오스의 옆구리를 쓰다듬었다.

　 -- 자존심에 관한 문제네. 어려워?

　 "돈 문제로 자존심을 뭉개는 일은 끔찍해."

　 -- 결국 자존심을 지키기 위해 돈을 벌어야 한다는 뜻? 케인은 부자가 되야겠어.

　 "부자가 목적이었다면 조명이 아니라 배우의 길을 택했겠지. 내 얼굴 정도라면 못될 것도 없긴 하지만."

　 웃자고 한 말이었다. 사라는 전혀 웃을 생각이 없는지, 정색을 하고 무릎 위의 카오스를 화면 밖으로 내보냈다.

　 "부자가 되고픈 생각은 없어. 하지만 돈 때문에 구질구질해지는 일만큼은 피해야지. 일테면 남에게 폐를 끼치거나, 정말 중요한 일을 하지 못하게 되거나……."

　 진심을 말했다. 경제적 어려움 없이 성장한 사라가 쉽사리 이해할 성싶진 않았다.

　 가난을 겪어보지 못한 자에게 가난은 추상의 세계일 따름이다. 때로는 과도한 의미를 부여하거나 추억이라는 이름으로 미화한다. 궁핍이 인간의 정신을 얼마나 너덜너덜하게 만드는지 인정하지 않는다.

　 아빠를 통해 확실하게 배운 교훈이 있다.

돈이란 얻고 싶은 것을 얻기 위해서가 아니다. 얻고 싶은 것을 얻지 못했을 때, 마음의 쓰라림을 방지하기 위해서다.

까놓고 이야기하자. 돈 때문에 아빠의 자존심은 개떡이 되었다. 돈에 시달려 비참하게 살아야 했다. 자신을 버린 아내에게조차 고개를 숙여야 했다. 마땅히 책임질 바를 책임지지 못했다.

아빠는 나를 포기했거나 포기할 수밖에 없었다.

나는 아빠처럼 살고 싶지 않았다.

아빠처럼 살지 않으려면 두 가지 각오가 필요했다.

도토리를 모으는 가을 다람쥐처럼 통장에 돈을 쌓아뒀다. 지금도 차곡차곡 쌓이는 중이었다. 예기치 못한 일이 어떤 종류일지, 언제 다가올지, 어느 정도의 비용이 들지 생각해보지 않았다. 그럼에도 자존심을 지킬 준비는 되어 있었다.

또 하나, 누군가의 인생에 끼어들거나 그 인생을 떠맡는 짓은 아예 만들지 말자. 친밀하게 엮일수록 책임질 일도 늘어나는 법이었다.

―― 자존심을 버려서라도 지켜야 할 게 있어.

"그런 게 과연 뭘까?"

-- 사랑.

주머니에 넣고 다닐 수 있는 거냐고 되묻고 싶었다. 물론 그러지 않았다.

사라가 두 손을 펼쳐 눈 주위를 힘주어 눌렀다. 편집 작업으로 컴퓨터를 들여다본 시간이 길었던 모양이었다. 통화를 마쳐야겠다고 생각하는 순간, 불현듯 생각난 듯 사라가 물었다.

-- 깊은 산속 옹달샘은 언제 갈 거야?

2.

"왜 진실을 말하지 않았어?"

여자가 죽어가는 남자에게 물었다. 남자는 가쁜 숨을 몰아쉬면서 말했다.

"거짓말이 필요했어. 진실을 말하면 네가 너무 아파할까 봐 무서웠거든."

컷!

연 감독의 신호로 오늘의 마지막 씬이 끝났다.

녹초가 되었다. 이틀 뒤 재개될 촬영이었다. 그럼에도 끝이 나지 않은 느낌이었다. 연 감독에게 다시 액션을 외치라고 말해줘야 할 성싶었다.

이유를 알았다. 남자배우의 대사가 영 마음에 들지 않았다. 배우의 입을 빌려, 아빠가 그렇게 말하고 있는 듯했다.

내가 너무 아파할까 봐 아빠는 거짓말을 했을까. 아마도.

견딜 만한 힘이 생길 때까지 진실을 숨겼단다. 웃기는 노릇이다.

고통은 세월의 흐름에 씻겨 닳아 없어지는 게 아니었다. 오히려 한 알의 모래알이 모여 하구의 삼각주를 만들듯이 그렇게 확장되는 거였다. 적어도 나에겐 그랬다.

여기저기서 수고했다는 말이 들려왔다.

나는 피터에게 다가갔다. 재개될 촬영을 콘티에 맞춰 점검할 참이었다. 오늘도 카메라 무빙이 콘티를 벗어나 조명 운영에 애를 먹었다.

"내가 찍으면서 내가 울고 말았네요."

피터가 젖은 눈가를 손등으로 누르며 멋쩍게 웃었다.

"나는 원래 눈물이 많아요. 나이가 들면 나아질 줄 알았는데, 점점 심해지네요."

눈물 이야기는 집어치우고 내일의 일정이나 상의하고 싶었다. 하지만 피터는 감성이 풍부하다는 평가라도 듣고 싶은 모양이었다.

"케인은 잘 참네요. 멘탈이 강하다는 건 알고 있었지만."

참아야겠다는 생각조차 없었다. 나는 그저 보이는 쪽에만 충실했다. 눈앞에 펼쳐진 광경에 나의 이야기를 끼워 넣지 않았다.

한때 나는 울보였다. 아빠의 말로는 갓난아이 때부터 그랬단다. 나를 업고 아파트 주위로 한참을 서성여야 겨우 울음을 그쳤다고 했다.

백혈병에 걸리면서 지독한 울보가 되었다. 당장 받는 치료가 아파서 울었고, 앞으로 받게 될 치료가 겁이 나서 울었고, 맘껏 뛰노는 아이들이 부러워서 울었다. 이래저래 나에겐 울어야 할 이유들이 차고도 넘쳤다.

아빠 앞에선 울지 않으려 노력했다. 그런 나에게 아빠는 말한 적이 있었다.

울고 싶을 때는 참지도, 멈추지도 말고 울어야 돼. 그래야 같은 이유로 다시 울지 않게 되거든.

틀렸다. 한국을 떠나면서부터 줄곧 같은 이유로 울었다. 물끄러미 창밖을 바라보다 아빠가 생각나서 울었다. 하여사에게 혼이 나는 중에도, 꿈속에서도 우는 이유는 변하지 않았다.

격렬하게 실컷 울어야 될 순간이 왔다. 아빠가 죽었다. 하지만 울지 못했다. 울고 싶었고, 울어도 뭐랄 사람이 없건만 도무지 눈물이 나오지 않았다.

아빠의 죽음으로 나는 눈물을 잃었다. 의도하거나 노력하지 않았다. 궁지에 몰린 도마뱀이 스스로 꼬리를 잘라내는 것과 비슷하다는 생각이 들긴 했다.

그날 이후 울어본 적이 없었다. 아예 눈물샘이 말라버린 듯했다.

피터의 지적처럼 멘탈이 강한 탓이 아니었다. 슬픔의 감정은 여전했고, 종종 애상으로 가슴이 찢어지는 아픔을 겪었다. 다만 슬픔에서 눈물로 연결되는 통로를 의지보다 몸이 먼저 틀어막았다.

사람에게 평생 흘려야 할 눈물의 총량이 있다면, 오래전에 몽땅 써버렸을까. 혹은 울어도 상황이 바뀌지 않는다는 것을 뼈저리게 실감한 탓일지도.

"피곤하네요. 미팅은 촬영 당일에 하자고요."

우는 것도 분명 힘들긴 하지. 속말을 떠올리며 발전차 쪽으로 걸음을 옮겼다.

피터와는 점점 사이가 벌어지는 듯했다. 나를 경계하는 눈치였고, 내 뜻에 귀 기울이지 않았다. 최선의 그림을 만들고픈 나의 의지는 번번이 좌절되었다.

채 선생이 잰걸음으로 내 쪽으로 걸어왔다.

나는 채 선생을 내치지 않았다. 유보했다. 그럴 수밖에 없었다.

이틀만 더 생각하라고 하기에 나는 이틀 뒤 연 감독을 따로 만났다. 내 결정을 말하기도 전에 연 감독이 말했다.

"병원비 때문에 지금 채 선생은 자기 몸이라도 팔고 싶은 심정일 걸세. 난 요즘 채 선생 얼굴을 제대로 바라볼 수가 없다네. 아내를 지키지 못했다는 죄책감으로 스스로를 벌주고 있다는 느낌이거든."

내 결정을 무력하게 만드는 말이었다. 사실이든, 과장된 측면이 있든. 그나마 다행스럽게도 채 선생의 태도가 달라졌다.

채 선생이 명함을 내밀었다.

민윤식 원장.

촬영장은 병원에서 1시간 남짓 승용차로 달릴 위치에 있었다. 거리는 그렇다고 치더라도, 일정까지 확인해 방문한 셈이었다.

시급하게 만나야 할 이유는 나에게 있었다. 미뤄두기만 하는 내 속내를 알아차린 듯 민 원장이 직접 찾아왔다.

"한참을 세트장 밖에서 케인 모습을 지켜보더군요. 내가 말벗을 해드리긴 했지만……."

나는 채 선생의 말을 가로채 물었다.

"다른 말씀은 없었나요?"

"촬영 끝나는 즉시 병원으로 오라고."

★☆★

민 원장이 안내한 식당에서 지역 특산이라는 산채 정식을 주문했다.

식사하는 동안 이야기는 두서없이 흘러가고 끊어지고 다시 이어졌다. 대부분 민 원장이 화제를 이끌었고, 나는 예의 바른 청취자인 양 굴었다.

"다움이와 이렇게 마주 앉아 밥을 먹다니, 아직도 실감이 안 나네."

민 원장의 얼굴이 발갛게 달아올랐다. 반주로 마신 술 탓만은 아니리라. 내가 짐작하는 것보다 훨씬 나와의 만남에 의미를 두고 있었다.

"오늘 촬영장에서 먼발치였지만 다움이의 활약을 지켜봤지. 갑자기 가슴이 뜨거워지더군. 정 선생님 생각도 간절해지고."

민 원장이 젓가락으로 메밀전병을 집어 내 앞접시에 올려놓았다.

"같이 일한다는 사람이 너를 천재라면서, 앞으로 대단한 영화를 만들 거라고 장담을 하더군."

진심일까. 채 선생이 나에게 딱히 호의를 보일 이유가 없으니, 예의상 꺼낸 말이었으라.

"나, 오래 살면 다움이가 감독한 영화를 보게 되나?"

"그렇게 오래 걸리진 않을 겁니다."

제법 호기를 부렸다. 돈 드는 일도 아니었고, 훗날 호기를 점검받을 일도 없었다.

"책에도 썼지만, 나는 오랫동안 다움이를 기억해 온 한 사람이야. 정말 그런 날이 오기를 손꼽아 기다릴 거야."

아빠가 민 원장에게 나를 기억해 달라고 부탁했단다. 덜 외롭거나 함부로 살지 않을 비책이라도 되는 양. 아빠의 기대는 절반만 통했다. 함부로 살진 않았지만, 외로움은 매일 입는 팬티처럼 착 달라붙어 있었다.

민 원장이 내 술잔에 술을 채웠다.

"자, 책을 받았으면 저자에게 소감을 말해줘야지."

민 원장의 요구에 적절한 답을 찾았다.

"두 번을 읽었는데 아직 모르겠어요."

"정 선생님을 제대로 이해하긴 어렵지. 내가 좋아하는 영화 대사 중 이런 게 있어. 완벽하게 이해할 수는 없어도 완벽하게 사랑할 수는 있다."

말은 참 가볍다. 제아무리 어려운 경지도 말로 드러내면 쉽사리 도달할 것처럼 보인다.

민 원장이 《흐르는 강물처럼》의 대사를 꺼낸 저의가 무엇일까. 돌덩이라도 삼킨 양 가슴이 답답했다.

내가 아빠를 사랑치 않게 된 까닭은 이해를 앞세운 탓이다? 이해하려는 태도를 거둬내면 다시 아빠를 사랑하게 된다?

가망 없다. 오래전 내 가슴은 거친 황무지였고, 내 감정은 메마른 사막이었다. 황무지와 사막을 헤쳐 나올 유일한 무기는 이해였다. 이해되는 선까지 받아들이는 것이 생존의 전략이었다.

"아빠가 날 프랑스로 보낸 이유 말인데요……."

나는 고개를 돌려 술잔을 비워낸 후 덧붙였다.

"병 때문이었던 거죠?"

"당연하지. 다른 이유였다면 절대로 네 곁을 떠날 분이 아니었지."

"아빠로선 어쩔 수 없었다는 말씀이네요. 맞나요?"

"다움이는 다른 생각을 하고 있었던 모양이구나. 정말 그랬니?"

나는 고개를 가로저었다. 속이 시원할 줄 알았다. 하지만 더 깊은 늪 속으로 속수무책 빠져드는 느낌이었다.

다움아, 라고 불러놓고 민 원장은 5초쯤 바라보다 물었다.

"일하는 게 즐겁니?"

나는 잔을 비워냈고, 잔에 술을 채워 민 원장에 되돌렸다. 그리고 5초쯤 머뭇대다 말했다.

"모르겠어요."

일 자체에 빠져드는 것은 즐겁다. 그러나 일터에서 사람들과 지내는 것은 늘 불편하고 어렵다.

"요즘 자주 생각한다. 내가 만일 대학병원에 그대로 있었다면 어땠을까, 하고. 거기서도 의사로서 열심히 살았겠지. 하지만 지금처럼 사는 맛을 느끼진 못했을 거야."

열무가 잘 자랐다고 가져다준다. 누군지도 모를 사람이 감자를 한 자루 원장실 앞에 놔둔다. 돼지머리 삶았다고 동네 잔치에 초대한다. 구순 할머니가 이민 간 아들에게 보낼 편지를 써달란다. 새치가 흉하다며 자신의 미장원으로 우격다짐 데려가 염색을 해준다…….

"명색이 병원 원장이지만 20년 가까이 되니 그냥 허물없는 동네 친구야. 그들 속에 어울려 지내는 게 살맛이나."

정말 기뻐한다는 생각에, 고개를 끄덕이긴 했다.

세상에 사람은 많고 취향 역시 다양하다. 나라면 오히려 귀찮고 번거롭게 여겼을 것이다. 더불어 어울린다는 미명으로 나의 영역이 침탈당하는 기분이었으리라.

"정 선생님 덕분이지. 정 선생님이 아니었으면 결코 맛

볼 수 없었지."

"네? 아빠 덕분이라고요?"

민 원장이 깍지 낀 손을 세워 식탁에 올려놓았다.

★☆★

내가 프랑스로 떠난 이튿날, 아빠가 민 원장을 찾았다.

아빠는 통장과 도장이 담긴 서류봉투를 민 원장에게 내밀었다. 내 병원비에 쓰고 남은 돈이라고 했다. 상당히 큰 금액이었다. 돈이 없어 치료를 받지 못하는 아이들을 위해 써달라고 했다.

"세상에 득이 되는 일을 하고 싶었는데 오히려 빚만 잔뜩 졌다고 하셨지."

특히 아빠는 골수를 나눠준 미도리에게 감사를 전할 길이 없어 안타까워했다.

두어 달 뒤였다. 민 원장은 지금의 병원에서 소아암센터를 건립한다는 소식을 들었다. 아빠의 뜻에 맞는 곳이라 생각해 기부했다. 그러면서 병원 사정을 듣게 되었다. 처음에는 부족한 의료진을 돕는 차원으로 드나들다 아예 센터장으로 눌러앉았다.

나는 마음속으로 무수히 도리질을 쳤다. 믿기지 않았다.

아빠는 지독한 가난뱅이였다. 1주일에 한 번씩 정산하는 병원비조차 없어 걸핏하면 원무과로 불려갔다. 바퀴벌레가 우글대던 단칸방마저 없어져 낡아빠진 봉고차에서 먹고 자야 했다. 하 여사의 지적대로, 아빠는 루저였기에 돈에 휘둘려 치욕과 멸시의 나날을 살았다.

그런 아빠가 은행이라도 털었다는 말인가. 사실이라면 프랑스로 떠나는 아들에게도 무엇인가를 해줬어야 마땅하지 않은가.

민 원장이 지어낸 그럴싸한 이야기라는 생각을 떨칠 수 없었다.

"정 선생님이 말씀하셨다. 자신이 아닌 다움의 이름으로 써달라고."

"이유가 뭐죠?"

"그 돈으로 아픈 아이들을 살리고 한편으론 다움이가 건강하기를 기원하는 마음 아니었을까?"

"그게 무슨 의미가 있죠?"

"정말 몰라서 묻는 거니?"

그랬다. 손에 쥐어주기 전까지 아빠의 행동을 받아들일

수 없었다.

"보호자로서 정 선생님의 모습은 매우 특별했다. 모든 바람은 오직 너 하나였어. 살아서도 본인이 위독한 상태에 처해서도……. 아빠 없이 살아갈 너의 앞날을 많이 염려했을 거다. 그래서 아빠로서 할 수 있는 간절한 소망을 담았다고, 나는 이해했다."

민 원장의 목소리가 한 옥타브 낮아졌다. 나는 앞접시에 놓인 메밀전병을 집으려는 양 고개를 숙였다.

민 원장이 잔을 건넸고, 나는 단숨에 비워냈다.

"그때 미도리라는 분의 골수를 이식받지 못했다면, 지금 저는 이 자리에 없겠죠?"

"상황이 좋지 않았지. 이식 공여자를 찾지 못한 상태였으니까. 정 선생님이 퇴원하겠다고 했을 때, 주치의로서 끝까지 말릴 수만은 없는 상황이었다."

"결국 운이 좋았네요."

"마치 로또에 당첨된 것처럼 말하는구나. 불가능할지라도 간절히 이뤄지길 바랐고 실제로 이뤄졌다면, 운이 아니라 기적이라고 해야겠지."

민 원장의 말이 통렬한 부끄러움으로 다가왔다.

단지 운과 기적을 혼동한 탓이 아니었다. 나는 나의 생존을 너무 당연하고도 가볍게 여겼다. 고작, 재수가 좋아 로또에 당첨된 양 생각했다.

민 원장의 책을 읽고, 줄곧 머릿속에 맴돌던 의문을 꺼냈다.

"아빠의……"

갑자기 목이 메었다. 뜨거운 물에 손을 담가놓기라도 한 듯 손바닥이 땀으로 축축했다. 손바닥을 허벅지에 대고 문질렀지만 끈적한 느낌은 가시지 않았다.

백혈병으로 입원해 있을 때, 어쩔 수 없이 죽음의 순간을 목격했다. 끔찍한 비명과 몸부림 속에서 최후를 맞는 아이, 잠을 자듯 고요히 세상 떠나는 아이도 있었다. 당시 내가 죽게 된다면, 고통을 겪지 않기를 원했다.

아빠도 고요했길 바라며 물었다.

"아빠의 마지막은 어땠나요?"

★☆★

대학병원 벤치에서 나를 떠나보낸 뒤, 아빠는 응급실로 실려 갔다.

이미 아빠는 삶과 죽음의 경계를 넘나들었다. 통증을 줄이는 모르핀 외에는 다른 의학적 조치를 할 수 없었다.

이틀 뒤, 아빠는 퇴원을 원했다. 반대하는 민 원장에게 꼭 가야 할 곳이 있다고 했단다.

"10년이 지나 다음이가 귀국했을 때, 반드시 그곳으로 자신을 찾아올 거라면서, 거기에 미리 가 있어야 한다면서……."

민 원장이 연신 헛기침을 토해냈다, 말을 잇지 못하는 이유라도 되는 양.

"정 선생님의 임종을 지키지 못했지만 고통스럽게 돌아가시진 않았을 거다. 고통도 그걸 받아낼 만한 체력이 있어야 하니까."

민 원장이 술잔을 들었다. 술맛을 음미하듯, 해야 할 말을 곱씹듯이 천천히 마셨다.

"닷새 뒤 정 선생님 후배, 여진희 기자한테서 연락이 왔다. 퇴원한 이튿날 돌아가셨다고, 잘 모셨노라고."

사흘.

내가 프랑스로 간 지 고작 사흘 뒤였다. 화가 치밀었다. 엉터리 시나리오를 내밀고 대박이 날 작품이니 믿으라는 격이었다.

"퇴원을 막으셨어야죠."

"입원해 있어도 결과는 크게 달라지지 않았겠지."

"그래도 사흘은 너무하지 않았나요?"

"나는 정 선생님이 너의 출국을 보기 힘들겠다고 예상했다. 그 사흘도 겨우겨우 버텨냈을 거다."

서글펐다.

아빠 때문에 다시는 슬퍼하지 않겠다고 다짐했다. 그래야만 견딜 수 있었다. 그러나 슬픔은 사라진 게 아니었다. 가라앉아 떠오를 그 순간을 참고 기다렸을 뿐이었다.

3.

어느 날 한 사람을 그리워할 이유가 사라진다.

그렇다고 끝을 의미하진 않는다. 그리움이 있던 자리에 새로이 미움이 들어선다. 미워하고 미워하다 도무지 어찌할 수 없을 때, 한 사람의 존재가 덧없어진다. 문득 떠올려도 감정의 동요는 없다. 비로소 한 사람에게서 자유로워진다.

그렇게 생각했고, 실제로 그런 줄 알았다.

틀렸다. 내 스스로 거북이처럼 연약한 부분들을 단단한 껍질 속에 감추고 있었다. 아빠로부터 달아나려 안간힘을 썼을 뿐이다.

이제 와서 다시 미워하고, 미워하다 예전처럼 그리워하란 말인가.

미움은 괴롭고, 그리움은 서글프다.

자신 없다. 피하고 싶다. 아빠의 존재 없이 홀로 이룩한 삶의 균형이 속절없이 무너질까, 나는 두렵다.

애석하게도 이미 늦었다는 생각을 떨칠 수 없었다. 아예 이 땅으로 돌아오지 않았으면 모를까.

20년 전, 나는 이곳에 있었다.

느티나무 아래 평상에 앉아 강을 바라보며 아빠를 기다렸다.

아빠는 여행이라고 했다. 실상은 병원 치료를 포기한 채 죽음의 자리를 찾아 헤매는 떠돌이 신세였다. 훗날 아빠의 고백대로, 그 결정은 나를 죽일 수 있었다. 어찌 그때뿐이겠는가. 나는 아빠의 결정 대부분을 몰랐다. 알았다손 어찌할 도리가 없는 꼬맹이였다.

당시 나는 도마 위 생선 꼴이었다. 조림을 할지, 구이를 할지, 탕으로 끓일지……. 선택은 애오라지 아빠의 몫이었다.

강은 산허리를 감싸며 흘렀다. 한낮의 햇살은 잔물결을 따라 반짝였다. 강둑을 따라 늘어선 쑥부쟁이, 구절초, 구름국화가 소슬바람에 하느작거렸다.

20년 전의 풍경이 고스란히 펼쳐졌다. 그때와 다르다면 느티나무와 평상이 있던 자리에 정자가 들어섰다.

여기서 사락골 할아버지를 만났다. 지긋지긋한 병원에서 벗어났다는 사실만으로 나는 유쾌했고, 그런 나에게 할아버지는 이런저런 것들을 물어왔다.

아, 할아버지.

할아버지를 만나고 싶었다. 그러나 너무 늦었다. 20년은 할아버지에게는 기약할 수 없는 너무 긴 세월이었다. 아빠의 말대로 10년 전에만 돌아왔더라도, 할아버지 품에 안겨 많이 힘들었다고 고백했으리라.

"뭐가 그렇게 심각해요?"

조수아가 팔꿈치로 내 옆구리를 쳤다.

"요즘 케인 얼굴이 편치 않아 보이네요. 무슨 고민 있어요?"

조수아가 미심쩍은 듯 고개를 갸웃거렸다.

나는 고민 따위는 없다는 표시로 슬쩍 어깨를 들어 올리며 말했다.

"그만 돌아가죠."

로케이션 매니저가 헌팅한 촬영 장소는 서울 근교였다. 강바닥을 파헤치는 공사가 시작돼 부득이 이동을 결정한 곳이 여기였다. 강바닥을 얌전히 놔두었다면, 촬영이 스케줄대로 진행됐다면, 구태여 과거의 기억과 마주할 일도 없었다.

연 감독이 해외 영화제 심사위원으로 선임되었다. 어제 유럽으로 떠나 나흘 뒤에 돌아오는 일정이었다.

영화 제작은 시간과의 다툼이다. 시간이 길어질수록 제작비는 늘어난다. 스케줄이 틀어졌다고 촬영을 마냥 멈출 수는 없는 노릇.

연 감독은 나에게 귀국 즉시 촬영이 재개될 수 있도록 장소를 미리 둘러보길 원했다. 기꺼이 받아들였다. 내가 추구하는 조명의 세계를, 연 감독은 파악했고 존중했다.

로케이션 정보와 콘티만으로 조명 세팅을 구상할 수 있었다. 그러나 나는 현장 속으로 들어가 빛의 움직임을 몸으로 느껴보길 원했다.

조수아와 동행했다. 4시간이 걸리는 거리였다. 아침나절의 새처럼 조잘조잘 수다를 떠는 조수아를 상대해야 했다. 현장을 둘러보기도 전에 진이 빠져버린 듯했다.

조수아가 차를 세웠을 때, 머릿속이 하얗게 비워지는 느낌이었다. 곧 20년 전의 기억들이 아우성을 치며 밀려들었다.

폐교가 있던 향리까지는 그리 멀지 않았다. 차로 이동한다면 20분 남짓이면 닿을 거리였다. 향리에서 사락골까지는 걸어서 30분 남짓이었다.

조수아가 두 팔을 올려 기지개를 켰다.

"지금 출발하면 서울 근교에서 러시아워에 걸려요. 근처에 유명한 동굴이 있는데, 거기 들렀다 갈까요?"

사락골 어딘가에 아빠의 산소가 있다. 당장이라도 달려갈 수 있는 곳까지 도달했다.

아직, 나는 준비가 되지 않았다. 뭘 어떻게 준비해야 될지 모르겠지만, 아빠와 정면으로 마주할 때에 이르지 못했다.

어차피 닷새 뒤 촬영이 재개되면 다시 찾아올 장소였다.

그때 아빠의 산소에 가도 늦지 않으리. 어차피 20년이나 늦지 않았는가.

"동굴이란 데 구경 좀 해볼까요."

말해놓고, 나는 진저리를 쳤다.

두려워 가지 않을 구실을 찾으려는 거 같다던 사라의 말은 옳았다.

4.

통화를 시도했고, 메시지도 보냈건만 연결이 되지 않았다.

사라와 자주 어긋나는 듯한 요즈음이었다. 그럴 만한 일은 없었다. 몸이 떨어져 있는 기간이 길어진 탓이겠거니 하지만 어딘가 틈이 벌어진 느낌이었다.

이러다 헤어질 수도 있겠구나, 하는 생각이 들었다. 이제껏 내가 겪은 이별의 과정들이 그러했듯.

그동안 몇몇 여자와 만났다. 짧으면 한 달, 길면 3개월.

그렇다고 이 여자에서 저 여자에게로 건너뜀을 하듯 옮

겨 다녔다는 뜻은 아니다. 어쩌다 만났고, 어쩌다 헤어졌다. 억지를 부린 적은 없었다. 마음이 흘러가고자 하는 대로 만났고 헤어졌을 뿐이다.

여자들은 비슷비슷한 말로 나에게 결별을 선언했다.

넌 사람을 진력나게 만들어.

가혹한 평가로, 진력나게 만든 대가로 치명상을 받기를 원했을지도 모른다.

마음의 상처는 예상 밖의 일이 벌어졌을 때 깊어지는 법. 나는 매번 무사했다. 여자들은 내 마음에 맺히지 않았다. 유리창에 닿은 빗방울처럼 주룩 흘러내려 사라졌다. 물론 얼마쯤 흔적은 남겼을 테지만.

사라만은 어쩌자고 나란 인간에게 가혹한 평가를 내리지 않을까. 또 나는 왜 유독 사라에게만 진력나는 인간이 아닐까.

내가 만난 여자들 가운데 사라는 특별했다. 유일한 한국인이었다. 나보다 나이가 많았다. 만난 지 2년 가까이 흘렀고, 그 관계가 지속되길 바라고 있었다.

메시지 알림 진동이 울렸다. 사라였다. 나는 통화 버튼을 눌렀다.

―― 엄마하고 산책하고 왔어.

사라의 어머니가 패서디나에 머문 지 1주일째였다. 딸이 보고 싶다는 방문 목적은 충분히 달성했으리라. 그럼에도 몬태나로 돌아갈 생각이 없는 모양이었다.

―― 별일 없지?

"몸도 마음도 지치네. 그만 돌아가고 싶어."

―― 그렇지만 돌아오지 않을 거잖아.

지치게 하는 이유를 사라가 물어주길 바랐다. 이유를 말하다 보면 내 안에 들끓는 혼란이 얼마쯤 해소될 듯했다.

―― 어제 그림 두 점이 배달됐어. 프랑스에서 박인식이라는 분이 보냈어.

그림을 보내온 적은 처음이었다. 게다가 패서디나 타운하우스의 주소는 어떻게 알았을까. 마치 사설탐정이라도 고용했는지, 이사를 해도 용케 내 행방을 알아내 연락을 해 왔다.

―― 누구야?

"화가."

―― 인터넷으로 검색해봤어. 프랑스에서 꽤 유명한 분이던데. 그림 크기가 200호쯤 되겠어. 돈으로 계산해도 상당

할 텐데 케인과 도대체 무슨 관계이기에……."

사라가 끓여준 삼계탕을 먹으면서 내가 살아온 세월을 이야기한 적이 있었다. 막상 털어놓긴 했지만 요약 정리에 가까웠다. 그 요약본에 박 화백의 이야기는 빠졌던 모양이다.

"법적으로 두 번째 아버지였어, 2년 동안."

-- 그게 전부?

"나중에 삼계탕을 끓여주면 더 말해줄지도 모르지."

웃자고 던진 말에 사라는 반응이 없었다. 평소의 사라라면 매일매일 끓여주겠다고 했으리라.

샤워를 해야겠다며, 사라가 통화를 종료했다.

떨어져 지내면서 내 감정은 한 뼘쯤 자랐다. 오히려 사라는 그만큼 뒤로 물러선 듯했다. 사실이래도 어쩌겠는가. 우격다짐으로 거리를 좁힐 생각은 없었다.

사라와 헤어진다?

2년 가까이 한 공간에서 지냈다. 대범한 척, 태연하게 받아들였던 예전의 이별 경험과는 사뭇 다른 차원이리라.

휴대전화가 진동 신호로 진저리를 쳤다.

사라의 통화 요청이었다. 샤워를 하겠다더니 생각을 고쳐먹은 모양이었다.

-- 사라 엄마예요. 사라는 욕실에 있어요. 케인 목소리를 들어보고 싶어 몰래 전화하는 거예요. 통화, 괜찮겠어요?

부드러운 음색에 침착한 어투였다. 나는 몸을 일으켜 침대에서 빠져나왔다.

-- 주인 허락도 받지 않고 머물고 있어요.

"오래, 편히 계셔도 됩니다."

거주에 대한 권리를 따지자면 사라와 양분한 상태였으므로 구태여 내 허락이 필요치 않았다.

"따뜻한 캘리포니아에서 계속 있고 싶어요. 11월의 몬태나는 이미 한겨울이거든요."

옐로우스톤 국립공원 촬영으로 몬태나 남부를 가본 적이 있었다. 사라의 집은 그레이트플레인스라고 불리는 몬태나 동부였다.

"곧 돌아가야죠. 조그만 목장이지만 사라 아빠 혼자서 감당하기 힘들어요."

사라 아빠는 컴퓨터 공학자로서 실리콘밸리에서 근무했다. 딱 10년째 되던 해 도시의 삶을 접고 몬태나에 정착했다. 축구장 50개를 붙여놓은 넓이인 100에이커 초원에서 150여 마리의 소를 돌보는 목동이었다.

-- 케인은 언제 돌아오나요?

몬태나에서 새해를 맞고 싶다는 사라의 바람을 떠올리며, 나는 계약 만료일과 예상되는 기간을 함께 대답했다.

사라 엄마가 5초쯤 침묵하다 물었다.

-- 어머니께서 프랑스에 계시다고요?

"그럴 겁니다."

더는 묻지 말라는 의도를 담아 대답했다.

사라를 통해 하 여사와의 관계를 이미 들었으리라. 카오스의 사소한 변화까지 시시콜콜 주고받는 유난스런 모녀였다.

-- 통화가 된 김에 물어볼게요.

"제 어머니에 대해선 따로 드릴 말씀이 없습니다."

아, 하는 외마디가 나지막하게 들렸다.

-- 결혼 계획에 대한 케인의 생각이 궁금해요.

난감했다. 없는 계획을 만들어낼 수도 없는 노릇이었기

에 침묵했다.

　-- 사라가 해를 넘기면 서른셋이에요. 본인이 어련히 알아서 하겠지만, 엄마로서 마음이 쓰이는 건 어쩔 수 없네요.

　"결혼 계획을 생각해 보지 않았습니다."

　나는 정직하게 대답했다.

　-- 결혼할 생각은 있고요?

　모르겠습니다, 라고 이번에는 정직하지 못한 대꾸를 하고 말았다.

　사라가 샤워를 끝낸 모양인지, 욕실문이 열리는 소리가 들렸다. 기회가 되면 몬태나에 오라며, 저편에서 서둘러 통화를 끝냈다.

　사라 엄마로선 더 묻고 듣고 싶었으리라. 끝내 기대한 대답을 해 주지 못했을 터이니, 오히려 다행이었다. 나 역시 난감한 상황에서 용케 벗어난 셈이었다.

5.

"6년 만에 보는군. 그것도 고국에서."

박 화백이 베레모를 벗어 테이블 위에 올려놓았다. 손수건으로 이마를 닦더니 듬성듬성한 머리카락으로 휑한 정수리 주위를 정성껏 덮었다. 6년 만에 폭싹 늙어버린 모습이었다.

마지막으로 얼굴을 마주한 건 대학 졸업식장이었다. 박 화백은 뉴욕의 미술관과 전시 일정을 상의하기 위한 방문이라고 했다. 뉴욕에 올 때마다 나를 만났는데 매번 비슷비슷한 이유를 내세웠다.

박 화백은 자신이 내 주위에 있다는 사실을 확인시키려 들었다. 하 여사와 이혼한 이후에도 변함없었다. 끈질기다고 할까, 눈치가 없다고 해야 옳을까. 틈틈이 소식을 물어왔다. 연결이 되지 않으면 아예 직접 나타났다.

오랫동안 나에게 손을 내미는 이는 박 화백뿐이었다. 알면서도 몸이 먼저 움츠러들었다. 접근하려는 기척만으로도 가시를 세우는 고슴도치처럼 굴었다.

처음으로 내 편에서 박 화백에게 메신저로 연락을 했다. 그림을 보낸 이유를 알아내려 했다. 곧 생각을 바꿔 감사의 문자를 보냈다.

박 화백이 어디냐고 물었고, 사실대로 답했다. 박 화백도 한국에 머물고 있으리라 전혀 예상치 못했다.

박 화백은 당장 만나겠다고 했다. 예전 같으면 어떤 식으로든 핑계를 댔을 것이었다. 하지만 순순히 동의했다.

"건강은 어떠세요?"

"나이 들면 여기저기가 다 문제지."

손이 심하게 떨려 작업을 계속할 수 없다고 했다. 마지막 전시회가 될 기라며, 박 화백은 초대권을 건넸다. 예의상이라도 가겠다는 말을 해야 마땅할진대 냉큼 입이 떨어지질 않았다. 그런 속내를 익히 알고 있다는 듯 박 화백이 빙긋이 웃었다.

"이번에 아주 귀국했다. 다움이 생각은 어떠냐?"

질문 의도를 제대로 파악하지 못했다. 자신의 결정을 평가해 달라는 것일까. 혹은 나도 자신처럼 한국을 선택하라는 뜻일까.

"여기서도 일을 하고 있는데, 굳이 미국에서······."

"한국에서 살 이유가 없어요. 살고 싶지도 않고요."

"다움이 생각이 그렇다면 그래야지."

박 화백이 연거푸 고개를 끄덕였다. 예전에도 종종 목격했던 모습이었다.

한때 하 여사는 나를 오로지 그림에만 묶어두려 했었다. 그림이 내 인생을 바꿔줄 거라고 했다. 숨이 막힐 지경이었지만 하 여사의 명령에 복종했다.

어느 날 박 화백이 나에게 말했다.

다움이는 그림 그리는 게 즐겁지 않은 모양이구나. 그렇다면 하지 마. 즐거우면 계속하고.

당시 내 호감을 사려는 속셈이라고 판단했다. 그래도 위로가 되긴 했다. 돌이켜 보면 박 화백은 나를 존중했고 나에게 자유를 주고 싶어 했다. 번번이 하 여사의 벽에 막혀 좌절되긴 했지만.

박 화백은 조명감독으로서 나의 이력에 대해 이런저런 것을 물었다. 때로는 걱정스런 낯으로 되물었고, 때로는 안심하는 말로 맞장구를 쳤다.

"다움아."

박 화백은 고집스레 원래의 이름으로 나를 불렀다. 하 여사에게 에두아르라고 부르라며 핀잔을 들을 때에도, 내가 케인이라고 정정을 해줘도 소용없었다. 박 화백에게 나는 여전히 정다움이었다.

"이번 전시회만큼은 와줬으면 좋겠구나."

말해놓고 박 화백은 테이블 위 베레모를 바라보았다. 마치 거절당하는 순간을 피하려는 듯이.

"촬영 일정을 확인하고 가겠습니다."

"고맙다. 고마워."

박 화백은 베레모에게 말을 걸 듯 눈길을 거두지 않았다.

"나는 다움이가 늘 조심스러웠다. 미안한데, 미안한 걸 달리 표시할 수 없었다. 다움이의 재능을 망쳐버린 장본인이라는 생각 때문에……."

"제가 포기한 겁니다. 굉장히 지겨웠거든요. 그리고 지금 하는 일에 만족해요. 저에게 재능이 있다면, 있다 치고, 조명에서 잘 써먹는 중이에요."

박 화백이 소매를 걷어 시간을 확인했다.

"좀 이르긴 하지만 저녁 식사를 하자구나."

"내일 촬영 준비 때문에 그만……."

"다움이한테 밥 한 끼니 정도는 얻어먹고 싶구나. 그래야 나도 면목이 서지 않겠느냐?"

면목? 누구에게 그렇다는 말인가.

물을 겨를도 없이 박 화백이 자리에서 일어났다.

★☆★

이왕 대접할 식사라면 근사한 곳을 고르려 했다.

얼마 전 연정훈 감독이 나를 데려간 호텔의 한정식 레스토랑을 떠올렸다. 그러나 박 화백이 한사코 손을 내젓더니 허름한 식당으로 들어갔다.

설렁탕을 주문했다. 줄어드는 게 아까울 만큼 훌륭한 맛이었다. 박 화백은 거의 입에 대지 않았다. 식사 예절을 채점이라도 하려는 양 줄곧 나를 지켜봤다.

코르시카에서 파리로 돌아왔을 때, 나는 열여덟 살이었다. 예전처럼 뒷골목 패거리에 섞일 수는 없었다. 박 화백이 자신의 작업실로 나를 불렀다.

박 화백은 다시 이젤 앞에 앉길 기대하는 눈치였다. 오히려 나는 영상 쪽에 관심이 생겼다. 박 화백이 뉴욕의 영상전문대학 입시 요강을 구해왔다. 1년을 준비해 대서양을 건넜다.

한 학기 학비와 기숙사 비용을 박 화백이 마련해줬다. 빚이었고, 마음의 부담이었다. 진작 갚을 수 있었다. 다음에 만나면, 하는 식으로 번번이 미뤄온 박 화백이었다.

"계좌번호 가르쳐 주세요."

박 화백이 고개를 가로저었다.

"갚을 필요 없다."

"제가요, 빚지고는 못 사는 성격이거든요."

농담을 섞은 말이었다. 박 화백은 한동안 물끄러미 바라보더니 입을 열었다.

"내 돈이 아니다. 너에게 주라고 나한테 맡겨놓았다. 정선생이."

나한테 왜들 이러지?

민 원장과 박 화백이 마치 공모라도 한 듯 비슷한 말을 하고 있다. 가난한 아빠가 정말로 로또에 당첨되었던 걸까.

"다움이가 대학에 갈 때, 첫 학기 학비는 마련해주고 싶다고 했다. 아빠의 이름으로."

나는 사실이냐고 물었고, 박 화백은 진실이라고 대답했다.

"10년 전 뉴욕으로 갈 때, 왜 그때 말하지 않았죠?"

"더 기다려야 했지. 다움이가 아빠에게 화를 내지 않게될 때까지."

화를 냈다? 미워했다? 당시 내 감정이 어느 쪽에 더 가까웠을지는 따져봐야겠다. 그러나 당장 확인할 바는 따로 있었다.

"마침내 털어놓을 때가 되었나 보죠?"

"내가 더 기다릴 수가 없게 되었다고 해야겠지."

말해놓고, 박 화백이 미간을 찌푸리며 눈을 감았다. 이어 주머니를 뒤져 약병을 꺼냈다. 캡슐 두 개, 알약 세 개를 손바닥에 올려놓았다.

"다움이와 프랑스로 떠나기 전날이었다. 뜻밖에도 정 선생한테 연락이 왔다. 단둘이서 만났으면 한다고."

박 화백이 손바닥 위의 약을 입에 넣었다. 나는 컵에 물을 채워 박 화백 앞으로 내밀었다.

"줄곧 다움이 이야기를 했지. 성격은 어떻고, 좋아하고 싫어하는 건 무엇이고, 잘하는 것과 못하는 것은……."

박 화백이 컵을 집어 들었다. 심하게 손을 떨어 거들어주고 싶을 지경이었다.

"다움이가 외로움을 많이 탄다면서, 갑자기 무릎을 꿇더구나. 항상 돌봐달라는 부탁까지는 못하겠다. 그래도 혼자인 채 오랫동안 내버려 두진 말아달라. 이런 말을 하면서 머리를 조아렸다."

이미지가 본질을 지배할 때가 있다. 바로 지금처럼.

하지만 아무런 이미지도 떠올릴 수 없었다. 그 무엇인가 내부에서 극렬하게 저항하고 있는 듯했다. 남에게 부탁하고 사정하고 굽신거리는 아빠의 태도가 끔찍하게 싫어서 아예 이미지로 저장하지 않았을지도.

"무릎을 꿇는다는 건, 남자로서 견디기 힘든 치욕이지. 게다가 나는, 과정이야 어떠했든, 아내를 빼앗은 자였다. 그럼에도 정 선생은 아버지의 이름으로……."

박 화백은 목이 메인 탓인지 한동안 뒷말을 잇지 못했다.

"다움이가 아무리 까칠하게 굴어도, 거리에서 방황할 때에도 외면할 수 없었지. 정 선생의 부탁이 생각나서."

박 화백은 입술만 축이고는 잔을 내려놓았다.

"아빠가 맡긴 돈은 그냥 돈이 아니다. 나중까지도 다움이와 함께하고 싶은 마음이었겠지."

내 안에 있기를 바랐다면, 아빠는 실패했다. 오히려 나는 내 안의 아빠와 분리되려 발버둥을 쳤다.

나는 혼자였다. 혼자이기에 더 맹렬하게 싸워야 할 세상이었다. 언제까지 실재하지 않는 아빠를 껴안고 살아갈 수 없었다.

"그래서 난 네가 대학에 가길 바랐다. 돈을 받았는데 그걸 내가 쓸 수는 없는 노릇이잖니."

나는 아빠를 내게서 떼어냈다고 생각했다. 틀렸다고, 박 화백은 방금 말했다.

내 삶 구석구석에 아빠가 함께 있었단다. 내가 좌절하고 방황할 것을 미리 알았기라도 한 듯, 아빠는 박 화백을 통해 좌절과 방황을 끝낼 새로운 길을 마련해 놓았다는 거였다.

억지 해석이다. 나를 위로할 셈이면 다른 방법을 찾아보라고 말하고 싶었다. 하지만 100미터를 전력 질주라도 한 양 숨이 거칠어졌다.

박 화백의 말을 믿을 수 없었다. 아니, 믿고 싶지 않았다. 단서를 쫓는 심정으로 박 화백에게 물었다.

"마지막으로 만났을 때, 아빠가 죽을병에 걸렸다는 건 알았나요?"

"정 선생한테 직접 들었다."

"내가 떠나고 얼마 만에 돌아가셨는지, 그건 아세요?"

"사흘이었다지. 사실 그 정도로 위중한지는 몰랐다."

박 화백은 길게 한숨을 내쉬었다.

내가 프랑스에서 생활한 지 3년째인 가을, 박 화백의 전시회 일정이 한국 언론에 소개되었다. 진희 고모가 전시회장으로 찾아왔다. 그때 아빠의 소식을 들었다고 했다.

"너를 몹시 만나고 싶어 했지. 직접 정 선생의 마지막을 알리겠다면서……. 내가 막았다. 정 선생의 뜻을 전하니 순순히 받아들이더구나. 멀리서 네 모습만 확인하고 돌아갔다."

"아빠의 뜻? 내가 견딜 만한 힘이 생길 때까지 비밀로 해 달라는 거였나요?"

박 화백은 천천히 눈을 감았다 뜰 뿐 대답하지 않았다.

"스스로 일어설 힘이라고요? 그걸 누가 판단하죠? 또 일어설 힘이라는 게 도대체 뭐죠?"

박 화백을 추궁하려는 의도는 없었다. 오히려 내 자신에게 확실히 다짐해두고 싶은 마음에 언성이 높아졌다.

아빠는 그러지 말았어야 했다. 스스로에게 최선의 선택이 나에게도 그럴 거라고 여겼다면, 정말이지 구제불능 아빠였다.

고통은 강도가 아니라 시간의 문제이다. 겪어본 자는 안다. 무수한 잽을 맞고 판정으로 지는 것보다 카운트 펀치

한 방으로 다운 당하는 편이 낫다.

나는 너무 오랫동안 고통의 시간을 보내야 했다. 구제불능 아빠의 선택 때문이었다. 그게 억울하고 분해서 아빠의 죽음을 인정하기까지 또다시 기나긴 고통의 터널을 통과해야 했다.

"스무 살이 되어 아빠의 죽음을 알면, 그때는 그러려니 넘길 수 있게 된다고요? 그 전에 알게 되면 무슨 일이라도 저지를 거라고 생각했나 보죠? 내가 자살이라도……."

차마 말을 잇지 못했다.

아빠의 죽음을 알았을 때, 나는 열여섯이었다. 아빠의 뜻과는 달리 4년을 먼저 알았던 셈이다.

스스로 목숨을 버리겠다고 마음먹진 않았다. 그러나 방법만 달랐을 뿐이다. 파리 뒷골목에서 닥치는 대로 살았고, 결국 하루하루의 삶을 올가미에 매달았던 셈이다.

아빠의 뜻이 틀리지 않았다. 아빠의 계획대로 됐다. 부인할 수 없었다. 하지만…….

적어도, 누군가의 입을 통해 전해 듣진 말았어야 옳았다. 게다가 한참을 늦게. 소말리아 해적에게 유조선이 피납되었다는 소식을 듣는 것과 뭐가 다르겠는가. 아빠와 나의 연결이 타인에 의해 맥없이 단절되어선 안 되는 일이었다.

★☆★

식당에서 찻집으로 이동했다.

한동안 내 얼굴을 바라볼 뿐 침묵하던 박 화백이 입을 열었다.

"다움이한테 뭐든 해 주고 싶구나. 갖고 싶거나, 필요한 거 있으면 말해다오."

"필요한 거라뇨?"

"돈이 필요하면 말하렴."

작업 의뢰는 끊임없이 이어졌고, 내 몸값도 날로 높아졌다. 먹고살 근심은 끝났다. 게다가 돈이라는 건 언덕을 굴러 내려오는 눈덩이 같았다. 한번 탄력이 붙으면 스스로 덩치를 키워 굳이 의도치 않아도 모이고 쌓였다.

박 화백이 입술 끝을 일그러뜨렸다.

"병이 깊다는구나. 수술도 약물 치료도 힘들다네."

아, 하고 나는 질끈 눈을 감았다.

죽음은 늘 내 곁에 있었다. 따라서 박 화백의 고백이 낯

설거나 믿기지 않는 건 아니었다. 다만 무슨 말을 전해야
할지 난감했다. 어처구니없게도 온전한 상태로 남았던 박
화백 몫의 해장국을 떠올렸다. 그리고 내 앞에 놓인 빈 대
접. 국물까지 알뜰히 비워낼 것까지는 없었다고, 뒤늦은
후회를 했다.

마지막 전시회와 영구 귀국에 이유가 있었던 셈이다.

"정 선생을 무슨 면목으로 대할까 걱정했는데, 다 웁이
보니 이젠 안심이 된다."

그동안 박 화백에게 단 한 번도 살갑게 대한 적이 없었
다. 다정한 말투, 따뜻한 눈빛조차 아빠에 대한 배신 행위
처럼 여겨졌다. 아빠의 죽음 이후로도 달라지지 않았다.
박 화백은 물론 사람과 가까이 지내는 자체가 피곤했다.

테이블 위에 올려놓은 박 화백의 주름진 손이 눈에 들어
왔다. 그 손을 잡아보고 싶었다.

박 화백이 주머니에서 손수건을 꺼내 입 주위를 닦았다.

"한국에 왔으니 아빠한테 인사를 드려야 하지 않겠니?"

좌우 대칭을 맞춰가며 손수건을 접는 박 화백의 손길을,
나는 묵묵히 지켜봤다.

민 원장에게도 같은 말을 들었다. 매우 당연한 절차인

양, 그러지 않으면 큰일이라도 날 것처럼 말했다.

"어딘지도 몰라요."

"과연 모르는 걸까. 일부러 모른 척하는 게 아닐까."

급소라도 찔린 기분이었다.

"여진희라는 분이 그러더구나. 다움이가 알 만한 곳에 정 선생을 모셨다고."

"내가 뭘 알겠어요. 난 겨우 아홉 살이었다고요."

"그분을 만나보거라."

도착하던 날, 내 입에서 고모 이름이 흘러나왔다. 무심코 한 말이었으므로 무시하고 싶었다. 그럼에도 그 어떤 힘이 고모 쪽으로 나를 밀어대고 있는 기분이었다.

"다움이가 원하다면 그분 연락처를 수소문해 보마."

"그럴 필요 없어요. 전혀."

박 화백이 뒷목을 젖혀 허공을 향해 한숨을 내쉬었다.

"아빠는 널 기다리고 계실 거다."

"죽은 자는 죽어 땅에 묻혔을 뿐이죠. 죽으면 끝, 게임 오버라고요."

의도치 않은 말을 하고 말았다. 아니, 마음속 말을 거침없이 꺼냈다. 다만 지나치게 과격했을 따름이었다.

내 영혼의 한 부분은 아홉 살에서 성장을 멈췄다. 어느 순간 불쑥 튀어나와 당치도 않게 어리광을 부렸다. 지금처럼.

서글픈 자각이었다.

그리고 통렬한 자각이 기다리고 있었다. 박 화백에 의해.

"다움이는 아직도 아빠한테 화가 나 있구나."

제4장

1.

여자는 길의 입구에 서 있다.

길 양편에는 이층 건물이 늘어서 있다. 여자가 발끝을 세워 바닥을 노크하듯 톡톡 두드리다 걷기 시작한다. 오후 나른한 햇살이 여자의 머리칼을 비춘다. 유독 낡은 건물의 이층에는 노파가 창턱에 얼굴을 올려놓고 여자를 바라본다. 여자가 노파에게 목례를 하고 말을 건다. 노파 뒤로 보이는 어둑한 실내에는 형광등이 켜져 있다.

전체적으로 따뜻하고 부드럽고 고요한 분위기를 만든다. 햇살이 너무 강렬하다. 게다가 넓게 퍼져 있다. 자연광은 최고의 품질을 제공하지만 과감히 포기한다.

Arrimax 18K HMI을 크레인으로 들어 올려 인공 태양을 만든다. 8피트 앞엔 주황색 톤을 더하기 위해 1/4 CTO를, 10피트 앞에는 빛의 부드러움을 표현하기 위해 12x12의 Full grid 디퓨전을 단다. 같은 작업으로 오른쪽 건물에도 세팅한다. 밝기는 절반으로 줄이고 디퓨전은 두 배로 올린다. 길 양편의 건물 옥상에 노출을 위해 20x20사이즈의 1/4 Grid, 햇살의 이미지를 살리기 위해 1/2 Soft frost를 올린다.

카메라 리허설을 진행한다. 연 감독과 피터, 셋이서 프레임을 모니터링 한다. 이미지와 조명이 내가 구상한 대로 잘 어울려져 있다. 그러나 연 감독, 혹은 피터가 원하는 부분은 보완하거나 재조정한다.

막상 촬영에 들어가면 나는 느긋하다. 조명은 카메라 무빙에 맞춰 잘 움직이는지, 클로즈업 샷에서 바운스 판이 제 위치에 정확히 자리 잡고 있는지, 씬이 넘어갈 때마다 노출을 확인하는 정도이다.

어느덧 조명팀은 손발이 잘 맞는 조직이 되어 원활하게 돌아갔다. 내 의도를 전달하는 시간이 줄었다. 한동안 입을 꾹 다문 채 마지못해 따르던 스태프들이 자발적으로 움직였다. 미국에 있는 조명팀보다 순발력, 적응력, 이해도, 기술적 능력까지 두루 뛰어났다. 장차 미국으로 불러 함께 작업하고 싶은 욕심이 날 만큼 만족스러웠다.

채 선생과 장비 선택에서 세팅까지 이야기를 나눌 기회

가 늘어났다. 채 선생은 자신이 이해하지 못하는 부분에 대해 물었다. 때때로 의견을 제시했는데 의외로 내가 놓친 부분을 정확히 짚어냈다. 그동안 내가 채 선생을 제대로 알지 못했을까. 채 선생 자신이 예전과는 다른 자세로 나를 상대하기로 생각을 바꾼 것 같았다.

일이 관계까지 이어지진 않았다. 나는 무리와 거리를 뒀고, 그들 역시 나의 성격이겠거니 여기며 인정하는 듯했다. 어쨌든 처음에 비해 질시와 비아냥의 말은 들리지 않았다.

전쟁을 치르듯 시끌벅적했던 촬영이 끝났다.

나흘 연속으로 이어진 일정이었다. 눈꺼풀 들어 올릴 힘마저 다 쏟아부은 느낌이었다. 특히, 뇌세포 하나하나까지 불러내는 심정으로 집중했더니 머릿속이 텅 비어버린 듯했다.

이틀 동안 스케줄은 없었다.

굴 속에 들어앉은 곰처럼 내내 잠을 자고 싶었다. 가망 없었다. 민윤식 원장의 성화로 검진 약속을 해뒀다. 시간에 맞추려면 새벽부터 움직여야 했다.

미국에서 매년 적지 않은 비용을 감수하며 종합검사를

받았다. 딱히 건강을 염려하진 않았다. 생사의 갈림길까지 갔던 내 몸에 대한 배려이자 예의였다.

백혈구 수치는 정상을 유지했다. 면역 기능에도 문제가 없었다. 내장 기관도 제 역할을 제대로 해냈고, 근력도 평균 이상이었다.

과거의 주치의에게 재차 확인받아야 할 이유는 없었다. 오히려 민 원장이 알고 있는 아빠에 대한 이야기를 더 들어야겠다고 생각했다.

숙소로 돌아갈 채비를 하는데 채 선생이 다가왔다.

늘 찡그린 낯이었던 채 선생이 입가에 미소를 짓고 있었다. 좋은 일이라도 생겼냐고 물으려다 그만뒀다.

"연 감독이 찾네요."

나는 고개를 끄덕이고는 챙기지 못한 것이 없는지 주위를 둘러보았다. 채 선생이 뭔가 할 말이 남은 듯 나를 쳐다봤다.

"오늘 그림이 기막혔습니다. 또 한 수 배웠네요."

나는 슬며시 웃어 보이고 사무실 쪽으로 걸어갔다. 문득 몸을 돌이켜 다시 채 선생에게로 다가갔다.

"이틀 동안 촬영이 없는데, 조명팀 회식합니까?"

"간단히 한잔할 겁니다."

지갑에서 카드를 꺼내 내밀었다. 채 선생은 헤벌쭉 입을 벌린 채 받지 않았고, 나는 카드를 채 선생 주머니에 찔러 넣었다.

이유는 모르겠다. 그러고 싶었다.

★☆★

연 감독이 소파에 앉으며 맞은편 자리를 가리켰다.

"채 선생, 요즘 어때?"

"문제 없습니다."

"조명 치는 건 더할 나위 없이 친절하면서, 말투는 왜 그 모양이야? 나한테 화났나?"

그럴 리가 없다는 뜻으로 빙긋이 웃으며 말했다.

"이유는 모르겠지만, 많이 달라지셨습니다. 여러모로 도움을 받고 있습니다."

연 감독이 난감한 눈빛으로 나를 바라보았다. 조명감독이면 당연히 스태프의 사정을 알아야 하지 않겠느냐는 뜻이리라.

1년 넘게 혼수상태에 있던 채 선생의 부인이 닷새 전 손가락을 약간 움직였다.

"그날 나한테 전화를 했네. 많이 지쳤다면서, 그만 포기하고 싶었다면서 펑펑 울더군. 겨우 손가락이지만, 채 선생한테는 세상 전부와 바꿀 수 없는, 간절히 기다린 희망의 메시지였겠지."

연 감독은 복받치는 감정을 억제하려는 양 연거푸 코를 풀었다.

몇 차례 중환자실로 실려 간 적이 있었다. 용케 죽을 고비를 넘기고 깨어났다. 그때마다 아빠가 곁을 지키고 있었다. 아빠의 심정이 어땠을까. 아빠가 어떤 얼굴로 나를 맞았는지 생각나지 않았다.

연 감독은 오늘의 조명 운용에 대해 이야기했다.

대부분 낯간지러운 칭찬이었다. 대놓고 칭찬할 때는 반드시 저의를 숨겨뒀으리라. 곧 속셈이 드러났다.

"숙제야. 이틀 동안 꼼꼼히 읽어봐."

연 감독이 스프링 제본의 시나리오를 건넸다. 받아들긴 했지만 난감했다.

"다음 작품으로 생각하고 있어. 케인의 의견을 듣고 싶군."

지금 촬영도 끝나지 않았다. 후반기 작업까지 거쳐야 하므로 내년 6월에 마치면 그나마 다행이었다. 다음 작품을 거론하는 자체가 어처구니없었다.

제목《그날의 침묵》, 각본 연정훈.

어느 틈에 시나리오까지 썼을까. 기가 막혔다. 대단한 열정이었다. 아니 영화에 미치지 않고선 불가능했다.

열정이든 광기든, 연 감독이 새삼 경이롭게 여겨졌다. 한편 부러웠다.

영화를 좋아했고, 스태프로 제작에 참여하는 것에 만족했다. 나름 잘 해낼 자신도 있었다. 하지만 열정과 광기를 쏟아내겠다고 결심한 적은 없었다. 오히려 열정과 광기의 반대편인 절제와 균형의 틀을 지키려 했다.

어디 영화뿐이랴.

내일의 계획도, 사람과의 관계 역시 한 발짝 물러서 바라보고자 했다. 절제와 균형의 울타리 안에서 나는 안전했다. 감정에 휘둘려 울타리 밖으로 뛰쳐나가는 위험을 자초하고 싶지 않았다.

"아직 초고이지만, 뭐가 문제인지 사정없이 물어뜯어 봐."

"제가 그럴 만한 수준이 될까요?"

"시나리오 상태로는 아무한테도 안 보였어. 자네한테 처음이야."

"시나리오를 보는 눈이야 피터가 저보다는 낫지 않겠어요?"

"피터는 대단히 섬세해. 장면 하나하나는 기막히게 만들어내지. 하지만 섬세해서 종종 큰 틀을 놓칠 때가 있어. 자네는 달라."

피터에 대한 평가는 동의할 만했다. 작은 것에 매달려 정작 핵심 부분을 어물쩍 넘긴다는 인상을 받곤 했다.

"자네의 조명이 어느 때는 물처럼 유연하게 흘러가고, 반면 억지로 꿰맞춘다는 느낌을 받을 때가 있어. 왜 그럴까?"

굳이 내 대답이 필요치 않은 물음이었다. 나는 잠자코 다음 말을 기다렸다.

"시나리오 자체에 문제가 있기 때문이야. 유기성이 부족한 부분을 절묘하게 알아차리더군. 노력해 얻기 힘든 재능일세. 부모님으로부터 대물림한, 타고난 재능을 자네는 지녔어."

대물림? 재능?

동의도, 인정도 하고 싶지 않았다. 물론 당장 시비를 가릴 상황은 아니었다.

"시나리오가 자네 마음에 들었으면 해. 왜냐하면……."

연 감독이 내 쪽으로 머리를 숙여 귓가에 속삭이듯 덧붙였다.

"자네와 함께, 감독으로서의 내 마지막 작품을 하고 싶거든."

피터의 추천으로 중간에 끼어들었다. 냉정하게 판단하자면 응급조치 땜빵에 가깝다. 그런데 차기작, 게다가 마지막으로 여길 만큼 비중을 두고 있는 작품에 처음부터 참여하라는 제의였다.

"시나리오를 보면 알겠지만, 지금 찍는 작품과는 스케일이 달라. 제작사는 이미 결정됐어. 아마 이름을 대면 놀라 뒤로 자빠질 걸세."

영화는 비즈니스의 세계이다. 제작사 결정은 자본이 확보되었다는, 영화 제작의 가장 큰 고비를 넘어섰다는 의미다.

연 감독이 다시 귀엣말로 속삭였다.

"말 안 해도 알겠지만, 당분간 외부에는 비밀로 해주게."

나는 고개를 끄덕여 동의했다. 하지만 여전히 믿기지 않았다. 갑자기 바나나 벼락을 맞은 배고픈 원숭이라도 된 기분이었다.

"왜 저한테 잘해주시죠?"

연 감독이 큰 소리로 웃더니 이내 정색을 했다.

"잘해줘? 천만에. 내가 사람의 됨됨이는 몰라도 재능만큼은 기막히게 알아차리지. 내 영화를 빛내줄 인물로 자네의 능력을 이용하겠다는 거지."

2.

날카로운 경적, 타이어가 바닥에 쓸리는 소리를 쫓아 고개를 돌렸다.

횡단보도 중간 지점에 한 사내와 자전거가 쓰러져 있었다. 사내의 다리에서 울컥울컥 피가 솟구쳤다.

사람들은 횡단보도 이쪽과 저쪽에서 웅성거렸다. 가해 차량의 운전자로 보이는 여자가 차문을 열고 나와 사내의 반대편으로 비틀비틀 걸어가다 풀썩 바닥에 쓰러졌다.

도와줄 사람은 충분했고, 굳이 내가 나설 이유도 없었다. 돌아서려는 순간이었다. 어쩌자고 사라가 했던 말이 떠올랐을까.

"케인이 어떤 사람인지 말해줄까? 백사장으로 밀려온 고래를 팔짱 끼고 지켜보고만 있지 않아. 사람들이 몰려들 때까지 부지런히 바닷물을 길어 고래의 몸에 뿌려주지. 그게 케인의 진짜 모습이라고."

사라는 내 안에 깃든 착한 심성을 말하고 싶었으리라. 오해였고, 착각이었다.

선과 악, 정의와 불의보다 우선순위로 삼는 기준이 있다. 편리와 불편. 나는 그 둘로 나눠 판단하고 행동한다. 그러니까 내가 선과 정의 편에 선다면, 그게 더 편리하거나 덜 불편한 셈이다.

하지 않았기에 오래 지속되는 괴로움이 있다. 계속 떠올리며 후회하게 된다. 그렇다면 당장의 괴로움을 감수하고 눈앞의 일을 해치우는 편이 낫다.

사내를 향해 달려갔다.

사내가 울부짖음에 가까운 비명을 질렀다. 피가 솟구치

는 부위는 왼 다리였다. 무릎 아래가 너덜너덜해진 채 허벅지에 겨우 달라붙어 있었다. 사내는 자전거를 탈 생각은 아예 접어야 할 성싶었다.

지혈이 시급했다. 나는 벨트를 풀어 사내의 허벅지에 둘렀다. 바닥에 무릎을 꿇고 벨트를 당기자 사내의 비명이 높아졌다. 인정사정 볼 것 없이, 평소 다져온 근력으로 힘껏 조이자 분수처럼 솟구치던 피가 잦아들었다.

사내가 비명과 신음이 뒤섞인 목소리로 말했다.

"고맙습니다."

"나중에 벨트는 돌려줘요."

사내가 잠시라도 고통을 잊길 바라며 던진 말이었다. 사내의 눈가에 언뜻 미소가 어렸다.

구급차의 사이렌 소리가 들려왔다. 나는 재깍 자리를 떴다.

가능한 빨리, 그리고 멀리 현장에서 벗어나고 싶었다. 정작 내가 달아나려는 건 과거의 한 장면이었다.

아, 아메드.

★☆★

아메드를 만난 건 샹 드 마르스 공원이었다.

오를레앙에서 파리로 온 지 사흘째였다. 인내 대신 광기의 삶을 택하겠다며 기숙학교를 뛰쳐나왔다. 그러나 해야 할 일도, 하고 싶은 바도 없었다. 생각한다는 자체가 역겨웠다. 모자를 쓰듯 머리를 목 위에 올려놓은 듯했다.

공원 벤치에 멀뚱히 앉아 비둘기들이 떨군 깃털이나 세거나, 보도블록의 금을 밟지 않으려 애쓰며 거리를 쏘다녔다. 아메드는 그런 나를 유심히 지켜본 모양이었다.

"안녕, 나는 알제리에서 왔어. 너는?"

대답은커녕 제대로 쳐다보지 않았고, 아메드가 다시 물었다.

"돈도 없으니 먹을 것도 없고, 갈 곳도 없으니 잘 곳도 없겠지?"

나는 순순히 고개를 끄덕였다.

아메드가 자신의 패거리 아지트로 나를 데려갔다. 14구역 철거가 예정된 건물이었다. 잘 수 있고, 먹을 수 있고, 하루 대부분을 빈둥댈 수 있기에 패거리의 일원이 되었다.

우두머리와 패거리를 위해 저물녘이면 거리로 나왔다. 전시 상품을 슬쩍하거나 여행객 지갑을 털거나 우두머리가 지정한 장소에 물건을 배달했다.

나와 아메드, 우리는 실과 바늘처럼 붙어다녔다. 나보다 네 살이 많은 아메드가 늘 챙겨줬고 가르쳤다.

"다른 건 다 해도 되는데, 약만은 하지 마. 그땐 여기서 빠져나갈 수 없어. 나는 네가 영원히 이렇게 살지는 않길 바래."

약속을 지켰다. 중독의 유혹에 넘어가지 않았다. 의지가 강한 탓이 아니었다. 아메드의 말을 지키는 것이 그나마 고마움을 표시하는 방법이었다.

실과 바늘로 지낸 지 반년쯤 되었을 때 아메드에게 물었다.

"왜 나한테 잘해주는 거지?"

"내가 널 찾아냈으니까."

"그게 다야?"

"내가 널 찾아내긴 했지. 사실은 처음부터 만나게 되어 있었어, 우리는. 운명처럼."

"나는 운명 따위는 믿지 않아."

"운명은 믿고 안 믿고의 문제가 아냐. 운명은 책임지는 거야."

아메드는 자신의 말대로 나를 책임졌다. 내가 유일하게 기댈 보호자였고, 파리 뒷골목에서 살아남을 비법을 전수

해준 스승이었다.

아메드는 키가 작았다. 스스로 왜소 장애와 정상의 경계에 있다고 고백할 정도였다.

그 무렵 나는 그야말로 자크의 콩나무였다. 내 키를 기둥에 못질해 둔 것처럼 자라지 않아 속상했던 어린 시절을 보상이라도 하려는 듯 쑥쑥 자랐다.

내 가슴팍에 겨우 닿을 정도인 아메드는 거리를 다닐 때 종종 내 허리벨트를 낚아챘다. 너무 빨리 걸으면 쓸데없이 주위 시선을 끈다는 이유를 내세웠다. 실제론 자신의 좁은 보폭으로 나를 따라잡기 어려웠기 때문이었다.

빠르게 걷진 못해도 빠른 손놀림을 지닌 아메드였다. 모자에서 토끼를 꺼내는 마법의 장면처럼 매번 나를 감탄케 했다.

우리는 해가 저물면 7구역으로 향했다. 에펠탑 주위에는 언제나 관광객들이 넘쳐났고, 그들은 우리에게 만만한 먹잇감이었다.

먹잇감을 고르는 게 내 역할이었다. 조금이라도 이상한 기미가 보이면 즉시 포기하라면서, 아메드는 이렇게 말했다.

"내 조국 알제리에 이런 속담이 있어. 두 발을 다 집어넣고 강의 깊이를 재지 마라."

나는 시간이 걸리더라도 신중을 기해 먹잇감을 골랐다. 그리고 접근해 어깨를 부딪치거나 길을 물어 주의를 흐트러뜨렸다. 그 순간 키 작고 손 빠른 아메드가 지갑을 빼냈다.

우리는 실패한 적이 없었다. 아메드는 내가 매의 눈처럼 정확하게 먹잇감을 고른 덕분이라고 했다. 내 생각은 달랐다. 아메드의 손길은 빠르고 정확하고 은밀했다. 어쨌든 우리는 환상의 콤비였고, 불패의 팀이었다.

그날, 나의 먹잇감은 중년의 사내였다.

지도를 보며 연신 주위를 두리번거렸다. 어수룩한 관광객이 분명했다. 10분쯤 사내의 행동을 주목하다 다가갔다. 나는 마치 길 안내를 자처한 착한 현지인처럼 굴었다. 그동안 아메드가 접근했다.

그날 우리의 불패 신화는 깨졌다. 다시 이어갈 수조차 없게 되었다. 내가 지목한 먹잇감은 관광객으로 위장한 형사였다. 결국 강물에 두 발을 다 집어넣은 꼴이었다.

발 빠른 나는 사람들 사이를 헤치며 도망쳤다. 손만 빠른 아메드는 차도를 택했다. 달려오는 차들을 요리조리 피했지만 오래 가진 못했다. 관광버스에 받혀 두개골이 박살이 났다.

왜소한 아메드는 죽어서도 작았다. 르완다 내전에서 머리에 기관총 세례를 받은 소년 병사처럼 보였다.

나는 아메드에게 달려가는 대신 돌아서 가로수를 붙잡고 토했다. 저녁으로 먹은 바게트가 곤죽이 돼 입 밖으로 흘러나왔다.

동양에서 온 노란 원숭이가 아메드를 죽였다.

그렇게 패거리들은 단정했고, 노란 원숭이인 나 역시 순순히 인정했다.

패거리들은 막돼먹은 원숭이를 대하듯 나를 두들겨 팼다. 수입원을 잃은 우두머리의 폭행이 특히 극심했다. 때리면 맞았고, 욕설을 퍼부으면 그 또한 묵묵히 들었다.

나는 반드시 대가를 치러야 했다. 정신이 혼미해질 정도로 얻어맞고 나면 오히려 미안함이 줄어든 느낌이었다. 그런 날들이 한동안 반복되었다. 대가를 덜 치른 듯하거나, 죽어서도 왜소한 아메드의 모습이 어른거리는 날에는 일부러 싸움을 걸었다.

시간이 흐르면서 아메드는 조금씩 내 마음에서 멀어졌다. 그럼에도 아메드의 말은 가시처럼 계속 나를 찔러댔다.

운명은 책임지는 것이다.

3.

한때 전문킬러가 되었으면 했다.

당시 나와 아메드는 영화 《레옹》에 푹 빠져 있었다. 여행객의 지갑이나 노리는 내 꼬락서니에 넌덜머리를 내던 시기이기도 했다.

아메드는 나에게 자격 미달이라고 단정했다. 용기와 살인의 기술만으로는 절대 킬러가 될 수 없다며 덧붙였다.

"레옹이 왜 죽었는지 생각해 봐. 감정이 끼어든 탓이야. 네 안에는 온갖 감정으로 가득해. 그걸 드러내지 않으려 안간힘을 쓰고 있을 뿐이지."

내가 생각하는 킬러의 자격은 달랐다. 단순히 감정의 문제가 아니었다. 엄밀히 말해 예의의 차원이었다.

죽음에 대해 제대로 생각해 보지도 못한 자에게 목숨을 내준다는 건, 죽는 자로서 끔찍하다. 무면허 의사에게 신장 이식을 맡기는 것과 흡사하다. 소와 돼지처럼 도살당하는 꼴이다.

나야말로 꽤 오래 죽음의 문턱에서 서성인 이력의 소유자였다. 고통도 두려움도 처절하게 겪었다. 따라서 죽임을 당하는 자에 대한 예의를 나름 갖춘 셈이었다.

유치찬란한 발상이었던 킬러와는 무관하게, 그때의 예의가 필요했다. 죽음을 앞둔 자를 향한 예의를 갖춰야 할 상황이었다.

박 화백의 입원실에서 당사자를 기다리는 중이었다. 간호사는 곧 검사가 끝나고 돌아올 거라고 했다.

전시회의 마지막 날이었다. 초대를 받긴 했지만 참석할 의사는 없었다. 박 화백 역시 평소의 나를 익히 알기에 기대치 않았으리라.

전시회장에 갔을 때, 박 화백의 모습은 보이지 않았다. 안내를 맡은 이에게 물어 병원과 입원실을 알아냈다.

공교롭게도 내가 입원과 퇴원을 반복하던 대학병원이었다. 병원 정문을 통과하는 순간, 나도 모르게 진저리를 쳤다. 몸 곳곳에 아로새겨진 통증의 기억이 깨어난 셈이었다.

죽을 고비를 넘겼다고 죽음에 대한 생각에서 자유롭다? 천만에. 오히려 죽음의 감옥에 갇힌 포로 신세가 된다. 죽음이 문밖에서 안쪽의 나를 호시탐탐 노리고 있는 듯하다. 감기만 걸려도 죽음의 기미부터 살피게 된다.

그렇다. 나는 언제든 죽을 수 있었다. 관념의 범주가 아닌, 구명조끼 없이 난파선에서 폭풍의 바다로 뛰어내려야 할 지극히 현실의 문제였다.

백혈병 완치 판정을 받았고, 꽤 오랫동안 나는 안전했다. 아직 재발이 될 증후도 없었다. 그럼에도 내 안에 시한폭탄이 들었다는 생각마저 사라진 건 아니었다.

크게 두렵진 않다. 확실히 괴롭긴 하다. 내일을 옥죄는 올가미라는 사실이, 자유를 저당 잡힌 속박의 신세라는 점이 그렇다.

사라 어머니가 결혼 의사를 물었을 때, 나는 정직하지 못했다. 모르겠다고 흐리멍덩히 넘어가지 말았어야 했다. 정직하게, 결혼할 생각이 없다고 대답했어야 옳았다.

지금은 물론 앞으로도 내내. 설사 당장 사라와 이별하게 될지라도.

나 홀로 마주하기에도 불안한 미래이다. 언제 어느 상황에서 내 안의 시한폭탄이 작동될지 모른다. 그 위태로운 미래에 사라를 끌어들이는 건 온당치 않다.

★☆★

"의사가 뭐래요?"

질질 시간을 끌고 에둘러 이야기하고 싶지 않았다. 단번에 푹 찔러 물었다. 묻기 괴로워 머뭇대다간 대답하는 쪽역시 비슷한 과정을 겪어야 한다.

박 화백이 슬며시 눈웃음을 지었다.

"잘하면 석 달이라네."

잘하면? 아마 석 달은 최대치의 생존 기간일 거였다.

가혹할 만큼 짧은 기간일까. 내가 박 화백이라면 차라리 환영하겠다. 남은 시간이 어떤 꼴일지 뻔했다. 고요와 평안일 리 없었다. 뼈가 갈리고 살이 찢기는 고통의 연속일 터였다. 결국 그 옛날의 나처럼 울부짖게 되리라. 언제 죽게 되느냐고.

박 화백을 똑바로 쳐다보려 했다. 자꾸 눈길이 다른 곳으로 흘러갔다. 생각 역시.

아빠는 자신의 병을 언제 처음으로 알게 되었을까. 그게 뭐가 중요하지, 스스로에게 혀를 차면서도 생각을 멈출 수 없었다.

사락골에서 나와 프랑스로 떠나기 직전까지, 석 달.

이 기간에 모든 게 이루어졌다. 끝났고, 시작되었다.

나에게는 살아나는 소생의 시간이었다.

아빠에게는 죽어가는 소멸의 시간이었다.

죽어가는 아빠는 살아나는 나를 바라보며 무슨 생각을 했을까. 내 앞에선 두 주먹 불끈 쥐고 파이팅을 외쳤지만, 돌아서는 즉시 서글프고 안타깝고 분하지 않았을까.

아, 생각하고 싶지 않다. 이제 와 생각한들 무슨 소용이 겠는가. 같은 강물에는 두 번 다시 발을 담글 수 없는 법. 흘러간 것은 흘러갔을 뿐이다.

박 화백이 냉장고에서 음료수를 꺼내 들고는 소파로 갔다. 나를 바라보며 손으로 자신의 맞은편 자리를 가리켰다. 뚜껑을 벗겨낸 음료수를 내게 내밀었다. 깡마른 손은 애처로울 만큼 심하게 떨렸다.

위로의 말을 찾아낼 수 없었다. 아니, 무익한 짓이었다. 차라리 배를 잡고 웃을 만한 유머를 생각해내는 편이 나을 거였다.

"어떻게 하실 거예요?"

묻고 나서 재깍 후회했다. 마치 수상 소감이라도 묻는 꼴이지 않은가.

"그게 고민이네."

박 화백이 목을 젖혀 허공을 바라보며 덧붙였다.

"내가 인생을 단출하게 살아왔잖아. 외로웠지만 그러려니 여겼지. 막상 죽게 되니까, 그리 나쁘진 않았다는 생각이 드네. 정리하고 수습할 게 별로 없어. 그야말로 단출해."

내가 원하는 단출함이었다. 모범답안으로 삼겠다고 말하고 싶을 정도였다.

그러나 단출함의 그늘인 양 외로움을 말하는 게 마음에 걸렸다. 내 눈에 비친 박 화백의 삶은 외로움과는 거리가 있었다.

외로움은 매일 입는 팬티와도 같다는 말을 해야 될까. 외로움은 해결하는 게 아니라 인정하는 것이다. 아직 이마빡 파란 조명감독이 일흔의 노화가에게 건넬 충고는 아니었다.

"3개월 시한부 삶이라는 이야기를 들었을 때, 내 인생이란 게 망망대해에서 구멍 뚫린 튜브에 매달려 열심히 발버둥을 쳤구나, 하는 느낌이었지. 허망했어."

허망했노라고 후회할 만큼 부실한 인생일 리 없었다. 특히 명성을 얻은 화가로서 할 말은 아니었다.

"살고 싶어야 정상이지. 그런데 살고 싶은 이유로 삼을 단 한 사람이 나에겐 없더구나. 그 사람이 있다면 살려고, 살려달라고 안간힘을 썼겠지."

박 화백이 고개를 돌려 어스름이 내린 창밖을 바라보았다.

"다움이한테는 이상하게 들리겠지만, 솔직히, 정 선생이 부러웠다. 정 선생한테는 다움이가 있었으니까."

창턱에 앉은 비둘기 두 마리가 하루의 안부를 묻듯 부리를 비벼대고 있었다.

"나와는 달리 정 선생은 굉장히 살고 싶었겠지. 하지만 스스로 잃게 될 것은 돌보지 않더구나. 오로지 자신의 죽음 때문에 장차 다움이가 잃게 될 것을 아파했다."

수만 볼트의 전압에 감전이라도 된 듯 온몸이 떨려왔다.

나는 아빠의 죽음만을 팩트로 받아들였다. 다른 것들은 나와는 무관한 것처럼 여겼다. 아빠가 살고 싶었으리라는 생각조차 해보지 않은 채로.

나는 자리에서 일어나 창가로 걸어갔다. 창턱의 두 마리 비둘기가 약속이라도 한 듯 동시에 날아올랐다. 머물렀던 흔적을 남기고 싶었을까, 깃털 하나가 위태롭게 흔들렸다.

등 뒤에서 박 화백의 목소리가 들려왔다.

"정 선생은 참 행복한 사람이었구나, 하는 생각이 든다."

행복한 사람? 아빠와는 무관한 평가였다. 돈에 쫓겨 구질구질한 일상을 살았고, 비참한 최후를 맞았다. 아빠는 오히려 불행 쪽에 발을 걸치고 있었다.

아, 따져 묻다 보면 지난번처럼 목소리를 높이게 되리라. 그리고 후회하리라.

나는 서둘러 인사를 하고 병실 문을 열었다.

★☆★

이틀에 걸쳐 연 감독의 시나리오와 씨름했다.

메시지, 소재, 구성, 인물의 설정까지 주목할 만한 장치를 두루 갖췄다. 곳곳에 보완할 점이 눈에 띄긴 해도 전체적으로 완성도가 높은 시나리오였다. 연 감독이 마지막 작품으로 여길 만했다.

그러나 결론에 이르러 두 개의 깃발을 동시에 흔들어 대는 느낌이었다. 상업성과 작품성 사이를 오락가락하며 메시지가 모호해졌다. 특히 복수에서 화해로 넘어가는 주인공의 심리 변화에 설득력이 부족했다. 주인공의 캐릭터에 의하면 정면 돌파로 해결하는 게 맞았다. 뒤로 주춤주춤 물러나다 운 좋게 얻어걸린 듯해 절로 맥이 풀렸다. 설사 우리네 인생이 그러할지라도, 관객이 영화에서 기대하고 요구하는 바는 완벽한 감정의 해소였다.

가슴에 휑하니 구멍이 뚫린 듯했다.

숙소를 나왔다. 발길이 닿는 대로 걸었다. 시나리오를 분석하면서 느꼈던 감정이 점점 선명해졌다.

아빠는 행복한 사람이다.

그렇게 박 화백은 정의했다. 나는 이유를 따져 묻지 않았다. 스스로 판단하려 애쓰지도 않았다. 부딪혀 해결하기보다 달아났다. 늘 그런 식이었다. 아빠를 떠올리는 것만으로도 고통이었으므로.

단지 영화 때문에 귀국한 것은 아니었다. 보이지 않는 힘이 작동해 나를 이곳까지 데려왔다. 그리고 조심스럽게 오랫동안 가슴 깊이 봉인해 둔 실체 쪽으로 등을 떼밀고 있었다.

택시를 잡아 타고 병원으로 향했다.

박 화백의 1인 병실에는 방문객으로 가득했다.

돌아 나가려는 나를 박 화백이 불러 세웠다. 그 대신 방문객들을 쫓다시피 내보냈다.

병실이 한순간 고요해졌다.

나에게 소파를 권한 뒤 박 화백 자신은 침대에 누워 등판을 세웠다.

"촬영은 언제 마무리가 되니?"

"해를 넘길 것 같아요. 1월 중순쯤."

"한 달 조금 더 남았네. 다움이가 캘리포니아로 돌아가는 건 보겠구나. 잘 됐어."

죽음이 무장 해제라도 시킨 걸까, 감정의 간격이 꽤 좁혀진 느낌이었다. 촬영 스케줄이 끝나더라도 박 화백의 마지막 순간까지 계속 머무르고 싶었다.

"앞으로 뭐하면서 지내실 거예요?"

"기다려야지. 책이나 읽으면서."

"두 페이지를 넘기기도 전에 잠이 들 만한 책 몇 권을 구해올 걸 그랬네요."

"죽게 되니까 이제야 다움이와 친해지는 것 같구나."

박 화백이 소리내어 웃었다. 너무 심하게 웃은 탓인지, 쿨럭쿨럭 기침을 토해냈다.

"몇 번인가 다움이한테 가려고 했단다. 번번이 그러지 못했지만."

내가 뉴욕을 떠나 캘리포니아로 온 직후, 박 화백은 발병 사실을 알았다. 6년 전이었다. 완치, 재발, 완치…… 다시 재발된 상태로 더 이상 손쓸 수도 없는 지경이 되었다.

"지쳤어. 이제 그만 편안해졌으면 좋겠어."

박 화백이 다시 기침을 했다.

나는 컵에 물을 따라 박 화백에게 건넸다. 박 화백이 컵을 받지 않은 채 내민 손을 물끄러미 바라보았다.

"그 손가락, 그때 그런 건가?"

"사는 데 전혀 지장 없어요."

박 화백이 길게 한숨을 토해냈다. 나는 왼손으로 오른손을 덮었다.

오를레앙 기숙학교를 뛰쳐나온 지 서너 달쯤 지난, 파리 뒷골목에서 패거리들과 어울려 지낼 때였다. 박 화백이 찾아왔다. 학교를 나온 건 인정, 그림을 포기한 것도 인정, 그러나 범죄의 소굴에서 스스로를 망치는 꼴을 지켜볼 수 없다고 했다. 나를 설득하고 꾸짖던 박 화백이 말했다.

정 선생의 죽음을 헛되게 하지 마라.

누구도 나에게 그렇게 말할 자격이 없었다. 농담이라도 그렇게 말해선 안 되는 거였다.

아빠가 죽음으로 내 삶을 헛되게 만들었다. 그때는 달리 생각할 수가 없었다.

나는 미친놈처럼 날뛰며 닥치는 대로 내뱉었다. 박 화백이 아닌 아빠를 향해. 그리고 최후로 눈앞의 벽을 향해 주먹을 날렸다.

분노의 대가로 새끼손가락이 부러졌다. 치료를 받지 못해 구부러진 채 굳었다. 지금도 제대로 접히지 않았다.

구부러진 새끼손가락 때문에 문득문득 그날의 일이 떠올랐다. 부끄러웠다. 그렇게까지 분노할 필요가 없었다.

나는 연 감독의 차기작 참여에 대한 이야기를 꺼냈다. 헛되이 살지 않았다. 그 증거라도 제시하는 양 꽤 길게 털어놓았다.

박 화백은 눈물까지 글썽이며 기뻐했다.

"앞으론 다움이가 행복했으면 좋겠구나."

내가 행복해 보이지 않는다는 의미이기도 했다. 사실이었고, 언짢게 여길 일도 아니었다.

저녁이면 식탁에 둘러앉아 따뜻한 음식을 먹으며 두런두런 오늘을 이야기하는 모습. 아빠는 바비큐를 굽고, 엄마는 레몬티를 만들고, 아이가 던진 원반을 쫓아 리트리버가 귀를 펄럭이며 달려가는 광경. 햇살이 그윽한 봄날의 일요일 오전, 아이는 아빠와 엄마의 손을 하나씩 나눠 쥐고 교회를 향해 한껏 게으름을 부리며 걸어가는……

이런 게 행복이라면, 나는 처음부터 자격 미달이었다. 행복은 나와 무관한 세계였다. 아빠 역시.

"아빠가 행복했다고, 정말 그렇게 생각하세요?"

박 화백이 두통 때문인지 엄지로 관자놀이를 눌렀다.

"그래 보였다. 정 선생한테는 믿는 구석이 있었잖니. 정 다움이라는……"

나는 박 화백의 시선을 피해 창밖을 바라보았다. 비둘기 한 쌍이 창틀에 앉아 있었다. 어제의 비둘기일 거라는 확신이 들었다.

한때 아빠는 나의 판타지 속에 존재했다.

실제로 아빠가 옆에서 지켜보고 있다고 생각했다. 아빠의 얼굴을 바라보며 미소 지었고, 손을 잡으며 안심했고, 이야기를 주고받았으며 즐거웠다. 그 순간은 확실히 달콤했다. 그러나 현실로 돌아오는 즉시 고통은 덩치를 키워 나를 못살게 굴었다.

짧은 즐거움과 긴 고통.

나는 고통의 부피를 줄이기 위해 판타지를 포기했다. 두 눈 부릅뜨고 현실을 상대했다. 그렇게 나는 현실적인 인간이 되었다. 현실적인 나에게는 그럴싸한 가정보다 그래야 되는 근거와 이유가 중요했다.

오늘이 어제의 기억에 휘둘리는 것이 마뜩지 않았다. 아빠의 존재도 같은 의미였다. 아빠를 생각하지 않는 날이 늘어났고, 마침내 노력해야 떠오르는 얼굴이 되었다.

박 화백이 내 오른손을 어루만지며 말했다.

"다움아, 나는 네가 아빠에 대한 그리움을 막고 있는 것처럼 보인다. 그게 너무 힘들어 보여. 네가 울었으면 좋겠구나."

박 화백의 말에 나는 몸을 떨었다. 말의 내용이 아니라 박 화백의 손에서 전해오는 온기 때문이었을지도 몰랐다.

하지만 제대로 구부러지지 않는 새끼손가락을 들키지 않으려는 양 재빨리 손을 뺐다.

4.

이해득실을 따져가며 신중히 판단하는 스타일이 아니다, 사라는.

그렇다고 충동에 따라 멋대로 행동하지 않는다. 덜렁댈 때가 있지만 대체로 침착한 편이다.

"요 며칠 인디언 서머야. 아침에 창을 열었더니 뜨거운 열기가 훅 밀려 들어왔어. 갑자기 코끝 쨍한 차가움이 그립더라고."

바로 티켓을 끊고 한국으로 날아왔단다. 단지 코끝의 차가움을 느껴보기 위해.

사라는 도착해서 곧장 촬영장으로 왔다고 했다. 나흘 연속 한 세트장에서 촬영할 거라고, 이틀 전 메시지를 보냈었다. 오로지 메시지 정보에 의지해 공항에서 차를 렌트해 달려온 셈이었다.

초겨울에 맞이하는 여름 날씨인 인디언 서머처럼, 사라의 방문은 뜻밖이었다.

한 사내가 이층에서 창문을 열고 발가벗은 채 선인장 위로 뛰어내렸다. 이유를 묻자 사내는 온몸에 박힌 가시를 하나씩 뽑아내며 대답했다.

그러고 싶어서.

사라의 방문은 선인장 위로 뛰어내린 사내와 다를 바가 없었다. 이해하진 못해도 반가운 건 사실이었다.

"배부터 채워야지. 신당동 매운닭발을 먹으러 가자."

나로선 환영의 뜻이었다. 그러나 사라는 시큰둥한 낯으로 고개를 가로저었다.

"그걸 먹어야 한국에 온 걸 실감한다고 했잖아?"

"나중에. 매운 걸 먹기엔 속이 안 좋아."

"멀미?"

사라가 이마에 흘러내린 머리칼을 쓸어올렸다. 역시 멀미에 시달려선지 얼굴이 푸석푸석 부어 있었다.

"장충동 족발이 먹고 싶어."

닭이든 돼지든, 어쨌든 발을 골랐다. 둘 다 마뜩지 않았지만 내 취향을 앞세울 때가 아니었다.

차가 주차장을 벗어나자 사라가 말했다.

"한국은 대중교통 연결망이 워낙 좋아서 렌트를 안 해. 이번에는 무리를 했네. 괜찮아. 숙박비는 절약했잖아."

아, 그래야 되는구나. 엉뚱한 요청이라도 받은 듯한 기분을 곧 떨쳐냈다.

불과 두 달 전까지 한 지붕 아래, 한 침대에서 잠들고 깨는 사이였다. 나의 몫으로 배정된 숙소에서 지내는 건 당연했다.

떨어져 있는 시간이 길었을 뿐, 우리에겐 아무런 일도 없었다. 감정의 균열 따위는 생기지 않았다. 적어도 나는 그랬다.

"정말 인디언 서머 때문에 온 건 아닐 테고……."

사라가 뒷말을 이어가길 바랐지만 슬쩍 곁눈질을 할 뿐이었다. 도리 없이 내 몫이 되었다.

"추운 건 질색이야. 캘리포니아 일기가 나한테 맞아."

고개만 한 차례 끄덕이는 사라였다.

원래 말수가 많지 않은 사라였다. 말수 적은 상대 앞에선 이편 역시 입을 다물기 마련이었다. 사라 앞에선 통하지 않았다. 호들갑 떨지 않으면서 사소한 맞장구만으로도 상대의 말을 이어가게 만드는 재주를 지녔다. 그러나 이번만큼은 그 재주를 드러내지 않기로 결심한 듯했다.

"광고회사 프로젝트 참여는 결정했어?"

"하지 않기로."

지난 두 달 동안 사라는 거의 일을 맡지 못했다. 모처럼 좋은 조건으로 제의가 들어왔건만 그마저 틀어진 모양이었다.

나는 사라 쪽으로 상체를 기울였다.

"카오스는? 혼자 놔둘 수는 없잖아?"

묻고, 재깍 후회했다. 표현만 달리했을 뿐 결국 동일한 내용을 세 차례나 물은 꼴이었다.

왜, 갑자기, 예고도 없이 왔느냐?

사라가 왔다. 그러고 싶었단다, 선인장의 사내처럼. 난 그 사실을 받아들이면 된다. 하지만 이유를 알아내고 분석하려는 한심한 짓거리를 하고 있었다.

"임마기 카오스 곁에 있어."

2주 전쯤 통화할 때, 곧 몬태나로 돌아간다고 했다. 당연히 그랬거니 하고 따로 묻지 않았다.

"사흘 전에 다시 오셨어."

바지 주머니에 넣어둔 휴대전화가 한 차례 진저리를 쳤다. 조수아의 메시지였다.

'대장님이 내일 저녁 약속 잡으라는 거, 안 된다고 했어요. 잘했죠? 주말 즐겁게 보내세요.'

사라의 출현을 알고 있다는 뜻이었다.

내일 저녁이라면 괜찮지 않을까. 연 감독이 요청한 사적인 만남이었다. 연 감독의 어깨에 올라탈 좋은 기회를 조수아가 제멋대로 망쳐버렸다. 약속을 잡아달라고 메시지를 보내려고 했다.

'감독님께 죄송하다고 전해줘요.'

나는 손을 뻗어 핸들을 쥔 사라의 오른손을 잡았다.

"피곤하면 그냥 숙소로 가자. 대한민국은 배달 천국이야. 족발 정도는 당장 배달해 준다고."

사라가 핸들을 잡은 오른손을 풀어 내 손을 바로잡더니 깍지를 꼈다.

"오고 싶었어. 와야만 했고."

타클라마칸 사막 횡단을 마친 기진한 낙타처럼 사라는 오래 잠들어 있다.

단지 12시간의 비행 때문이 아닌 듯했다. 캘리포니아에서 잠들지 못할 일이라도 겪었을까. 그래서 잠을 자기 위해 도망이라도 친 것은 아닐까. 지켜보는 마음이 편치 않았다.

사라가 깨어나면 허기부터 먼저 달래줘야 될 성싶었다. 어제 주문한 족발도 시늉처럼 서너 점 먹었을 뿐이었다.

사라가 좋아하는 전복죽을 사기 위해 거리로 나섰다.

크리스마스 장식을 한 교회 앞을 지났다. 사라의 귀국을 축하할 포도주를 사야겠다는 생각이 들었다. 지하철 내에 자리한 주류 전문매장을 떠올렸다.

축하의 의미를 돈으로 측정할 수 없겠지만, 불쑥 그러고 싶어서 고가의 포도주를 골랐다.

밖으로 나가는 계단을 오르려는데 내려갈 때 보지 못했던 광경이 눈에 들어왔다. 열 살 남짓 되었을 아이가 바닥에 주저앉아 고개를 숙인 채 두 손을 허공에 뻗고 있었다.

아직도 구걸하는 아이가 있네. 잰걸음으로 아이 앞을 지나쳤다. 막 계단을 올랐을 때, 오래된 기억 하나가 뒷덜미를 잡아끌었다.

1차 완치 판정을 받고 집으로 돌아가는 길이었다. 지하도에서 내 또래쯤 되었을 아이가 구걸하고 있었다. 아이에게서 눈길을 떼지 못하는 나에게 아빠가 말했다.

"도와주고 싶니?"

아빠는 내 손에 지폐 한 장을 쥐여줬다. 나는 지폐와 아이를 번갈아 보며 말했다.

"이 돈을 줘도 저 애가 쓸 수 없대. 나쁜 사람한테 돈을 빼앗겨서, 나쁜 사람이 나쁜 일에 사용한다고 그랬어."

그 옛날 하 여사의 말이었다고 밝히진 않았다.

아빠는 허리를 굽혀 내 눈을 쳐다보며 말했다.

"다움아, 네 마음이 돕고 싶으면 돕는 거야. 그게 제일 중요해. 그 돈이 어떻게 쓰일 것까지 생각하다간 아무도 도와줄 수 없어."

마음의 흐름에 충실하라. 그때나 지금이나 아빠의 말은 타당했다. 그러나 아빠 스스로도 지키지 못했을 뿐더러 나에게도 다른 길을 걷게 만들었다. 아빠 곁에 있고 싶은 아홉 살배기를 윽박지르고 모진 말을 해가며 쫓아냈다.

나는 마음의 흐름을 제대로 따라가보지 못했다. 알몸으

로 선인장 위로 뛰어내려 본 적이 없었다. 알몸으로 춤을 추는 것까지는 허용, 선인장을 껴안는 건 금지. 스스로 선을 그어놓아야 했다. 혼자인 자에게 삶은 생존의 현장일 뿐이었다.

타인에게는 냉정하고, 자신에게는 엄격하게 굴어야 하는 삶.

아빠는 그런 삶 속으로 아들을 밀어 넣지 말았어야 했다.

★☆★

"가고 싶은 곳이 있다고 했지?"

내 물음에 사라가 고개를 끄덕였다.

"내일부터 촬영이야. 오늘이 지나면 나흘 동안은 같이 놀아줄 수 없어."

"케인은 원래 잘 놀아주지 않아."

말해놓고 사라가 배시시 웃었다. 16시간의 기나긴 잠이 원래의 모습으로 회복시켜 놓은 듯했다.

"선물이야."

사라가 리본 장식까지 한 박스를 건넸다. 박스 안의 내용물은 벨트였다. 스물아홉 번째 생일선물로 받은 것과 같은 모델이었다.

뭐지, 이건?

응급조치로 써버린 벨트는 물론 그날의 사고에 대해서도 사라에게 말하지 않았다. 기회는 있었다. 실제로 말하려고도 했다. 내 마음이 편하자는 속셈으로 한 일이었고, 자칫 생색내는 꼴이 될 듯해 입을 닫았다.

사라가 가늘게 눈을 뜨고 흘겨봤다.

"여자가 남자한테 벨트를 선물할 때는 도망가지 말라는 뜻이래. 그걸 없애면 되겠어?"

"도대체 어디까지 알고 있지?"

사라가 휴대전화를 꺼내 유튜브에 연결해 자신의 보관함을 열었다.

벨트 사진과 '벨트를 돌려드리겠습니다'라는 제목의 썸네일이 펼쳐졌다. 사라가 클릭을 하자 영상이 재생되었다.

그날의 사고 현장을 인도에 있던 누군가 휴대전화로 찍었던 모양이다. 배경은 어두웠고, 근접 촬영이 아니었다. 영상마저 자주 흔들렸다. 벨트로 다리를 압박해 지혈을 시도하는 자를 제대로 식별하기 어려웠다. 사고 동영상은 1분 남짓. 곧 피투성이가 된 벨트 사진이 클로즈업되었고,

사고를 당한 사내의 이야기가 이어졌다.

'벨트는 나중에 돌려줘요'라고 내가 했던 말이 자막으로 떠올랐다. 제발 돌려줄 기회를 달라며, 사내의 멘트로 영상은 끝났다.

휴대전화를 사라에게 돌려주며 물었다.

"이런 건 어떻게 찾아냈어?"

"조회수를 봐. 엄청나잖아."

어젯밤 남긴 포도주를 병째 마셔야 할까. 발가벗고 거리를 활보하는 기분이었다.

"벨트를 돌려주고 싶다잖아. 댓글을 남기는 게 어때?"

나는 그런 일은 절대로 없을 거라고 했고, 사라는 그럴 줄 알았다고 했다.

"케인이 생각하는 것 이상으로 나는 케인을 잘 아니까."

인정. 내가 어떤 삶을 살아왔는지, 유일하게 아는 사람이 바로 사라였다. 또 내가 얼마나 세상살이에 서툰지 역시.

뒷주머니에 손수건쯤은 넣고 다녀야 돼. 누구나 그렇게 하는 거라며 사라는 덧붙였다. 여자 친구이자 룸메이트가 된 초기였다.

어디 손수건뿐이랴. 구두 닦는 법도, 수염 깎는 절차도, 넥타이를 매는 방법도 홀로 알아내거나 내 방식대로 처리했다. 그 사소한 것들조차 알려줄 사람이 나에겐 없었다.

사라가 소파에 앉은 채 입이라도 맞출 기세로 상체를 기울여왔다.

"왜 그랬어?"

"가만히 있는데 누가 갑자기 등을 떠밀었어."

웃자고 한 말에 사라는 정색을 했다.

"유튜브 보고 케인을 만나야겠다고 마음먹었어."

"왜, 머리라도 쓰다듬어 주려고?"

나는 뒤통수를 사라 쪽으로 밀었다. 뒤통수까지 동원해 웃겨보려고 했지만 사라는 전혀 그럴 기분이 아닌 모양이었다.

"그 남자한테 뛰어갈 때, 내 생각했어?"

"모래밭까지 떠밀려 온 고래를 떠올리긴 했지."

사내를 모른 척했다간 개운치 않은 기분에 계속 사로잡힐 듯해서였다. 아메드에게 그랬던 것처럼.

"길에 쓰러진 그 남자, 마치 나를 보는 것 같았어."

뒤늦게 알아차렸다. 사라는 화장실에 쓰러졌던 자신을

사내에 빗대어 이야기하고 있었다.

"그 영상 보고 많이 울었어. 아직도 볼 때마다 눈물이 나."

사라가 울음을 참으려는 듯 윗니로 아랫입술을 자근자근 깨물었다.

눈물이 많은 여자였다, 사라는.

대수롭지 않는 일에도 눈시울부터 붉혔다. 함께 영화나 드라마를 보기 민망할 지경이었다. 다행히 울음의 원인이 대부분 외부에 있었다. 어지간해선 자신의 문제 때문에 울지 않았다. 더욱 다행스러운 점은 우는 이유로 나를 지목한 적도 없었다.

타인 때문에 울게 된다는 것은 끔찍하다. 내가 당해봐서 잘 안다.

"그때 나를 모른 척했다면 우리는 지금의 모습은 아니었겠지?"

나는 고개를 끄덕였다. 그러나 사라가 운명까지 거론하진 말았으면 했다.

누군가 내 삶을 조율하고 있다는 자체가 불쾌하다.

운명은 무책임한 자의 게으른 변명일 뿐이다.

억지에 가까운 단정인지 안다. 알면서도 믿고 싶다. 실제로, 내 의도와 무관하게 흘러온 스물아홉 해의 삶이지만 운명 탓으로 떠넘기지 않으려 한다. 차라리 나의 부족을 인정하자는 쪽이다. 그 편이 훨씬 덜 비참하기에.

사라가 자리에서 일어나며 빙긋이 웃었다.

"그때 케인에게 반하지 말았어야 했는데……."

"언젠가는 반했겠지."

"케인이 아니라 북금곰이 달려들어도 반했을 걸, 그때는."

사라가 내 머리를 감싸 안으려는 듯 두 손을 뻗었다. 한 손을 부챗살처럼 펼쳐 내 머리카락을 흔들었다. 다른 손으로는 내 귓불을 잡았다.

피할 생각은 없었다. 저절로 목이 움츠러들었고, 고개가 돌려졌다.

사라가 욕실로 들어갔다. 나는 욕실의 닫힌 문을 바라보았다.

어떻게 아빠의 버릇, 그리고 내 버릇까지 알아냈을까. 사라에게 말해 준 적이 없었다. 어딘가에서 아빠가 사라를 통해 나에게 손을 내밀고 있는 듯했다.

오래된 사진첩을 펼쳐 이름조차 까먹은 얼굴을 손가락

으로 짚어보는 기분이었다. 서서히, 그러나 어슴푸레 아빠의 모습이 떠올랐다.

아홉 살 나는 아빠에게 말했다.

"아빠 귀 말이야, 한 번만 만져보고 싶어. 한 번만 만지게 해줘."

그게 뭐 대단한 부탁이라고, 아빠는 끝끝내 나를 밀어냈다. 영영 아빠 없이 지낼 아들에게 그쯤은 들어줘도 되는 거였다.

아빤들 그러고 싶지 않았을까. 할 수만 있다면, 귀를 잘라 손에 쥐여주고픈 심정이었으리라.

하지만 사흘 뒤에 죽게 될 아빠였다. 이미 몸 곳곳이 너덜너덜 망가진 상태를, 마지막 모습으로 나에게 남겨줄 수 없었으리라.

박 화백이 간절한 바람인 양 말했었다.

다움아, 나는 네가 울었으면 좋겠다.

지금, 나도 그러고 싶었다. 가슴이 찢어질 듯 아픈데, 머리카락을 쥐어뜯으며 허공에 주먹질을 할 만큼 서러운데, 눈물이 나지 않았다.

제5장

1.

3시간 동안 고속도로를, 1시간 남짓 국도를 달렸다.

사라가 원해 나선 길이었다. 인근에서 나흘 동안 촬영하면서도 들르지 않은 곳이었다. 망설이고 머뭇대긴 했지만.

깊은 산속 옹달샘, 사락골.

나는 사라에게 다른 곳을 차례로 제시했다. 내일부터 재개될 촬영에 지장을 받는다는 이유까지 들먹였다. 소용없었다. 따지고 보면 내가 내민 발에 내가 걸려 넘어진 꼴이었다. 사락골을 거론한 자체가 탈이었다.

"케인 혼자는 가지 않을 것 같아서."

"그래서 미국에서 온 거야?"

"어느 정도는."

더 이상 핑계를 대지 못했다. 차라리 잘됐다고 생각했다. 한없이 미뤄둘 수도 없는 노릇이었다.

국도를 벗어나 드디어 향리로 가는 길로 접어들었다. 시멘트로 덮혀 있었지만 그때나 지금이나 차 한 대 겨우 지날 넓이였다.

길을 따라 군데군데 제법 멋을 부린 전원주택이 들어서 있었다. 20년은 확실히 긴 세월이었다. 깊은 산골까지 사람들을 불러들였다.

저만치 포장도로가 끝나는 곳이 보였다.

이제 가파른 비탈길이 시작되리라. 난파선에서 칠흑의 바다에 몸을 던지는 심정이랄까, 나는 눈을 감았다.

사라가 차를 세웠다.

천천히 눈을 떴다. 제발 없어졌길, 한편 옛 모습 그대로 간직하고 있길 바라며 왼쪽으로 고개를 돌렸다.

폐교는 그 자리를 지키고 있었다. 갈라진 벽, 벗겨진 페인트, 깨진 유리창의 모습, 잡초로 무성했던 운동장까지 깔끔하게 정리되었다. 한 동뿐이었던 건물도 두 동으로 늘었다.

교문 옆 분교의 내력을 담은 안내문 자리에 세로로 길게 간판이 세워져 있었다.

'정다운 생태 학교'

일종의 체험 학습장으로 짐작되었다.

학습장이든 놀이동산이든 무슨 상관이람. 이름만큼은 고약하군.

정다움.

이름 때문에 종종 아이들의 놀림감이 되었다. 내 생각에도 영락없이 여자애에게나 붙여줄 이름이었다. 아빠는 사람의 품격을 지키며 살라는 의미라고 했다.

이름에 기원을 담았다면 현재 그렇지 않다는 뜻이기도 하다. 사람답게 살려면 무진 노력을 해야 된다. 종종 생각했다. 내가 겪었던 불운은 이름에서부터 예정되었으리라.

세상을 사랑하고,

또 세상으로부터 사랑받는 다움이가 되길 바란다.

그렇게, 아빠는 자신의 시집에 적었다.

당시 내게는 내용보다 글씨 자체가 소중했다. 한 자 한 자 눌러쓴 글씨에서 아빠의 향기가 느껴졌다.

프랑스에 도착한 직후 시집은 사라졌고, 시간이 지나면서 글씨는 기억에서 멀어졌다. 오히려 내용은 선명해졌다. 아빠의 생각을 이해했다. 그러나 이해와 동의는 다른 차원이었다.

나는 미움받는 아이였다. 길바닥에 나뒹구는 돌멩이였다. 함부로 걷어차여도 거기에 마침 내가 있는 탓이었다. 세상을 사랑할 마음이 도무지 생기지 않았다.

아빠의 기원대로 살지 못해 속상했지만 나름 현실적인 방법을 찾았다.

세상을 미워하지 않고, 세상으로부터 미움을 받지 않겠다.

미움받지 않으려 세상의 눈치를 살폈다. 때때로 비위를 맞췄고 고집을 꺾었다. 세상이 정한 규칙과 틀을 벗어나지 않으려 했다. 그리고 친구가 되진 못할지언정 적을 만들지 않으려 애써왔다.

더러는 나를 두고 속을 모르겠다고 했다. 매사가 분명해 좋다는 축도 있었다. 도무지 가까워질 수 없다는 평도 들었다.

사라가 손을 들어 폐교를 가리켰다.

"들렀다 갈까?"

나는 고개를 젓고 비탈길을 향해 걸음을 옮겼다. 사라가 잰걸음으로 쫓아와 팔짱을 꼈다.

오르막이 끝나고 계곡을 향해 내리막이 구불구불 이어

졌다. 내 기억대로라면 산모퉁이 돌아 다시 오르막이었다. 향리에서 여섯 개의 고개를 지나야 사락골에 닿았다.

계곡을 휘감아 도는 바람이 옷깃을 파고들었다. 사라가 느껴보고 싶다던 코끝이 쩡한 바람이었다.

"오길 잘했지?"

사라의 물음에 고개를 끄덕이며 생각했다. 이건 순전히 사라를 위한 봉사활동 같은 거라고.

특별한 의미를 둘 필요가 없다. 그저 덤덤히 마주하자. 강가의 안개가 아침 햇살에 사라지는 광경을 바라보는 정도의 느낌이면 충분하리라.

★☆★

고개 두 개를 남겨두었다.

사라가 오솔길을 벗어나 계곡으로 내려섰다. 평평한 바위 하나를 골라 앉았다. 나를 바라보며 옆자리를 손으로 두들겼다.

"케인 없는 동안 허약 체질이 됐어."

사라가 겸연쩍은 듯 히죽 웃었다. 나의 부재와 상관없이 원래 몸이 약한 사라였다.

아, 생각났다. 지난번 병원 검진 결과를 아직 듣지 못했다. 나의 무심함을 자백하는 꼴이라 선뜻 묻지 못하는 사이, 사라가 내 무릎 위에 손을 올려놓았다.

"거의 등산 수준이네."

사흘에 한 번 꼴로 사락골에서 향리의 폐교까지 오갔다. 향리로 갈 때는 아빠와 손잡고, 사락골로 돌아올 때는 아빠의 등에 업힌 채로. 마치 운동선수의 루틴과도 같았다. 그러나 마지막에 루틴이 깨졌다. 아빠는 나를 등에 업은 채 향리를 향해 달렸다.

사라의 콧잔등에 송글송글 땀이 맺혔다. 나는 뒷주머니에서 손수건을 꺼내 내밀었다.

"어떻게 꼬맹이가 여길 오르내렸어?"

"열심히, 최선을 다해."

나의 무성의한 대답을 사라가 단숨에 바로잡았다.

"그리고 즐겁게."

사라가 내 무릎을 어루만지며 덧붙였다.

"케인이 말해줬잖아, 살아온 날들 중에서 사락골에 머물 때가 가장 즐거웠다고."

나는 아빠의 등에 업혀 노래를 불렀다. 나를 즐겁게 해

주려는 아빠의 뜻이었는지, 내가 스스로 알아서 했는지는 분명치 않았다. 아빠가 천천히 걸었기에 꽤 많은 동요들을 생각해내야 했다.

이제는 아빠 차례야.

아빠는 마치 딱 한 곡만 알고 있는 것처럼 언제나 '깊은 산속 옹달샘'을 골랐다.

첫 소절은 아빠가 불렀다. 누가 와서 먹나요, 하고 내가 뒤따랐다. 그런 식으로 우리는 한 소절씩 잇달아 불렀다. 물만 먹고 가지요. 마지막은 늘 합창으로 끝냈다.

돌멩이라도 삼킨 듯 속이 답답했다. 점퍼의 지퍼를 내려 셔츠의 윗단추를 풀었다.

최고의 즐거움이라고 꼽기엔 너무 시시하지 않은가.

어쩌자고 더 나은 즐거움을 만나보지 못했을까.

어째서 세상살이가 치수 작은 옷에 억지로 몸뚱이를 끼어 넣은 듯 빡빡할까.

내 이름의 영화를 만드는 날, 마침내 미지근한 맹물 같은 시시한 삶에서 벗어날 수 있을까.

★☆★

산모퉁이만 돌아서면 사락골 오두막이었다.

숨을 가쁘게 몰아쉬는 사라에게 숨 고를 짬을 주려는 양 걸음을 멈췄다. 실제론 내 마음을 추스를 요량이었다.

왠지 할아버지가 툇마루에 앉아 박지산을 바라보고 있을 듯했다. 가망 없는 생각이었다. 20년이 흘렀다. 진작 사락골을 떠났거나 이 세상 사람이 아닐 거였다.

이식 수술 직전, 할아버지를 만났다. 할아버지는 마지막 인사처럼 말했다.

다움아, 꼭 건강해져 할아비한테 놀러 오거라. 기다리고 있으마.

아마도 나는 새끼손가락을 걸며 약속했으리라. 할아버지와 내 자신을 안심시키기 위해서.

할아버지가 언제까지 나를 기다렸을까. 그리 길지는 않았으리라. 나는 할아버지에게 그다지 중요한 존재가 아니었을 테니까.

"와, 굉장히 이쁜 새가 있네."

사라가 감탄하며 손으로 가리킨 곳에 눈길을 돌렸다. 오목눈이 한 마리가 꼬리를 부리나케 움직이며 신갈나무 가지 사이를 옮겨 다녔다.

사라에게 새의 이름을 가르쳐줬다. 그 옛날 아빠가 나에게 했던 것처럼 사락골에서 볼 수 있는 새의 종류를 늘어놓았다. 곤줄박이, 동고비, 박새, 청호반새, 물까마귀…….

할아버지의 오두막은 겨우 형체만 남아 있었다. 지붕은 폭싹 주저앉았고, 벽은 무너졌고, 기둥은 기울었다. 문짝은 떨어져 나가 내부가 훤히 드러났다.

"깊은 산속, 맞네. 옹달샘은 어딨어?"

사라의 물음을 나는 못 들은 척했다. 옹달샘의 행방까지 가르쳐줄 만큼 한가한 마음이 아니었다.

금방이라도 뱀이 기어나올 듯한 마당으로 들어섰다. 사라가 형편없이 망가진 툇마루를 가리켰다.

"저기 앉아서 삼계탕, 아니 뱀탕을 먹었어?"

굳이 대답할 필요가 없었다. 아니, 대답하고 싶지 않았다.

"뱀인지 알면서도 먹었으면, 아빠가 무서웠나 봐?"

억지로 먹긴 했지만 무서워서가 아니었다. 아빠가 원했다. 나는 아빠의 마음을 알았고, 아무리 싫어도 아빠가 원하는 거라면 하고 싶었다. 그때는 그랬다.

반드시 대답을 듣겠다는 듯 사라가 다시 물었다.

"아니면, 먹지 않으면 아빠가 슬퍼할까 봐?"

"그게 왜 궁금해?"

사라는 마치 대답을 찾으려는 듯 주위를 두리번거렸다.

"도대체 왜 여길 오자고 했지?"

소리 높여 묻고 나서 찌그러진 채 버려진 냄비를 걷어찼다. 냄비가 섬돌에 부딪혀 요란한 파열음을 냈다.

겁에 질린 표정을 지어야 마땅했다. 후회의 기색이라도 보여야 했다. 하지만 사라는 내 눈 속으로 뛰어들 듯 빤히 쳐다보며 침착하게, 책을 낭독하듯 또박또박 말했다.

"그만 아파하라고, 과거에 더는 묶여 있지 말라고, 지난 날은 등 뒤로 던져버리라고……."

"웃기지 마. 그게 쉽다면 왜 안 했겠어. 돌아보는 것만으로도 숨이 막히는 고통이라고."

사락골에 오지 말았어야 했다. 즐거웠던 한 토막의 기억, 그 언저리로는 온통 쓰라림이었다. 이미 생살이 돋은 상처를 다시 들쑤실 필요는 없었다.

"가슴이 찢어지는 아픔이 뭔지 알아? 비명을 질러야 하는데 한 마디도 입 밖으로 낼 수 없는 아픔을 알아? 그냥 살이 찢기고 뼈가 부러지는 것과는 차원이 다른 아픔. 온몸이 낱낱이 해체되는 아픔. 그게 내 과거야. 지금 그 속으로 날 밀어 넣은 거라고."

나는 사라에게서 몸을 돌려 과거의 잔해처럼 남은 오두막을 바라봤다.

사라가 뒤에서 손을 뻗어 내 허리를 감쌌다. 사라의 온기가 고스란히 등에 전해졌다.

심하게 망가져 이젠 앉을 수조차 없게 된 툇마루가 눈에 들어왔다. 아, 신음인지 비명인지 모를 외마디가 저절로 입밖으로 흘러나왔다. 질끈 눈을 감았다.

달의 힘에 이끌린 조수의 움직임처럼 내 안에서 무엇인가 쑥 빠져나갔고 다른 무엇이 주욱 밀려드는 기분이었다. 이어 차마 막을 수 없는 장면이 떠올랐다.

★☆★

나는 툇마루에 배를 붙이고 엎드려 드래곤 볼을 읽고 있어요.

문득문득 사립문을 바라봅니다.

마침 아빠가 뱀이 우글우글할 자루를 어깨에 걸치고 들어옵니다.

안녕, 아빠.

나는 속으로 인사를 하죠.

아빠에게 인사를 하면 이상하게도 기분이 좋아진답니다.

아빠가 손가락을 펼쳐 내 머리카락 속에 넣고 흔들며 말해요.

"향리에 다녀오자."

나는 일부러 기운 없는 목소리로 말합니다.

"오늘은 힘들어. 갈 때도 업어줘."

아빠가 냉큼 등을 내밉니다.

나는 업히는 즉시 아빠의 귓불을 엄지와 검지로 집니다.

"우리 다움이는 언제 커서 아빠를 업어줄까."

그런 날이 올까요, 정말?

나는 언제 죽을지도 모르는 약해빠진 아이거든요.

만약에, 내가 어른이 된다면…….

그때는 아빠를 실컷 업어주겠어요.

그때는 아빠가 내 귓불을 쥐어야겠죠.

★☆★

올라갈 때 쉬었던 바위에 내려가며 다시 앉았다.

사락골에 가게 된다면, 완벽하지 않더라도 그 옛날의 느낌을 맛보게 되리라 생각해왔다. 시간은 천천히 흐르고, 햇살은 그윽하게 비추고, 바람은 살랑살랑 불어오고…….

마음의 갈등과 혼돈을 내려놓고 평화 속에서 아빠를 떠올리게 될 줄 알았다.

그러나 평화는 없었다. 갈등은 깊어졌고, 혼돈은 거칠어졌다. 서둘러 사락골을 떠났다. 도망쳤다고 하는 편이 적절했다.

아빠를 업어주겠다던, 그때의 다짐이 얼마나 덧없었는지 실감한 탓이었다. 아니었다. 내가 무엇을 두려워했는지, 그 실체와 마주한 때문이었다.

죽을 고비에 있던 나는 살았다. 나를 살리고자 했던 아빠는 죽었다. 부인하거나 하다못해 변명할 구실조차 찾을 수 없었다.

나는 죄인입니다.

그렇게 아빠는 민 원장에게 말했단다. 정작 내가 해야 될 자백이었다는 생각에 숨이 막혔다. 재깍 사락골을 벗어날 수밖에 없었다.

사라가 손을 뻗어 내 무르팍을 감쌌다. 마치 내 마음을 들여다보고 위로하려는 듯이.

"좋은 기억은 시간이 아니라 장소라고 생각했어. 지난날의 즐거움도 오늘이 힘들면 좋은 기억으로 남을 수 없어지거든. 시간이 끼어드는 순간 기억은 본래의 모습을 잃고 마니까."

나는 박지산 정상을 바라보며 뒷말을 이었다.

"사락골은 좋은 기억의 장소였지. 막상 마주해 보니 시간과 공간으로 나눠지지 않더라고."

왜 사락골에서 화가 났는지, 사라에게 설명하려 꺼낸 말이었다. 스스로 생각해도 어설픈 변명에 불과했다. 차라리 솔직히 시인하는 편이 옳았다.

"그동안 사락골에 대한 기억을 미화시키고 싶었던 모양이야. 정말 봐야 할 것들을 놓쳐버린 채."

"그래서 아빠 산소를 찾아보지 않은 거야?"

"모르겠어."

"난 엄청 궁금했어. 케인이 아빠한테 나를 누구라고 소개할지."

나는 몸을 일으켜 계곡을 거슬러 천천히 눈길을 옮겼다. 사락골에 이르러 눈을 감았다. 거기 어디쯤 아빠의 산소가 있으리라.

아빠의 산소 앞에 사라와 나란히 선 광경을 상상했다. 허세를 부리고 싶었다.

사랑하는 여자라고, 남부럽지 않은 가정을 이룰 거라고, 아빠 없어도 꽤 정상적으로 살아냈다고.

향리에 도착했다.

주차된 곳으로 가려는데, 사라가 내 팔을 학교 쪽으로 잡아끌었다. 나는 사라의 팔을 떨쳐내며 주머니에서 휴대전화를 꺼냈다.

"혼자 가. 나는 차에 있을게. 내일 촬영 때문에 통화해야 돼."

"통화부터 해. 기다릴게."

"들어가고 싶지 않아. 더 이상 과거를 들여다보는 짓은 사양하겠어."

사라가 발끝을 세워 바닥을 톡톡, 노크하듯 두드렸다. 일정한 방향도 없이 불어오는 바람에 사라의 머리카락이 불불이 일어섰다.

"들여다보는 건 괜찮아. 과거에 점수를 매기려 들어서 탈이지. 지금 케인은 그러고 있어."

사라가 오른손으로 이마를 덮은 머리카락을 쓸어올리며 이어 말했다.

"사락골에서 정다움은 어떤 아이였을까. 그때의 모습을

느껴보는 걸로 충분해. 군이 평가를 하겠다면, 정다움의 느낌으로 지금의 케인에게 점수를 매기라고."

나는 사라를 쏘아봤다. 서로 지켜야 할 경계를 사라가 넘어섰다고 생각했다. 불편한 감정을 드러내야 마땅했다. 아니면 냉정하게 그럴싸한 이유를 들어 사라를 설득하거나.

성큼성큼, 나는 차를 향해 걸어갔다.

조수석에 앉아 안전벨트까지 채웠다. 두 눈 부릅뜨고 정면을 응시하려 마음먹었지만 제멋대로 눈이 감겼다.

과연 사락골의 나는 어떤 아이였을까.

이름처럼 정다운 아이? 3학년이면서 5학년 수학 문제도 척척 풀어대는 아이? 배우지 않고도 원하는 모습을 조각해낼 수 있는 아이?

그리고, 아빠라면 죽고 못 사는 아이가 바로 정다움이었다. 그 아이는 이 세상에서 사랑하는 사람은 아빠뿐이라고 믿었다.

그러나 소년 에두아르는 아빠를 그리워하다 미워하게 되었다.

청년 케인은 미워하다 끝내 아빠의 존재마저 몰아냈다.

아빠는 세월이 흘러 자연히 잊혀진 게 아니었다. 어느

순간 강제 삭제되었다. 그리고 아빠와 함께 내 감정도 종료되었다.

인생도 리셋이 될까. 복구 프로그램으로 삭제된 파일을 회복시키듯 아빠의 존재도 다시 소생시킬 수 있을까.

2.

사흘 일정의 마지막 날, 자정에 촬영이 시작되었다.

여자가 랜턴 불빛에 의지해 풀숲을 헤치며 걸어간다. 빽빽한 자작나무 사이로 달빛이 스며든다. 달빛은 자작나무의 은회색을 살리면서 여자의 상반신을 감싼다. 전체적으로 인물과 풍경이 어울려 몽환적인 분위기를 빚어낸다.

풍선에 헬륨을 채우고 HMI 흰색 조명을 넣는다. 풍선 주위로 검은색 치마를 입혀 흰색의 감도를 떨어뜨린다. 풍선을 공중에 올려 방향을 조절한다. 랜턴 밑에 조명을 설치한다. 카메라 하단에 바운스 판을 달아 랜턴이 내뿜는 불빛 아래서 은은한 빛이 퍼져 나가게 한다.

피터는 조명이 인물에 집중되길 원했다. 주위는 한결 어둡게, 인물은 날카롭게 구사되길 원했다. 호러물이거나 액션 씬에 어울릴 조명이었지만 생각을 굽히지 않는 피터였다.

조명 스태프들은 내가 구상한 대로 밀고 나가길 바랐다. 나는 피터의 의도에 맞춰 세팅을 재조정했다. 연 감독은 카메라 리허설 후 보완을 지시했다. 결국 처음 구상으로 되돌아간 셈이었다. 스태프들만 잔뜩 고생시킨 꼴이었고, 나 대신 채 선생이 나서 불만을 다독였다.

촬영은 초겨울 게으른 해가 떠오를 즈음에 끝났다. 반시간 남짓 토막잠을 자고 조수아의 차를 타고 영화사로 이동했다.

연 감독 사무실에서 4시간째 머리를 맞대고 씨름했다. 차기작 《그날의 침묵》의 수정 시나리오 때문이었다.

1주일 전 시나리오에 대한 의견을 내놓았다. 플롯, 사건의 유기성, 인물의 캐릭터 등등 마음에 걸리는 부분을 지적했다. 매번 내 생각일 따름이라는 단서를 붙이긴 했어도, 연 감독 입장에선 주제넘은 지적으로 여길 만했다.

연 감독은 작은 것에 매달려 큰 것을 놓치는 타입이 아니었다. 동의할 만하면 기꺼이 받아들였다. 서로의 생각이 부딪힐 때 역시 권위를 내세워 고집을 부리지 않았다.

"오늘은 여기까지."

연 감독이 맞은편에 앉은 나를 날려버릴 듯 깊고 길게 숨을 내쉬었다.

"각색에 들어가기 전에 한 번 더 수정하실 거죠?"

내 물음에 연 감독이 고개를 절레절레 흔들었다.

"한 번? 이 정도면 되겠다 싶을 때까지 고쳐 나가야지. 케인을 계속 괴롭힐 걸세. 내가 좀 집요한 데가 있거든."

"저야 영광이죠."

말해 놓고 나는 마른 침을 삼켰다. 엉뚱한 말을 한 건 아니었다. 상대방이 듣기 좋은 말을 천연덕스럽게 하고 있는 내 자신이 낯설었다.

연 감독이 손바닥으로 테이블을 노크하듯 두드렸다.

"솔직히 말해보게. 비장의 무기처럼 시나리오 몇 편 써 놓았지? 그렇지 않고선 맥락과 허점을 정확히 짚어낼 리 없어."

"시나리오라고 할 수도 없는 것들이 있긴 합니다."

"조명에 열중하느라 그동안 고이 모셔만 뒀다?"

내가 고개를 끄덕여 시인하자, 연 감독이 빙그레 웃었다.

"부지런히 다듬고, 다시 쓰고, 숱하게 시놉시스를 만들어 둬. 앞으로 나와 같이 할 작업은 제작사를 안심하게 만드는 장치에 불과해. 요즘 추세는 본인의 시나리오가 있어야 입봉의 길이 열려."

입봉, 감독 데뷔의 길. 그런 일이 생기지 않는대도 도리 없다고 생각해왔다. 비탄에 젖거나 자괴로 밤을 새우지 말자. 산이 높을수록 정상에 도달할 확률은 떨어지는 법이었다.

나에게는 불확실한 미래보다 예측대로 움직이는 현실이 중요했다.

오를 수 있는 높이에서 만족하리라. 그러나 연 감독이 자꾸 정상을 향해 내 엉덩이를 걷어찼고, 그게 과히 싫진 않았다. 욕심을 부려도 될 듯했다. 아니, 부리고 싶었다.

"수고했으니 술 한잔하자고. 약속 없지?"

"약속이 있습니다. 다시 기회를 주시면, 그때는 제가 술을 사겠습니다."

"아, 그래. 미국 촌놈이라 당연히 약속이 없을 줄 알고 채 선생도 불렀는데……."

★☆★

사라가 돌아올 날이었다.

사락골에 다녀온 직후 여행을 떠났다. 간간이 연락을 주고받았지만 행선지를 밝히진 않았다.

영화사에서 숙소까지 채 선생이 픽업을 자청했다. 아빠의 예전 승합차가 생각날 정도로 낡은 차였다.

채 선생이 오늘의 촬영에 대해 이야기하다 불쑥 물었다. 미국과 한국의 영화, 특히 조명의 풍토에 대한 물음이었다.

"미국에서는 다른 거 신경 쓰지 않고 작업에만 집중하면 되죠."

심플하고도 명료했다. 프로젝트에 따라 뭉쳤다 흩어지면 끝이었다. 내 능력이 필요하다면 다시 부르겠고, 부족하다면 아예 제외되었다. 나 역시 스태프들을 그런 기준으로 대했다. 인연을 동원하고 감정에 호소하지 않았다.

"사람과 사람이 어울려 하는 일인데, 재미는 없겠군요."

어느덧 이곳의 풍토에 익숙해진 탓일까, 그럴 수도 있겠다는 생각이 들었다.

"다시 한국에서 작품 의뢰가 들어온다면 어쩔 셈이오?"

이미 연 감독의 차기작이 기다리고 있었다. 시나리오대로 진행이 된다면 미국과 한국을 오가는 일정이었다.

"우리 스태프들이 많이 부족하죠?"

처음에는 마음에 들지 않았다. 단순히 실력 부족이 아니었다. 조명팀을 이끄는 나에 대한 불만이었다. 어느 순간부터, 짐작컨대 채 선생이 스태프의 마음을 돌려놓았을 그때부터 달라졌다. 오히려 내 편에서 말리고 싶을 정도로 열심이었다. 실력 역시 이제껏 겪었던 스태프들보다 뛰어났다.

"미국으로 돌아간다면……."

채 선생은 한동안 머뭇머뭇 내 눈치를 살피다 자신의 생각을 밝혔다.

"케인에게 반한 친구들이 은근히 많더군요. 그중 서너 명은 케인과 계속 작업하길 원해요. 혹시 가능하다면, 미국으로 불러줄 수 있습니까?"

"그러죠."

생각보다 말이 먼저 튀어 나갔다. 뜻밖이었다. 생각을 앞세웠다면 평소의 내 모습대로 거절하고 말았으리라.

"약속한 겁니다?"

내가 고개를 끄덕이자 채 선생이 입을 활짝 벌리고 웃었다.

프로젝트에 맞춰 스태프를 꾸리는 것은 전적으로 내 몫이었다. 나를 찾는 감독과 제작자들은 많았고, 밀려드는 일을 추려내야 할 정도였다.

"케인이 내 마음의 짐을 덜어주는군요."

연 감독 외에 채 선생을 불러주는 감독은 없었다. 연 감독과의 작업도 이번 작품으로 끝이라고 했다. 채 선생 본인이야 이미 퇴물 취급이니 받아들일 각오가 되어 있었다. 하지만 긴 세월 팀을 이뤄온 스태프들이 걱정이었다. 다른 조명감독의 팀을 찾아야 할 형편이었다. 쉽지 않은 노릇이었다. 용케 자리를 얻는다 해도 제대로 인정을 받지 못할 처지였다.

내가 누군가에게 디딤돌이 되어 준다?

그런 생각을 품어보지 못했다. 타인에게 손을 잡아준다는 발상 자체가 내 머릿속에는 없었다. 설사 그런 일이 있어도 순전히 내 마음 편하자는 의도였다.

생각해 보면 나도 수많은 디딤돌을 딛고 온 셈이었다.

방황할 때마다 붙잡아준 박 화백도, 나를 특별한 훈련으

로 이끈 요세프도, 영혼의 닻을 내리게 해준 사라도, 에이
전트 스티브도, 연 감독도……. 사실은 모두 나의 디딤돌
이었다.

가슴이 두근거렸다. 이제껏 느껴보지 못한 설렘이었다.

에이전트 스티브에게 연락을 취해야겠다는 생각이 들
었다. 스태프들의 취업 절차는 내 힘으로 감당할 수 없을
테니까.

"채 선생님도 스태프들과 같이 오시죠."

"나 말이오?"

채 선생은 되묻고는 운전에 열중하려는 양 허리를 숙여
정면을 응시했다. 침묵하는 이유를 알 만했다.

"부인께서 많이 좋아지셨다니, 다행입니다."

채 선생의 얼굴이 환해졌다.

"처음에는 왼손가락을 움직이더니 사흘 전에는 오른손
가락도 움직였어요. 딱 한 번이지만. 의사는 근육의 일시
적 반응이라는데, 난 알아요. 아내가 나한테 사인을 보낸
거죠. 반드시 깨어나겠다는 사인."

나는 고개를 끄덕였다. 채 선생의 판단에 동의한 건 아
니었다. 착각일지라도 채 선생을 응원해주고 싶었다. 진심

으로.

"사인, 맞아요. 확실해요. 제가 죽다 살아나 봐서 압니다."

3.

한강이 내려다보이는 언덕에 자리한 카페였다.

나는 커피를, 사라는 허브티를 주문했다.

아르보 패르트의 '거울 속 거울'이 시작되어 끝날 때까지 우리는 마치 조용한 선율을 감상하듯 침묵했다. 사라는 해야 할 말을 찾거나, 찾아놓은 말을 정리하는 듯했다. 나는 '거울 속 거울'이 삽입된 영화들을 차례로 떠올렸다.

《트윈 픽스》,《어버웃 타임》,《그래비티》,《위트》…….

사라가 찻잔을 바라보며 입을 열었다.

"두 달 있으면 우리가 만난 지도 2년이 되네."

아, 하고 나는 감탄했다. 사라와 함께한 시간 때문만은 아니었다. 한 사람과 그토록 오랫동안 지내왔다는 자체가 실감이 되지 않았다.

"언제까지, 우리는 지금처럼 지낼 수 있을까?"

사라가 슬쩍 고개를 들어 나를 바라보고는 다시 찻잔으로 눈길을 옮겼다.

이번에는 내가 고개를 숙여 찻잔을 바라보았다. 사라가 찻잔을 한구석으로 밀어냈다.

"케인과 지금보다 더 나은 모습으로 지내고 싶어."

"더 나은 모습이라면?"

"결혼."

이 말을 하기 위해, 태평양을 건너왔으리라. 사락골에 가자고 한 것도 같은 이유였겠고.

고마웠다. 하지만 나란 인간에게 그렇게까지 열심히 노력할 필요는 없었다.

"결혼해서 아이를 낳고, 그 아이가 자라는 걸 보면서 우리는 서서히 늙어 가고……. 케인 생각은 어떤지, 솔직하게 말해줘."

나는 식어버린 커피를 단숨에 마셨다. 하지만 잔을 쉽사리 입에서 떼어내지 못했다. 잔을 내려놓는 순간 피할 수 없는 상황과 직면할 터이므로.

사라의 마음을 되돌려 지금까지의 모습대로 지내자고

설득할 수 있을까. 그러길 기대하지만, 그런 일은 쉽사리 일어나지 않을 것이다.

"결혼. 나와는 상관없는 일로 여겨왔어. 도무지 좋은 그림이 그려지질 않아. 그리고……."

나는 마른 침을 삼키며, 사라의 눈치를 살피며 덧붙였다.

"난 내일을 장담할 수 없는 처지야. 언제 터질지 모를, 언제 터져도 이상하지 않을 폭탄을 등짝에 매달고 살고 있다고."

"백혈병이라면, 완치됐잖아?"

"재발 가능성까지 사라진 건 아냐."

백혈병이 다시 발톱을 드러내지 않는다고 장담할 수는 없었다. 치매나 췌장암에 걸릴 확률과 비슷하다고는 하지만, 당해보지 못한 이들의 생각일 뿐이었다.

왜 내가 미래의 희망 대신, 오늘과 내일의 계획에 매달릴 수밖에 없는지……. 사라가 말하는 결혼이 나에게는 낯설고도 쓸쓸하게 느껴지는지……. 나는 왜 아프면 아프다고 비명조차 지르지 못하고 살아야 했는지…….

돌아보면 사라만은 알아주리라 기대했다. 그래서 2년 가까이 한 지붕 아래서 살 수 있었다. 그마저 나에겐 과욕이었던 모양이다. 야속한 사라였다.

사라가 두 손을 테이블 위에 올려놓고 깍지를 꼈다.

"사람은 누구나 예외 없이 죽어."

"그렇지만 자신만은 늙어서 죽을 거라고 생각하지. 그리고 죽을 때까지 아프지도 않을 거라고."

깍지 낀 손으로 턱을 괸 채 사라가 말했다.

"가정을 이루지 못할 이유라고 생각하지 않아. 나는 그래."

능히 그렇게 믿고 각오도 되어 있을 사라였다. 하지만 내가 겪어온 현실은 믿음과 각오만으로 맞설 만한 상대가 아니었다.

"죽음 자체는 두렵진 않아. 죽음 뒤에 남겨질 사람 때문에 두려워. 남겨진 자가 나처럼 고통의 터널 속에서 한없이 헤멜까 봐 두려워. 아빠와 같은 꼴이 될 수는 없어."

진심이었다. 아빠처럼 살지 않겠다. 좌우명까지는 아니더라도 내 마음에 깊이 새겨진 다짐이었다.

그렇다. 사라는 이해하지 못한다. 이해를 바라는 것 자체가 무리다. 나와는 다른 세계를 살아온 사라였다. 정상적인 가정에서 정상적인 성장의 단계를 밟아왔다. 사라가 소망하는 결혼도 그 범주 안에 있었다.

나는 단 한 번도 정상의 울타리 안에서 살아보지 못했다. 내 탓은 아니었지만 치명적 결함이었고, 자격 상실이었다. 유감스럽게도 결함에 이미 익숙해 정상의 울타리 안으로 들어갈 수 없게 되었다.

"바보라서 바보 같은 생각을 하는 건 어쩔 수 없어. 바보가 아닌데도 바보 같은 생각을 계속하는 게 문제지. 지금 케인처럼 말이야."

사라의 방식대로 반박하자면 백 가지쯤 근거를 찾아낼 수 있다. 다만 한가하게 논쟁이나 벌일 때가 아니었기에 나는 입을 닫았다.

솔직히, 백 개의 입을 지녔다 해도 할 말이 없는 처지이긴 했다. 결혼을 제의한 여자 앞에서는 더더욱.

길고도 거북한 침묵이 다시 시작되었다.

사라는 나에게 눈길을 고정시켜 놓았다. 나는 차마 눈을 맞추기도 힘들어 어둠이 밀려오는 강가를 바라보았다.

★☆★

"나, 임신했어."

사라의 낮은 목소리였다. 그러나 내 귀에는 격정에 찬

선언처럼 들렸다.

"뭐라고?"

"케인의 아이를 임신했다고."

자칫 왜, 라고 물을 뻔했다.

"임신이 확실해?"

사라가 미간을 찌푸렸다.

내 아이가 분명해? 차마 묻지 못했다. 묻는 순간 나란 인간이 얼마나 비루하고 치사한지를 확인하게 되리라. 아니, 아니다. 사라를 능욕하는 짓이었다.

고개를 돌렸다. 창 너머, 강 건너 도로에는 차들이 배밀이를 하는 벌레처럼 꿈틀꿈틀 힘겹게 앞으로 나아갔다.

퍼뜩 생각났다. 사라는 한 달 전쯤 병원에 다녀왔다고 했다. 임신 여부를 확인하기 위한 검사였던 셈이다.

"병원에서 뭐래?"

사라가 지갑에서 초음파 사진을 꺼내 테이블 위에 올려놓고 내 쪽으로 밀었다.

"12주 차 사진이야."

검은 바탕에 흰 선이 어지럽게 펼쳐져 아이의 형체가 한눈에 들어오지 않았다. 아니 꼼꼼하게 살필 수조차 없었다. 눈길을 주고 있으면서도 정작 보지 않으려 안간힘을 쓰는 듯했다.

"내가 어쩌면 되는 거지?"

내 물음에 사라가 폭, 한숨을 내쉬었다.

"스스로 찾아내야지. 나한테 물을 말은 아니잖아."

나는 길게, 사라의 머리카락이 흔들릴 정도로 강하게 한숨을 토해냈다. 사라와 내가 무슨 이야기를 나누고 있는지, 갑자기 종잡을 수 없었다.

사라가 임신했다. 나는 아버지가 된다. 그러니 결혼을 하자.

셋은 하나로 연결되어 있다. 셋 중 무엇을 먼저 생각해야 하는가. 가장 중요한 사실은 무엇인가.

누군가 머리를 쪼개 뇌를 꺼내 버린 듯 그저 멍했다.

이런 일이 나에게 일어날 수 있다고 예상이라도 해뒀어야 했다. 사라는 적어도 귀띔이라도 해줬어야 옳았다.

"사라 생각은 어때?"

사라는 잠자코 창밖으로 시선을 옮겼다.

소리도 빛도 없는 해저 깊이 가라앉아 바닥을 어기적어기적 기어 다니는 눈먼 게라도 된 느낌이었다. 눈먼 게가 보이지 않는 먹잇감을 향해 집게발을 헛되이 휘젓듯이 이야기를 했다.

방사선 조사, 항암제, 면역 억제제까지 내가 받은 치료의 과정은 불임을 유발할 만한 요소이다. 성인의 경우 치료 전에 정자를 채취 냉동 보관해 둔다. 당시 꼬맹이였던 나에게 누구도 이야기해 주지 않았을 뿐이다. 생식 기능이 온전하기 전에 치료를 받았다. 그 덕분에 임신이 가능한 상태가 되었으리라. 하지만 내 안에는 각종 약재를 통해 독성 물질이 쌓여 있을 것이다. 태아에게 영향을 미치지 않는다고 장담할 수 없었다.

"핵심을 말해. 그러니까 낙태라도 하자는 소리네?"

비겁하고도 뻔뻔하게, 사라가 먼저 말하도록 유도한 꼴이 되었다.

"아이가 문제를 갖고 태어날지도 몰라."

"정말 그러길 원해?"

낮지만, 발바닥이 시려올 지경으로 차가운 목소리로 사라가 물었다. 나는 초음파 사진을 바라보며 말했다.

"생각할 시간을 줘, 나한테도."

"생각해서 결론을 내릴 문제인가. 기쁘거나 놀랍거나 싫거나 좋거나, 이런 감정을 말하면 되는 거 아냐?"

찻잔을 쥔 사라의 손이 눈에 띄게 흔들렸다.

침묵이 길게 이어졌다. 마치 각자의 섬을 차지한 채 섬과 섬 사이를 갈라놓은 바다만 하염없이 바라보고 있는 느낌이었다.

사라의 눈가에 눈물이 맺혔다. 나는 뒷주머니에서 손수건을 꺼내려다 포기했다.

"너무 뜻밖이라, 지금은, 솔직히 자신이 없어."

"자신? 자격이겠지."

자격 미달을 확인시켜주듯 사라가 내 앞에 놓인 초음파 사진을 낚아채듯 가져갔다.

아빠가 될 자격이 없다? 사라가 옳았다.

책임질 수 없다면, 처음부터 책임질 일은 만들지 말아야 한다. 실수는 한 번으로 족하다. 아빠에 이어 나까지 실수를 대물림할 필요는 없다. 오래전부터 나를 지배해 온 생각이었다.

"케인은 늘 해결책부터 찾아. 그리고 그게 정답인지 아닌지를 분석해. 내가 원한 건 해결책이 아냐."

무슨 말이라도 해야 한다. 변명이든 항의든, 하다못해 넋두리라도.

"내가 왜 사락골에 갔다고 생각해?"

5초쯤 내 대답을 기다리다 사라가 말했다.

"케인이 아파하는 걸 나도 같이 아파하고 싶었어. 그런데 케인은 자신이 아프다는 사실조차 인정하려 들지 않았어."

그날 아빠의 산소를 찾아봤어야 했다고, 뒤늦은 후회를 했다.

"사락골을 떠나면서 한 가지 의문이 계속 머릿속을 맴돌았어."

사라는 허브티를 입에 대는 듯하더니 내려놓았다.

"지금보다 나아질 수 없다면 어떻게 해야 될까?"

사라가 카페를 떠날 채비를 했다.

"난 케인이 어떤 선택을 할지 짐작하고 있었어. 다만 내 자신에게 확인하고 싶었어. 지금보다 나아질 수 없어도 계속 앞으로 나아가야 한다는 사실을."

사라가 자리에서 일어났다. 주춤주춤 일어서려는 나에게 손사래를 쳤다.

"늦었지만 알고는 있어. 카오스가 멋진 다리를 얻었어. 조금만 더 훈련하면 맘껏 달릴 수도 있대."

사라가 떠났다.

라싸 데 살라의 'Is Anything Wrong?'이 흘러나와 카페 안을 둥둥 떠다녔다. 맥이 풀리다 못해 영혼마저 연기처럼 사라져버리는 느낌의 노래였다.

노래의 제목처럼 뭐가 잘못되었을까?

사라가 괴로움에 비틀거리며 나에게 왔다. 나에겐 괴로움을 덜어줄 방법이 있었다. 그러나 나는 달아났다. 머지않아 고스란히 나에게로 넘어올 괴로움이었다.

4.

난파선에서 누군가를 구하려면 내가 입을 구명조끼부터 챙겨야 했다.

현명한 순서이므로 열심히 구명조끼를 찾았다. 용케 구명조끼가 눈에 들어왔다. 내 몸통을 감싼 구명조끼에 잠시 안도했다. 그러나 구해줄 누군가의 모습은 이미 보이지 않았다.

참혹한 자각이었다.

내가 누구인지 너무 늦게 알아차렸다.

내 자신에게 벌을 주는 심정으로 일에 매달렸다. 자진해서 크레인에 올라가 조명기기를 설치했고, 막내 스태프의 일까지 나서서 거들었다. 생각할 겨를조차 주지 않으려는 속셈으로 맹렬하게 몸을 움직였다.

소용없었다. 계속 사라가 머릿속을 맴돌았다.

사라의 말대로, 사라가 아파하는 것을 나도 아파하고 싶었다. 하지만 번번이 허공에 주먹질을 해대는 느낌이었다. 역시 사라의 말대로, 나는 해결책부터 찾으려 들었다.

사라와의 연락이 끊겼다. 전화를 받지 않았다. 보낸 메시지를 확인할 뿐 응답이 없었다.

아빠가 되길 거부한 게 아니다. 아직 준비가 되지 않았을 뿐이다.

그렇게 스스로를 위로하려 애썼다. 서글픈 현실, 남루한 내 몰골만 확인할 따름이었다.

"안 돼!"

비명에 가까운 고함이 들렸다. 곧 옆구리에 강렬한 통증이 뒤따랐다. 나는 바닥에 나뒹굴었다.

내 손에는 피복이 벗겨진 전선이 들려 있었다. 그 상태로, 안전장치마저 꺼둔 채로 2만 볼트의 발전기를 작동시키려 했던 셈이다. 그걸 알아차린 채 선생이 다급하게 나를 저지한 거였다.

채 선생이 겁에 질린 목소리로 물었다.

"케인, 괜찮아요?"

내가 고개를 끄덕이자 채 선생이 재깍 말했다.

"정신 차려요."

변명할 구실조차 찾기 어려운 실수였다. 갓난아이가 쇠젓가락으로 콘센트를 쑤신 꼴이었다.

수천만 원의 고가 장비를 날려버릴 뻔했다. 나는 죽거나 치명적 내상을 입었을 것이다. 발길질한 채 선생 역시 무사하지 못했으리라.

아, 안도의 숨을 내쉬는 순간이었다. 갑자기 눈앞에서 수만 개의 전구가 한꺼번에 빛을 토해내는 느낌에 눈을 감았다. 아빠의 얼굴이 속눈썹의 개수를 셀 수 있을 만큼 가까이 있었다.

나는 중환자실에서 막 깨어난 상태였다. 혼수상태에서 벗어날 때마다 아빠가 곁에 있었다. 죽지 않았다는 것을 확인시켜 주려는 듯이. 아니었다. 함부로 죽지 못하도록 내내 곁을 떠나지 않았으리라.

함부로 죽지 못하도록, 아빠가 지금도 보이지 않는 곳에서 지켜보고 있는 듯했다.

나는 뒤늦게 감전이라도 된 양 몸을 떨었다. 아빠, 하고 부르고 싶었건만 목이 먼저 메었다.

채 선생이 내 옆구리에 팔을 껴 일으켰다.

"좀 쉬어야겠어요."

스태프 중 하나가 물컵을 손에 쥐여줬다. 채 선생이 내 상의에 묻은 오물을 털어내며 말했다.

"모두 걱정하고 있어요. 내 말대로 쉬어요. 두어 시간만이라도."

도리 없이 스태프들을 둘러봤다. 채 선생 의견에 동의한다는 듯 나를 향해 고개를 주억거렸다. 한결같이 근심 가득한 눈으로 나를 쳐다봤다.

석 달 동안 일로만 상대한 스태프들이었다. 사사로운 이야기는 물론 대놓고 칭찬한 적도 없었다. 팀을 이끄는 위치에 있음에도 회식 자리조차 참석하지 않았다. 내심 원했고, 그편이 일 처리에 마땅하다고 여겼다.

재수 없는 놈. 한동안 내가 들을 줄 알면서도 저희끼리 숙덕거렸다. 시간이 지나면서 나아지긴 했다. 그마저 내가 노력한 게 아니었다. 손을 내민 쪽은 그들이었다.

나는 스태프 전체를 향해 말했다.

"다시 시작합시다."

아무도 움직이지 않았다. 명령 거부를 모의한 전선의 병사들처럼 단호한 눈빛으로 나를 쳐다볼 뿐이었다. 나를 진심으로 걱정하고 있었다.

이런 대접을 받을 만할까. 내가 준 것보다 훨씬 많이 받고 있었다. 콧잔등에 얼음을 댄 듯 저릿해 어금니를 힘주어 물었다.

채 선생에게 오후 촬영을 부탁했다. 늙은 말에게 길을 묻는다던 채 선생의 말대로 안심하고 맡길 만했다.

피터와 연 감독에게 사정을 이야기하러 세트장의 사무실로 걸어갔다. 불쑥 번거로운 절차를 거쳐야 하는 게 덧없게 느껴졌다. 나는 방향을 바꿔 촬영장을 벗어났다.

★☆★

"잘 지내셨죠?"

묻고 나서 바로 후회했다. 죽음의 때를 기다리는 이에게 할 만한 물음이 아니었다.

"그럴 턱이 있겠어. 이틀 동안 당장 죽을 듯이 아프더니 이제 좀 잠잠해졌네."

박 화백이 힘겹게 침대에서 몸을 일으켰다.

1주일만이었다. 그동안 눈빛은 흐려지고, 볼은 폭 꺼졌고, 환자복 밖으로 드러난 팔은 마치 두루미의 다리로 착각할 지경으로 앙상해졌다.

"울적하던 참에 다움이 얼굴을 보니 기운이 좀 나네."

문득문득 박 화백을 떠올리긴 했어도 막상 발걸음이 떨어지질 않았다. 촬영장을 벗어날 때까지도 그랬다. 목적지를 묻는 택시기사에게 불쑥 대학병원을 말했다.

"저도 울적하네요. 1시간 전에 죽다가 겨우 살아났거든요."

박 화백에게 당시의 상황을 소상히 설명했다.

그간 내 이야기를 들어줄 사람은 사라뿐이었다. 사라는 나를 떠났거나 떠날 작정을 하고 있었다. 저물녘 어미를 잃은 강아지가 제 발등에 주둥이를 올려놓고 하염없이 담장 너머를 바라보는 심정이었다. 사라는 짐작보다 훨씬 깊숙이 내 안에 들어와 있었다.

박 화백이 눈물까지 글썽이며 말했다.

"조명이 전기를 만지는 일인지라, 걱정이네."

"오늘 일은 로또 1등에 당첨되는 것보다 희박한 확률이었어요."

"조심, 조심. 부디 조심해라."

박 화백이 침대 각도를 조절하려 팔을 뻗었지만 닿지 않았다. 나는 소파에서 일어나 박 화백이 원하는 대로 각도를 조절했다. 다시 소파로 돌아가려는데 박 화백이 침대를 손으로 두드려 곁에 앉기를 바랐다.

2년을 한집에서 살았고, 그 후로도 간간이 만났다. 하지만 지금처럼 어깨가 닿을 만큼 가까운 거리에 있어 보질 못했다. 늘 사람 하나 끼어들 만큼의 거리를 뒀다. 마치 둘 사이를 상징하듯이.

박 화백에게 더 일찍 마음의 빗장을 풀었어야 했다. 그 랬다면 고단한 마음을 내려놓고 기댈 언덕을 얻었으리라.

"왜 울적하셨어요?"

"다움이가 자주 찾아오지 않아서."

가래 끓는 소리로 웃었다. 웃음을 감당하지 못한 양 기침을 연거푸 토해냈다. 터져 나오는 기침을 손으로 막으려 했지만 좀처럼 멎지 않았다. 얼굴이 흙빛으로 변했다. 곧 가슴을 부여잡고 모로 쓰러졌다.

나는 병실 문을 열고 간호사 스테이션을 향해 소리쳤다.

간호사들이 먼저, 이어 의사들이 달려왔다. 응급 조치 동안에도 박 화백은 몸을 뒤틀고 신음을 토해냈다.

나는 문가에 선 채 박 화백의 발작을 지켜봤다. 슬로우 버튼을 누른 양 장면 하나하나가 더디게 흘러갔다. 박 화백의 몸부림 너머 언뜻언뜻 아빠의 얼굴이 스쳐지났다.

아빠가 죽었다.

나는 그 사실을 인정했고 받아들였다. 하지만 딱 거기까지였다. 그 외에는 생각하지 않으려 했고, 실제로도 그랬다.

아빠는 그냥 죽지 않았다.

그렇다. 아빠의 죽음은 순식간에 일어나지 않았다. 죽기까지 어떠한 일을 겪었는지, 고통은 얼마나 극심했는지, 외로움과 두려움을 어떻게 참아냈는지⋯⋯. 생각하지 못했다. 아니, 모른 척했다.

제대로 서 있지 못할 지경으로 다리에 맥이 풀렸다. 문에 기댄 채 더듬더듬 속말을 중얼거렸다.

아, 우리 아빠도 저렇게 아팠구나.

★☆★

"다움이가, 날 구해준 건가?"

두어 시간 걸릴 거라는 의사의 말을 듣기라도 한 듯 박 화백은 2시간 만에 깨어났다.

"목숨을 구하면 그 사람의 앞날까지 책임져야 하는 거래요"

나는 짐짓 활짝 웃으며 말했고, 박화백은 입술을 일그러뜨리며 웃었다.

"누가 그런 소리를 해?"

데자뷰. 사라와 처음 만난 날의 대화를 그대로 되짚어 따라 하고 있었다. 사라가 사무치도록 그리웠다.

"결혼하자는 여자가 있어요. 그 여자가 말해줬어요."

사라의 이야기를 하고 싶었다. 죽을 고비를 넘긴 순간, 허겁지겁 박 화백에게 달려온 이유라는 생각이 들었다.

"앞날까지 책임질 사람이 다움이에게도 생긴 거로구나. 성공보다 더 중요한 게 사람이지."

아빠도 비슷한 이야기를 했었다. 공부는, 살아가는 게 열이라면 그중 하나밖에 안 된다고.

공부를 성공으로 바꾼다면, 나는 성공했다. 주위의 평가도 다르지 않았다. 성공은 나에겐 생존과 같은 의미였다. 혼자가 된 이상 어쨌든 살아남아야 했으니까. 그러면서 아홉의 존재를 잊어버렸거나 무시해왔다. 사라에게 그랬던 것처럼.

"내 아이를 임신했대요. 결혼할 수 없다고 했어요. 아빠가 될 기회도 걷어찼고요."

박 화백이 천천히 눈을 감았다, 한 차례 한숨을 쉬고는 눈을 떴다.

사라는요, 라고 이야기를 시작했다.

박 화백이 아니라 나의 이야기를 나에게 들려주는 느낌이었다. 가슴이 설레었고, 문득문득 호러 영화를 보듯 내 자신이 끔찍했다.

"그 아가씨가 다움이를 많이 사랑하는구나. 사랑한 만큼 많이 아팠겠고."

박 화백이 한참을 생각에 잠겨 있다 물었다.

"그래, 어쩔 셈이냐?"

"모르겠어요."

정직하게 대답했다. 결혼과 임신에 대한 답이면서, 한편 다른 쪽을 가리키고 있었다. 내 자신이 누군인지 알지 못하게 되었다는 참담한 고백이었다.

"정 선생은 다움이에게 뭐라고 하실까?"

"아빠는 나한테 말 걸지 않아요."

"그럴까, 과연. 끊임없이 말을 걸어왔지만 다움이가 듣지 않으려 했던 건 아닐까."

프랑스에 도착해 아빠의 죽음을 알기 전까지, 아빠에게 하고픈 이야기는 차고도 넘쳤다. 마치 기도를 하듯이, 일기를 쓰듯이 이야기를 했다. 아빠가 내 이야기를 들어주리라 믿었다. 그러나 아빠 자신이 나에게 말하고 싶어 한다는 생각은 하지 못했다.

"다움아. 그냥 일어나는 일은 없더라. 살아보니 알게 되더구나. 네가 한국에 온 것도 반드시 이유가 있을 거다."

나는 앉아 있던 침대에서 일어났다. 박 화백이 내 손을 잡았다.

"살아간다는 것은 기회와 선택의 연속이지. 하지만 다움아, 인생 전체를 바꿀 기회는 단 한 번밖에 오질 않아."

나는 박 화백의 눈을 바라보았다. 그 눈빛 속에서 아빠의 흔적을 찾아보고 싶었다.

아빠가 된다는 이야기를 들었을 때, 아빠는 어떤 심정이었을까. 제발 말해 달라고, 고함이라도 치고 싶었다.

나는 고개 숙여 인사를 하고 돌아섰다. 등 뒤에서 박 화백이 혼잣말인 양 말했다.

"다움이가 아빠가 된다니 조금 더 살아보고 싶어지는구나."

5.

이틀 동안 몸살에 시달렸다.

몹시 아팠다. 끓는 냄비에 들어앉은 양 열이 났다. 흠씬 두들겨 맞은 것처럼 온몸이 쑤셨다. 촬영장에 나가지 못한 채 꼼짝없이 침대에 누워 지냈다.

몸이 아파 일상을 중단한 적이 언제였던가. 기억나지 않았다. 마치 평생을 아파야 할 전부를 어린 시절 몰아서 겪어버린 양 나는 튼튼했다.

끙끙 앓다가 깜빡 잠이 들었고, 꿈속에서 아빠와 사라를 번갈아 만났다. 깨고 나면 육체의 고통 위로 쓸쓸함이 더해졌다. 문득문득 생각했다. 아빠의 마음을 알아주지 않은 벌을 받는 거다. 사라의 마음을 아프게 만든 대가를 치르는 중이다.

어제 오전 조수아가 숙소로 찾아왔다. 연 감독이 보냈다면서 각종 죽을 가져왔다.

오후에는 채 선생이 방문했다.

조명 세팅에 대한 내 구상을 듣겠다는 의도였다. 전화로도 충분히 가능했으므로 일부러 찾아온 셈이었다. 막상 조명보다는 채 선생의 아내 이야기를 더 많이 나눴다.

"사람이 절박해지니까 지위와 체면, 자존심 따위는 눈에 들어오지도 않더군요. 무슨 일이 있어도 아내를 살려야 한다. 신념이자 종교가 되더이다. 조명감독이 아니라 말단 스태프일지라도 버텨야 했죠. 다행히 얼마 전 보험사와 협의가 잘돼 한숨 돌린 상태라오."

아빠의 이야기를 듣는 기분이었다. 아빠는 욕을 얻어먹든, 무릎을 꿇든, 머리를 조아리든 견뎌야 했다. 내 병원비 때문인지 알면서도, 그런 아빠가 나는 못마땅했다.

훗날 종종 그때의 아빠를 떠올리며 생각했다. 아빠처럼 무능하게 살지 않겠다. 돈 때문에 자존심을 버리는 일은 만들지 않겠다. 비굴하게 함부로 고개 숙이지 않으리라.

아빠는 무능한 게 아니었다.

자존심을 버려서라도 지켜야 할 게 있었을 뿐이다.

아빠는 비굴한 게 아니었다. 사랑이 깊은 거였다.

왜 일찌감치 알아차리지 못했을까. 어쩌자고 아빠의 그늘만 쳐다봤을까.

채 선생이 자세를 가다듬으며 덧붙였다.

"케인이 늙다리인 나를 조명팀에서 내치지 않아 정말 고맙소."

연 감독의 지시대로 이틀을 더 생각했을 뿐이었다. 고마워할 쪽은 내가 아니라 연 감독이었다. 나는 인정머리라고는 없는 차가운 인간이므로.

이상하게 들릴지 모르겠지만 내 솔직한 심정이오, 라며 채 선생이 덧붙였다.

"1년 넘게 같은 모습일지라도, 난 아내가 어제보다 오늘이 더 사랑스러워요. 오늘보다 내일은 더더욱 사랑스럽겠죠."

채 선생이 떠나고도 오랫동안 그 말이 귓전에 쟁쟁했다. 하지만 제대로 실감할 수 없었다. 나에겐 도무지 어울리지 않는 미지의 영역인 양 여겨졌다.

오늘의 방문자는 뜻밖에도 연정훈 감독이었다. 4시간째 숙소에 머물며 3차 수정 시나리오에 대한 의견을 나눴다.

사라와 함께 마시다 남겨놓은 포도주를 연 감독이 바닥까지 비워냈다. 급하게 마신 탓인지 불콰한 얼굴로 A4용지에 출력된 시나리오를 가리켰다.

"내 최고의 작품이 될 걸세."

연 감독이 주먹을 불끈 쥐어 보이며 덧붙였다.

"느낌이 와. 너무도 분명해서 거부할 수 없는 느낌. 이런 느낌은 평생 딱 한 번밖에 오지 않네. 게다가 마지막 작품이니까 나는 내 전부를 몽땅 쏟아부을 걸세."

나는 고갯짓으로 맞장구를 쳤다.

"지금 찍는 작품도 나쁘진 않네. 아니 꽤 괜찮은 평가를 받겠지. 하지만 세상은 나를 《그날의 침묵》으로 기억하게 될 걸세."

느낌이든, 자신감이든, 각오든 연 감독은 흥분 상태였다. 찬물을 끼얹는 심정으로 물었다.

"감독에서 은퇴하면 푹 쉬실 겁니까?"

내가 파악한 연 감독은 최후의 순간에도 레디고를 외칠

집념의 소유자였다.

"제작자로 나설 걸세. 자네를 감독으로 입봉시키고, 한국 영화의 위대함도 확실히 보여주고……. 상상만 해도 근사하지 않은가."

연 감독이 잇몸까지 훤히 드러내며 웃었다.

원했던 이야기를 들었다. 환호성을 지르며 연 감독과 군게 악수를 나눌 만했다. 하지만 헛헛했다.

평생 딱 한 번밖에 오지 않을 느낌?

사라의 얼굴이 떠올랐다. 평생 딱 한 번밖에 만나지 못할 사람을, 나는 막 잃었을까. 그 사실을 몸이 마음보다 먼저 깨닫고 아파한 것일까.

불쑥, 요세프가 사무치도록 그리웠다. 이제껏 요세프에게 느껴보지 못한 감정이었다. 당장 요세프에게 긴 메일을 쓰고 싶었다. 이렇게 시작하리라.

당신이 이스라엘로 돌아가고자 했던 진짜 이유를 조금은 알 듯하다.

연 감독이 떠난 직후, 나는 랩탑으로 메일 계정을 열었다.

사라에게서 온 메일이 눈에 들어왔다.

★☆★

한국을 떠나오기 전에 한 번 더 보고 싶었지만 그러지 않기로 했어.

아주 슬플 거라고 생각했지.

견딜 만하네.

그동안 케인에게 훈련을 잘 받은 모양이야.

쿨한 척하기, 말이야.

케인은 겉으로 드러난 것보다 훨씬 따뜻한 사람이야.

난 그걸 아는 여자고.

그래서 믿고 기다릴 수 있었어.

케인은 왜 자신의 진짜 모습을 보려고 하지 않을까.

왜 스스로 사랑받을 존재가 아니라고 여길까.

왜 한 번도 사랑을 받아보지 못한 것처럼 생각할까.

사락골에 가면 케인 스스로 알아낼 거라고 믿었어.

안타깝게도 실패.

어쩌면 내가 케인을 처음부터 잘못 봤을지도 모르지.

난 아이를 낳을 거야.

케인의 아이가 아닌, 사라의 아이를.

아이가 케인을 아빠라고 부르는 걸 원치 않아.

스스로를 사랑하지 못하는 사람은 결국 아무도 사랑할 수 없으니까.

그러니 부담 가질 필요 없어.

신경 쓰지 않아도 돼.

케인은 자유야.

진심이야.

음, 너무 길어졌네.

어쨌든 LA에 돌아오면 룸메이트를 구해야 할 거야.

잘 지내.

아, 우리가 처음 만난 날, 아빠의 명언을 들려달라고 했었지.

정말 아끼는 거야.

'어디로 가는지는 모를 수 있어.

누구와 함께 가야 하는지는 알아야 돼.'

추신.

명함의 주인공을 만났어.

케인에게 꼭 전해달라고 했어.

제6장

1.

정다운 생태학교
여진희

사라가 사진 파일로 보낸 명함이었다.

나는 사라에게 답장을 보내지 않았다. 마음속에는 수많은 이야기들이 들끓었지만 글로 정리해낼 자신이 없었다.

아빠의 마지막을 들려줄 유일한 사람이 진희 고모였다. 그럼에도 곧바로 달려가지 않았다.

촬영 일정, 연 감독과의 시나리오 작업, 박 화백 문병, 조명팀 회식…… 옹색한 변명인지 알면서도 가지 않을 구실을 찾아냈다. 문득문득 진짜 이유는 따로 있는 듯했다.

종기가 완전히 곪기 전까진 손대지 말아야 한다. 아직은 참고 기다릴 때.

그런 나를 두고 사라는 해결책부터 찾는다고 꾸짖었다.

나의 해결책이란 게 고작 달아날 구실이었다는 생각이 들었다.

오늘 아침, 양치질 도중 거울에 비친 내 모습이 낯설었다. 너는 누구니, 하고 묻고 싶을 지경이었다. 어느 순간부터 삐뚤어지고 일그러지고 망가진 채로 인생을 살아온 느낌이었다.

지쳤다. 더는 달아날 수도 없게 되었다. 곧바로 차를 렌트했다.

고속도로로 접어들자 비가 흩뿌리기 시작했다.

국도로 갈아타면서 진눈깨비로 변하더니 이내 폭설이 되어 앞을 가렸다.

달팽이가 기어가듯 더디게 움직여 향리에 도착했다. 폐교 정문 옆 공터에 차를 세웠다.

정다운 생태학교.

산에서 길을 잃은 자를 위한 비표인 양, 고모가 오로지 나만을 겨냥해 이름을 지었으리라.

오후 1시. 주위는 땅거미 깔리기 직전처럼 어둑어둑했다. 함박눈은 무풍의 하늘에서 고요히 내려 쌓였다. 쉽사리 그칠 눈이 아니었다. 사락골 할아버지는 처마 밑까지 쌓일 정도로 많은 양의 눈이 내리는 곳이라고 했다.

나는 외투 주머니에 두 손을 찔러넣은 채 건물을 바라보았다. 예전의 기억대로라면 교무실이었을 곳에서 희미한 불빛이 흘러나왔다. 오래된 기억 속으로 쑤욱 빨려드는 기분이었다.

철봉에 매달려 안간힘을 쓰는 아홉 살의 아이.

교무실 앞 화단에 돌보는 이 없어도 시절에 따라 피어나던 꽃들.

교무실 벽에 가득한 낙서 사이 고개 숙여 찾아야 겨우 보일 이름, 정다움.

생태학교로 바뀌면서 폐교의 흔적들이 남아 있기나 할까. 버려진 것은 버려진 대로 두는 편이 낫지 않을까. 그래봤자 덧없긴 매한가지일 터였다.

정문에서 건물까지 운동장을 가로질러 걸어갔다. 아홉 살 때의 느낌과는 달리, 운동장이라고 하기에는 민망할 수준의, 규모 있는 집 앞마당 크기였다.

건물 내부로 통하는 유리문이 열렸다. 초로의 여인이 모습을 드러냈다.

아, 진희 고모.

한때 고모는 분노와 원망의 대상이었다. 아빠가 나를 버린 이유 중 하나로 고모를 지목했었다. 세월이 흐르면서 아빠의 짝이 고모라서 다행이라고 생각했다. 어머니 하여사와 달리 고모는 아빠를 사랑했다.

감정의 굴곡을 거치긴 했어도 고모는 내 기억의 변방으로 밀려났다. 아빠의 죽음을 알아낸 이후, 잊혀진 존재였다. 그럼에도 이 땅에 도착해 처음으로 떠올린 얼굴이 고모였다.

고모가 두 손을 허리에 받친 채 이쪽을 바라봤다.

나는 아직 준비되지 않았다. 오늘은 이쯤에서 돌아가자.

한숨이 절로 흘러나왔고, 몸이 떨렸다. 목덜미에 떨어지는 함박눈 탓인 듯 서둘러 코트의 깃을 세웠다.

고모가 허리를 받쳤던 손을 들어 흔들었다.

"어서 와, 정다움."

마치 사나흘쯤 떨어져 있던 것처럼 가벼운 손짓으로 나를 불렀다. 사라를 통해 마음의 대비를 해뒀을까. 내 속을 훤히 들여다보고 안심시키려는 듯 부드러운 목소리였다.

고모처럼 가볍게 손을 흔들어 인사를 해야 할까. 두 손을 앞으로 모은 채 허리 숙여 예의를 갖춰야 할까. 차라리 달려가 포옹을 하는 쪽이 더 쉽지 않을까.

그러나 나는 외투 주머니에 두 손을 찔러넣은 자세 그대로, 체납 고지서를 전달하는 수금원처럼 다가갔다.

★☆★

잡동사니로 가득했던 교무실은 깔끔한 사무실의 모습으로 변해 있었다.

복도를 향해 배치된 사무용 책상 셋, 운동장이 바라보이는 창가에 응접세트, 커다란 화목난로가 중앙에 놓였다.

고모가 테이블에 머그컵을 내려놓았다.

"구절초 꽃차야. 가을이면 여긴 온통 구절초니까."

나는 왼손으로 잔을 들었다. 오른손은 왼쪽 겨드랑이에 넣은 채 고모를 바라보았다. 아니 쏘아본다는 편이 적절했다.

고모는 내 눈길을 피할 생각이 없는지 빙긋이 웃었다.

나를 맞이한 순간부터 줄곧 웃는 낯이었다. 요란스레 소리 내어 웃지도 않았다. 억지로 웃는 기색도 없었다. 내 방문을 미리 안아차리고 자연스레 맞이하겠다고 다짐이라도 해둔 듯한 미소였다.

고모와 달리, 나는 어색하고도 난감했다.

입에 숯이라도 물고 있는 양 혀가 바싹 말라버린 느낌이었다. 머그잔을 들어 꽃차를 목젖을 움직여가며 마셨다.

"고모가 왜 여기에 있어요?"

"여기 살아. 10년째."

"여기에 왜 사느냐고요?"

"다움이를 기다렸지."

"그럴 만한 이유라도 있나요?"

"여기 진짜 주인이 바로 너, 정다움이니까. 주인에게 돌려줄 날을 손꼽아 기다렸지."

고모는 대사를 완벽하게 숙지한, 이런 상황을 오랫동안 머릿속으로 그려가며 연습한 노련한 배우 같았다. 말을 더듬지도 표정을 흐트러뜨리지도 않았다.

나는 연기를 상대할 기분이 아니었다. 농담이라면 더더욱.

고모의 설명에 의하면, 아빠의 시집이 제법 팔렸다. 고모는 기존의 불합리한 출판 계약을 아빠의 대학 친구의 도움을 받아 재조정했다. 차곡차곡 모인 인세로 폐교를 매입했다. 마냥 버려둘 수 없어 고민 끝에 자연 학습장으로 바꿨다. 처음에는 임대 형식이었고, 고모 퇴사에 맞춰 직접 운영하는 중이었다.

아빠는 죽어서 부자가 되었다. 정확히 말하면 죽음이 문을 두드리는 그 순간부터였다. 소아암센터에 내 이름으로 기부했고, 박 화백에게 대학 학비를 맡겨뒀고, 폐교까지 사놓은 셈이었다. 자신의 존재를 곳곳에 남겨두겠다는 듯이.

고작 돈으로?

튀어나오려는 말을 겨우 막았다. 박 화백의 말대로, 나는 여전히 아빠에게 화가 나 있을까. 분노로 눈을 가리고 원망으로 귀를 막고 있어 아빠를 제대로 마주하지 못하는 걸까. 서글펐다. 그러지 말자고 각오해도 쉽사리 해결될 성싶지 않았다.

"하필이면 이곳이냐고? 선배가 그랬어. 다움이가 무척 좋아하는 곳이었다고. 그리고……."

고모는 아직도 아빠를 선배라고 불렀다. 그게 자꾸 신경이 쓰였다. 정작 생각하고 마음에 새겨야 할 의미를 뒤로 미룬 채.

"반드시 여기로 오리라 생각했지. 선배는 10년쯤이라고 했는데, 꼭 두 배가 걸렸네."

그날 벤치의 아빠는 아홉 살 나에게 말했다.

스무 살이 되기 전에는 이 땅에 돌아오지 말아라.

고통스러운 명령이었다. 나는 빨리 나이 들길 바랐다. 세월의 엉덩이를 걷어차서라도 그 한계를 줄이고 싶었다.

반드시 스무 살이라는 상징에 매달릴 필요가 없다고 생각했다. 열여섯 살이었고, 약속의 시간보다 4년이나 앞섰음에도 이미 늦었다.

"정말 내가 올 거라고 생각했나요?"

"생각했다기보다는 믿었지."

내가 아니라 아빠를 믿었으리라.

고모는 자주 문병을 왔다. 나를 핑계로 아빠를 만나러 온 거였다. 아홉 살 꼬맹이였지만 아빠를 바라보는 고모의 눈빛으로 알았다. 고모는 아빠를 사랑했다. 지금 이 순간도 그 사랑을 지속했기에 나와 마주하는 것이리라.

고모의 얼굴에서 불쑥 사라의 얼굴이 엿보였다.

스스로를 사랑하지 못하는 사람은 결국 아무도 사랑할 수 없다. 내가 그런 사람이라고, 사라는 메일에 적었다. 항의, 아니 변명이라도 하고 싶었다.

나도 사랑할 줄 안다. 다만 사랑이 필요하지 않을 뿐이다.

뒤늦게, 얼음송곳에 가슴팍이 찔린 듯 아팠다.

사랑이 필요하다, 사랑이 필요하지 않다. 케냐 마사이족에게 다운 패딩이 필요하지 않듯이, 천식 환자에게 네블라이저가 필요하듯이……. 과연 사랑이란 그런 것인가. 샴푸를 고르는 수준으로 떨어뜨려도 되는 것인가.

고모는 한쪽 벽을 가득 채운 유리창으로 고개를 돌렸다. 함박눈이 기력을 다했는지 성글어져 있었다.

"결혼은요?"

"못 했지. 어느 날 돌아보니까 내가 상당히 나이 들어 있더라고. 그리고 선배 같은 사람을 더는 만나지 못했어."

"내가 없어지면 아빠가 당연히 고모와 결혼하리라 생각했어요."

고모의 미소가 옅어졌다. 감정의 흔들림을 추스르려는 듯 꽃차를 마셨고, 곧 예의 부드러운 미소를 회복했다.

"좀 더 살았으면 고모와 결혼도 했을 텐데, 딱 사흘은 너무 했네요."

"꼭 남의 일처럼 말하는구나."

나는 고모에게서 눈길을 돌렸다. 난로에 올려놓은 주전자에서 폭폭, 수증기가 뿜어 올라가는 광경을 바라보았다.

"아빠가 날 프랑스로 보낸 이유를 제대로 몰랐어요. 가난해서 날 버렸다고 생각했죠. 최근에야 알았어요. 아빠로선 그럴 수밖에 없었다는 사실을."

마치 훈련받아 어느덧 습관이 되어버린 듯한 고모의 미소가 싹 사라졌다. 그리고는 안타까울 지경으로 굳은 얼굴이 되었다.

"그런데요, 아빠가 날 버렸다? 지금도 그 생각에서 자유롭지 못해요. 그래서 화가 나요."

2.

선배가 울보였다는 사실, 알고 있니?

좀처럼 들키지 않아서 그렇지, 심각한 울보였지. 그래서 시인이 되었겠지만.

다움이의 골수 이식이 결정되는 순간에도 선배는 펑펑 울었어. 물론 기쁨의 눈물이었지. 기적이라며, 희망이 생겼다며, 그렇게 좋아하는 모습은 처음 봤다.

하지만 마냥 기뻐할 수 없었지. 당장 이식 비용을 마련해야 했으니까.

우선 출판사와 시집 계약을 맺었지. 턱없이 부족한 금액이었다. 취직을 제의한 곳도 있었지만 월급으로 감당할 이식 비용이 아니었어.

결국 선배는 극단적인 방법을 택했어. 신장을 떼어 이식자에게 파는 장기 매매. 당연히 불법이었다. 하지만 이것저것 가릴 처지가 아니었겠지.

선배로선 굉장히 괴로운 선택이었을 거야. 미도리가 조건 없이 바다를 건너와 골수를 나눠준다는 사실 때문에 더더욱. 나중에 선배가 민 원장한테 기부금을 내놓은 것도 그런 이유가 컸을 거야.

장기 매매는 뜻대로 이뤄지지 않았다. 병원 검사에서 최악의 결과를 듣고 말았지.

당장 수술을 받아야 하는 급성 간암.

선배는 아무한테도 말하지 않았어. 아프면 아프다고 말할 사람이 아니지. 슬픔이든 괴로움이든 자신의 문제로 돌려 삭이는 사람이었으니까.

내가 먼저 알아냈어. 처음에는 아니라고 부정하더라. 명확한 증거를 제시하자 그제야 둘만의 비밀로 하자고 했어. 특히 다움이가 알아선 절대로 안 된다고.

　선배를 살릴 길을 열심히 찾아었어. 막 독일에서 귀국한 간암 수술의 세계적인 권위자와 연결이 됐지. 쉽지는 않겠지만 수술을 해보자고 했다.

　선배가 거부했다. 설득하고 협박하고 눈물로 호소도 해봤어. 선배는 늘 같은 이유를 들었지.

　다움이에게 찾아온 마지막 기회다. 내가 곁에 있어야 힘든 과정을 견딜 수 있다.

　마지막 기회. 그건 선배에게도 마찬가지였어. 수술 외에는 선배가 살 수 있는 길은 없었으니까.

　하지만 선배는 이미 마음을 굳혔고, 나도 더는 어쩔 도리가 없었다.

　다움이가 이식 수술에 성공할 때까지 부디 선배의 몸이 버텨주기를 기도했다. 버텨만 준다면 선배에게도 기회가 생길 거라고…….

　헛된 바람이었지. 나중에 알았어. 그때 선배는 또 다른 시도를 하고 있었더구나.

　신약을 개발하는 제약회사 임상실험이었지. 치료를 받아도 모자랄 판이었어. 그런데 실험용 모르모트로 나선 거였다.

다움아, 듣기 언짢겠지만 그래도 알 건 알아야 하니까 말하마. 선배는 이식 비용을 마련하기 위해 목숨을 건 외줄타기를 했다. 아니, 죽을 각오를 한 거였다.

결국 그 실험이 선배를 더 빨리 죽음의 구렁텅이로 떨어뜨렸지. 부작용이 너무 심해 다움이 앞에 나타날 수도 없을 지경으로. 제약회사는 그 사실을 금전적으로 보상하려 들었고, 선배는 받아들였다.

프랑스로 떠나던 날 생각나니?

멀리서 나는 선배를 지켜봤다. 언제 어떤 일이 벌어질지 몰라서 홀로 둘 수가 없었지. 당장 목숨이 끊어져도 이상할 거 없는 상태였으니까.

선배는 자신의 망가진 모습을 보여주지 않으려 했지. 일부러 어둠이 내릴 시간을 골랐어. 꼿꼿이 등을 세우고 너를 기다렸어.

참혹한 만남이었다.

선배는 네가 가까이 다가오지도 못하게 했다. 귀 한 번 만져도 되냐는 걸 거절했다. 냉정하고 모진 말만 골라 말하면서 서둘러 떠나보냈다.

한 번쯤 안아줘도 될 것을, 사랑한다는 말로 이별해도 될 것을, 하다못해 시간을 좀 더 끌어도 될 것을……. 선배는 끝내 참아냈다.

나는 속으로 얼마나 소리쳤는지 몰라.

선배, 그러지 마요. 그러지 않아도 돼요. 따뜻한 말 한 마디 건네 보내도 된다고요.

이틀 뒤 선배를 차에 태우고 사락골로 향했다.

다움이를 꼭 그렇게 보내야만 했냐고, 도중에 따져 물었다. 선배는 잠자코 창밖만 바라보았어. 차마 말로 드러낼 수 없을 만큼 힘겨운 결단이었다는 듯이.

반 시간쯤 지나 선배가 말했다.

아빠가 자기를 버렸다고 생각하길 바랐다고. 그래야 미워할 테니까. 그리워만 하다간 못 견딜 테니까. 미워하는 편이 한결 새로운 환경에 적응하기 쉬울 거라고 생각했대.

다시 반 시간쯤 지나 향리에 도착할 즈음, 선배가 입을 열었다.

그런데 겁이 난다고 했어.

다움이가 자신을 영영 미워만 하게 될까 봐, 아빠가 자신을 버렸다는 생각을 끝까지 하게 될까 봐, 그래서 스스로는 물론 아무도 사랑하지 않게 될까 봐…….

선배는 정말 두려운 듯 어깨까지 심하게 떨었다.

나는 선배에게 말했다. 다움이는 선배를 꼭 닮아 절대 그럴 리가 없을 거라고.

★☆★

성근 눈발은 다시 함박눈으로 변해 있었다.

미끄럼틀도 철봉대도 함박눈에 가려 보이지 않았다. 울 타리인 양 늘어선 자작나무만이 흐릿하게 눈에 들어왔다.

나는 창밖을 바라보며 혼잣말인 듯 말했다.

"수술을 받았다면 아빠는 살 수 있었군요."

"쉽진 않았을 거야. 그러나 그렇게 빨리 생을 마감하진 않았겠지."

"결국, 나 때문에, 아빠는……."

목이 메었다. 아니, 아니었다. 차마 뒷말을 이을 용기가 나에겐 없었다.

"선배가 자기 목숨을 버렸다고 생각하니? 아니, 너의 목 숨을 지킨 거야."

고모가 나지막이 한숨을 내쉬고는 덧붙였다.

"선배가 그러더구나. 아버지로서 아이에게 해줄 게 남아 있어서 다행이라고."

부인할 수 없는, 어떠한 추측과 변명으로도 변하지 않는 사실이 있었다.

아빠는 죽었고, 그 대가로 나는 살았다.

아빠는 그냥 병에 걸린 게 아니었다. 백혈병에 걸린 나를 홀로 돌보고 애를 끓이다 생긴 병이었다.

먹지도 자지도 못한 채 새끼들을 지킨 가시고기. 한 조각 살점마저 다 내어주고 앙상하게 뼈만 남은 가시고기. 그게 바로 아빠였다.

아, 가시고기 우리 아빠.

그런 아빠를 나는 미워했다.

그런 아빠에게 화를 냈다.

그런 아빠의 존재를 내 삶에서 아예 삭제해버렸다.

마침내 나는 내가 누구인지 모르게 되어 버렸다.

통곡이라도 하고 싶었다. 그러나 나는 울지 못하는 자였다. 눈물로 터져 나오지 못한 슬픔이 몸속에서 아우성이라도 치는 듯 통증이 느껴졌다.

고모가 부탁하지도 않았는데 유리컵에 냉수를 담아 머그컵 옆에 놓았다. 울지 못하는 이유가 마치 수분 부족 때문이기라도 하듯이.

"다움이가 이식 수술을 받기 전날이라고 기억해. 선배가 말했지. 자신이 아픈 게 다행스런 점도 있다면서, 다움이가 얼마나 크나큰 고통 속에서 지냈는지 직접 겪어보니 알겠다고 했다."

고모에게서 고개를 돌렸다.

무균실 밖 붕대로 왼쪽 눈을 가린 채 서 있던 아빠가 생각났다. 아빠의 모습을 보고 해적선 레고의 애꾸눈 선장이라고 놀렸었다.

"고모, 나는 이제 어떡해야 되죠?"

묻고 나니, 우격다짐 병 속으로 몸을 구겨넣고 있는 듯 답답했다.

쟁그랑!

급히 몸을 일으키다 무릎으로 테이블을 쳤고, 그 서슬에 머그잔이 바닥으로 떨어져 박살이 났다. 나는 바닥에 흩어진 머그잔의 잔해를 물끄러미 바라보았다. 마치 내 안의 무엇, 견고하리라 여겨왔던 것들이 산산조각 난 듯했다.

머그잔의 조각들을 줍기 위해 무릎을 꿇었다. 고모가 내 어깨 위에 손을 얹었다. 서러움인지 비통함인지 분명치 않은 감정들이 밀려왔다.

★☆★

"아빠가 밉니?"

고모의 물음에 나는 대답하지 않았다.

"그럼 꼬마 정다움이 그랬듯이 여전히 아빠를 사랑하니?"

나는 고개 숙여 탁자 위에 올려놓은 고모의 손을 바라보았다.

"미워하지도 사랑하지도 않으면, 아빠의 존재는 너에게 뭐니?"

"미워하고 싶어도, 사랑하고 싶어도, 그리워하고 싶어도……. 쉽지가 않아요. 그걸 알려주려고 아빠가 날 불렀다는 생각만 점점 분명해지네요."

계획에도 없었고 예상치도 못했던 연 감독의 요청으로 이 땅에 왔다. 촬영지가 공교롭게 민 원장이 근무하는 병원으로 바뀌었다. 시한부 삶을 선고받은 박 화백이 프랑스 생활을 접고 귀국했다. 사라가 고모의 명함을 메일로 보내왔다.

정해진 순서를 밟아가듯 착착 맞아떨어졌다. 마치 죽은

아빠가 살아있는 나를 이끄는 중이라는 느낌이 들 정도였다.

"여기 있는 선배가 태평양을 건너 다움이를 불렀다고?"

굳이 내 대답을 듣고자 한 물음이 아닌 듯했다. 고모의 이어질 말을 기다렸다.

"아빠는 처음부터 다움이와 함께 있었어. 그러니까 너와 동행해 여기까지 온 거야."

믿지 않는구나, 하며 고모가 팔짱을 꼈다. 이내 머리를 내 어깨에 기댔다.

"내일이 무슨 날인지 아니?"

12월 16일. 내일은 촬영 스케줄이 잡혀 있지 않았다.

오후에 대학병원에 다녀오리라. 미국으로 돌아가기 전까진 시간이 날 때마다 박 화백을 찾아볼 생각이었다. 그러고 싶었다. 줄곧 나에게 손을 내밀어준 박 화백이었다. 내가 잡거나 뿌리치거나 변함없이.

"내일이 선배의 기일이다. 정확히 20주기."

12월 13일, 프랑스로 떠났다. 아빠의 말대로 10년을 지키려면 날짜까지 헤아려뒀어야 했다.

아, 나는 신음을 막으려 입술을 깨물었다. 걷잡을 수 없이 온몸이 떨려왔다.

고모가 팔짱을 낀 손을 풀어 내 가슴을 도닥였다. 마치 선잠 깬 아이를 달래듯이.

3.

샐러드 용기로 쓰임직한 대접에 넘치도록 담긴 수제비가 식탁에 올려졌다.

1학년에서 3학년까지 사용하던 교실이 식당으로 바뀌었다. 아빠가 문제를 내면 내가 답을 적었던 칠판도 사라졌다. 당연했다. 20년은 기나긴 세월이었다. 알면서도 쓸쓸했다.

고모는 나에게 먹고 싶은 음식을 말해보라고 했다. 아무거나 좋다고 하자, 줄지어 음식 이름을 댔다. 수제비를 고른 나에게 고모가 말했다.

"외국에선 기회가 없었겠지. 아예 처음 먹어볼 수도 있겠네."

앞은 맞았고, 뒤는 틀렸다.

아빠와 내가 단둘이 살게 되면서 종종 수제비를 먹었다. 대여섯 살의 나는 밀가루 반죽으로 이것저것 빚으며 노는 것을 좋아했다. 놀이에 진력을 낼 때까지 기다리던 아빠가 수제비를 만들었다.

"어때, 맛이?"

좋아요, 라고 대답했다. 그러나 맛을 제대로 느낄 수 없었다. 수제비가 아닌 서러움의 덩어리를 삼키는 듯했다. 아빠와 마주 보며 수제비를 먹는다면 어떨까, 하는 생각 때문이었다.

스물아홉 살의 나, 쉰여덟 살의 아빠.

세상의 모든 것을 화제로 삼아도 되리라. 술잔을 기울이며 밤늦도록 논쟁을 벌일 수도 있다. 때로는 간섭하지 말라며 반발도 하고, 때로는 괴롭다며 하소연도 늘어놓고, 때로는 고집을 부리고, 때로는 못 이기는 척 아빠의 선택을 따르고…….

안타까움과 아쉬움과 애상으로 잠들 수 없는 날들이 많았다. 힘들어도, 지쳐도, 괴로워도 기댈 언덕이 나에겐 없었다. 길을 잃었는데 막상 물어볼 사람이 내 곁에는 없었다.

아프고 외로웠다. 아빠도 어쩔 수 없었다는 건 이제 알았다. 그래도 아프고 외로웠던 기억이 사라지지 않았다.

"정말 맛있어?"

고모가 다시 물었다. 정말 맛있다며, 나는 고개까지 끄덕였다. 고모가 눈가에 잔주름을 만들며 웃었다.

"다움이가 칭찬을 하면 정말 칭찬받을 만한 거라고, 사라가 그러더라."

사라가 향리를 찾은 건 미국으로 떠나기 사흘 전이었다. 운동장을 서성이는 사라를 고모가 차 한잔하자며 불렀다. 이런저런 이야기를 나누다 사라가 학교 이름에 대해 물었다. 이름을 보면 그냥 지나치지 않을 사람이 있기 때문이라고 고모가 말했다.

"사라는 이틀을 머물렀지. 진종일 붙어 지내며 나는 다움이의 20년을 듣게 되었지."

나는 고개를 숙인 채 맹렬하게 숟가락질을 해댔다. 천천히 먹으라는 신호처럼 고모가 반찬을 내 앞으로 옮겨 놓았다.

"편하고 좋더라. 따뜻하고 속 깊고, 친구로 지내자고 말하고 싶을 정도였다."

"사라가 무슨 말을 하지 않던가요?"

"무슨 말이라면, 임신?"

나도 모르게 한숨을 내쉬었다. 나의 일그러진 내면이 고스란히 드러난 듯해 고개를 숙였다.

다움아, 하고 고모가 불러놓고 상체를 내 쪽으로 기울였다.

"사라를 어떻게 생각하니?"

"좋은 사람이죠. 좋아해요."

"사라는 달리 말하더라. 사랑한다고."

고모가 손가락을 세워 테이블을 두드렸다.

"아무리 좋아해도 강아지를 위해 죽진 않는다. 그러나 사랑은 그 사람을 위해 자기 목숨까지 내놓을 수 있다. 꼬마 정다움의 말이었지. 생각나니?"

아빠가 해준 말이었다. 그때 나는 고모에게 아빠를 사랑하느냐고 물었다. 혹시 아빠를 빼앗길지도 모른다고 걱정하면서.

"고모는요, 아직도 아빠를 사랑하나요?"

"아직도? 매일매일 시집갈 궁리를 하는 걸. 선배에 대한 감정은 그리움이라고 해야겠지. 지금도 선배를 생각하면 마음이 따뜻해져. 산모퉁이를 돌아 외딴집에서 흘러나오는 불빛을 바라보듯이."

"그런데 왜 여기에 있죠?"

"좋아서. 봄에서 가을까지 꼬마들 만나는 일도 즐거워. 여기는 지친 나를 위해 선배가 마련해준 선물이라는 생각을 자주 해."

고모는 5초쯤 나를 바라보다 덧붙였다.

"사라는 2년 동안 다움이가 아파하는 걸 같이 아파하고 싶었다더라. 이젠 지쳤다면서 많이 울었다."

자신의 말대로 2년을 기다린 사라였다. 어떤 마음으로 나를 대하는지 뻔히 알면서 나는 짐짓 담담한 척, 좋아하지만 사랑에 빠지진 않겠노라 선을 그어놓았다. 여자 친구이지만 룸메이트이기도 하다는 울타리 안에 나를 가뒀다.

사라의 눈물은 2년 동안 겪은 외로움이었으리라. 나는 나의 외로움에만 신경 쓰느라 미처 사라의 외로움을 보지 못했다.

뒤늦게, 가슴 조이고 있었다. 아버지가 된다는 사실에 허둥대고 있었다.

"나는 아빠가 될 자격이 없대요. 맞는 말이더라고요. 자격 미달이에요."

"그럼 자격을 갖춰야지."

"어떻게요?"

"선배가 널 어떻게 사랑했는지 생각해 봐."

★☆★

"아직도 눈이 내려?"

고모가 내 어깨 너머로 눈길을 주며 물었다. 고개를 조금만 들어도 직접 확인할 수 있었다. 굳이 묻는 이유가 궁금했다.

"그날도 오늘처럼 고요히 함박눈이 내렸어. 첫눈이었지. 선배는 밤새 느릿느릿 다움이 이야기를 했지. 그러다 문득 생각난 듯 묻곤 했어. 아직도 눈이 내려, 하고."

고모의 눈시울이 붉어졌다.

"선배가 시를 쓰고 싶어 한다고 생각했어. 자신의 시집을 달라고 하더라. 시집 마지막 페이지에 필사적으로 한지 한 자 저어 나갔어. 시를 쓰는 줄 알았는데 그건 아니었어. 그러면서도 눈이 오느냐고 여러 번 물었지. 그동안은 선배에게 시인의 감성으로 세상을 바라보는 것조차 사치였다면, 마지막으로 그 사치를 누렸던 셈이지."

프랑스에 가지 않겠다는 나에게 아빠는 말했었다.

너 때문에 그동안 아무것도 못 했어. 아빠도 이젠 아빠의 일을 하고 싶다.

순전히 나를 설득하려 꾸며낸 말이었다. 차라리 그 말에 아빠의 진심이 담겼으면 좋았겠다는 생각이 들었다. 그랬다면 적어도 마지막 순간 내리는 눈 따위에는 신경을 쓰지 않았으리라.

"고모가 끝까지 아빠 곁에 있어서 다행이에요. 아빠가 많이 아파했나요?"

고모는 느리게 눈을 감았다 뜨며 고개를 끄덕였다.

"고통이 극심해 몇 차례 혼절을 했다. 정신이 흐려지는 게 싫다며 진통제도 거부했지. 신음을 끊임없이 토해내면서도 눈빛은 오히려 평소보다 맑고 또렷했다."

기어코 눈물 한 방울이 고모의 뺨을 타고 주르르 흘러내렸다. 고모는 손등으로 훔쳐냈지만 이내 눈가에는 눈물이 맺혔다.

"사락골에 도착해서 피 영감님이 옷을 갈아입혔어. 그때 선배의 몸을 봤어. 뼈만 앙상한, 이미 살아있는 자의 몸이 아니었지. 어떻게 저 지경이 되도록 스스로를 돌보지 않았을까. 화가 나고 또 미안해서 선배를 제대로 쳐다보지도 못했다."

고모가 자리에서 일어났다. 난로에 장작을 던져넣고는 하염없이 내리는 함박눈을 감상하려는 듯 창가로 걸어갔다.

"그래도 선배는 행복하다고 했어. 다움이가 자기에게는 친구이자 애인이자 아들이었대. 소중한 걸 다 차지해서 행복했대."

나는 아빠를 힘들게 만든 아들이었다. 나로 인해 아빠는 많은 것들을 포기했다. 최후로 목숨까지. 그런데도 나 때문에 행복했단다.

혹시 아빠가 된다면, 내 아이에게도 그런 찬사를 보내게 될까. 아빠를 닮을 수 있을까. 아이로 인해 미지근한 맹물 같은 내 인생도 변하게 될까. 훗날, 먼 훗날 행복했다고 고백할 수 있을까.

"막 동이 터올 무렵이었어. 선배가 다움이와의 약속을 지키겠다며 몸을 일으켰어. 방바닥을 두 손으로 짚고 그 위에 이마를 대고 기도를 했어. 그 자세로, 거친 숨 한번

내지 않은 채 평안하게 지상에서의 마지막을 맞았다."

가만히, 나는 자리에서 일어났다. 천천히, 창가로 다가 갔다. 유리창에 이마를 대고 눈을 감았다.

사락골 오두막에 눈이 내리는 정경을 떠올려보고 싶었 다. 아직 눈이 내려, 라고 묻는 아빠의 목소리를 환청으로 라도 듣고 싶었다. 기도하는 자세로 죽어갔다는 아빠의 마지막 모습도 느껴보고 싶었다.

고모가 A4 용지 크기의 나무 상자를 내 품에 안겼다.

아빠의 시집과, 떠나던 날 아빠에게 주었던, 내 얼굴을 조각했던 주목이 들어 있었다.

비로소 실감했다. 아빠는 자신이 잃을 목숨보다 아버지 없이 살아갈 나를 더 걱정했다. 죽는 순간까지 내 얼굴을 품에 안고, 혼자 살아가야 할 나를 위해 기도했다.

4.

눈이 그치자 날이 밝았다.

세상은 온통 순백이었다. 맑고 투명하고 찬연했다.

종아리까지 차오른 눈을 헤치며 사락골에 도착했다. 30분이면 닿을 거리인데 두 배나 걸렸다. 내 마음의 거리는 더 멀었다. 20년의 세월을 낱낱이 짚어가며 오르는 듯했다.

향리로 향하는 개울에 닿아 있는 실개울은 오두막의 오른편이었다. 개울을 따라 오솔길을 오르면 옹달샘이 있었다.

아빠의 산소는 옹달샘 옆 공터에 있었다.

고모는 가쁜 숨을 몰아쉬며 말했다.

"묫자리는 피 영감님이 골랐다. 부자가 매일 찾던 곳이라면서."

아빠와 나는 아침마다 옹달샘에서 물을 길었다. 그 물로 밥도 짓고 양치질도 하고 뱀탕도 끓였다.

물통에 물이 차오르는 동안 아빠와 내가 맨손 체조를 하던 곳이었다. 눈 비비고 일어난 토끼처럼 나는 연신 하품을 하며 팔을 휘젓곤 했다. 슬슬 꾀가 나면 공터 구석으로 가서 오줌을 눴다. 어느 날 낙엽에 숨어 있던 두꺼비가 오줌을 뒤집어쓴 채 어슬렁어슬렁 기어 나왔다. 그날 이후 겁먹지 말라는 듯 아빠도 내 곁에서 바지를 내렸다.

고모가 폭설에 부러진 나뭇가지를 모아 봉분을 덮은 눈

을 걷어내며 할아버지 이야기를 들려줬다.

생태학교를 시작하며 할아버지에게 도움을 청했다. 할아버지는 생태학교의 첫 직원으로 학교 일도 거들고, 아빠 산소도 돌보았다. 3년 전에 돌아가셨다.

"우리 다움이 잘 지내겠지, 많이 컸겠지, 올해로 몇 살이 됐지……. 그렇게 너를 많이 그리워하셨다."

아, 할아버지…….

애오라지 나 혼자라고 여겼다. 홀로, 힘겹게 세상과 맞서왔다고 생각했다. 틀렸다. 내 어깨에는 숱한 손길이 올려져 있었다.

나는 봉분에서 등을 보이며 돌아섰다. 산벚나무들이 묘지를 감싸듯 도열해 있었다. 산벚나무 가지에 앉은 곤줄박이가 짧은 목으로 부지런히 주위를 두리번거렸다. 마주 보이는 박지산 산마루에 쌓인 눈이 바람에 날려 연기처럼 피어올랐다.

봉분은 말끔해졌다. 고모는 직사각형의 묘비 위에 덮인 눈을 걷어내는 중이었다. 검은 돌 위에 새겨진 글자들이 서서히 드러났다.

사람은
그 아이를 세상에 남겨놓는 이상
죽어도 아주 죽는 게 아니다.

시인 정호연

"선배가 마지막으로 너에게 준 말이야."

다시 찬찬히 새겨가며 읽고 싶었다. 하지만 글씨들이 제 멋대로 꿈틀꿈틀 움직였다.

드디어 아빠의 곁이었다. 봉분 밑에 잠들어 이미 살과 뼈가 헤어진 상태겠지만 아빠는 아빠였다. 명확한 현실이었다. 그런데 어쩌자고 꿈을 꾸는 듯할까.

"선배, 다움이가 왔네요. 꼬맹이 다움이가 어느새 근사한 어른이 되었네요. 걱정했던 것보다 훨씬 잘 자라줬네요. 선배도 수고했어요."

고모의 말투가 사뭇 진지했고, 아빠는 봉분을 무너뜨리고 나와 대꾸라도 해야 할 성싶었다.

"아빠한테 인사해야지."

하지만 나는 죽은 자에게 예의를 표하는 법을 알지 못했다. 꽃 한 송이 관 위에 던져놓는 미국 방식과는 분명 다를 터였다.

"절을 할 거면 두 번을 해. 무릎 꿇고 눈 감고 아빠한테 속말로 해도 좋고."

무릎도 꿇었고 눈도 감았다. 속말은 하지 않았다. 못하겠다는 쪽이 더 적절했다. 너무 많은 이야기가 들끓어 정작 할 말이 없어진 듯했다.

고모가 손을 뻗어 내 어깨를 두드렸다.

"대성통곡까지는 아니더라도 눈물 꽤나 흘릴 줄 알았다. 씩씩하네, 우리 다움이."

칭찬인지 비난인지 모를 말이었다.

"난 원래 눈물이 없어요."

"옆에서 닦아줄 이가 없이 흘리는 눈물은, 눈물이 아니라 피야. 혼자 울어본 사람은 잘 알지. 그래서 더는 혼자 울지 못하게 된 거야."

고모 역시 곡절 많은 세월을 통과했을 것이다. 그래서 고통이 다른 고통을 알아본 것이리라. 고모가 새삼스레 고마웠다.

나는 일어나 저리고 시린 무릎을 힘주어 눌렀다.

고모가 허리를 굽혀 내 종아리에 붙은 마른 풀들을 떼어냈다. 나는 고모의 손을 슬쩍 잡았다.

"고맙습니다, 고모."

"뭐가?"

대답 대신 맞잡은 손에 힘을 더했다.

아빠는 생전 고모에게 무엇을 나눠 주었을까. 고모는 아빠에게 무엇을 받았기에 죽은 아빠 곁에서 나를 기다렸을까. 이해득실의 거래로는 차마 헤아릴 수 없는 그 무엇이 있는 걸까. 아빠와 고모와 사라까지, 그들과 달리 나는 무엇을 놓쳐버렸을까.

고모의 손을 놓았다. 저 문구 말인데요, 하고 묘비에서 고모로 시선을 옮기며 물었다.

"아주 죽지 않는다는 게 무슨 뜻이죠?"

"아빠한테 직접 물어보렴."

고모가 내 가슴을 손바닥으로 톡톡 두드렸다.

"아빠의 이야기를 들어볼 생각은 안 해봤니? 네가 아빠한테 하고픈 말이 많다면, 아빠 역시 너한테 하고 싶은 말이 많을 거야. 틀림없이."

나는 다시 묘비를 바라보았다. 미처 걷어내지 못한 눈이 내 이름의 마지막 글자를 가리고 있었다.

"나는 그만 내려가련다. 만두를 빚을 거야. 시간이 좀 걸려. 사라가 엄청 좋아했는데, 아, 보고 싶다."

사라. 이젠 이름만 들어도 가슴이 저렸다.

고모는 아빠에게 작별 인사를 하듯 묘비를 두 손으로 쓰다듬었다. 덕분에 눈에 가렸던 내 이름도 완전해졌다.

★☆★

"안녕, 아빠."

불러놓고 나니 눈물 한 방울이 툭 떨어졌다. 예상치 못했다.

소리 내 인사하고 싶었다. 아홉 살의 정다움으로 돌아가면 그 시절의 아빠가 대답해 줄 것 같았다.

안녕, 다움아.

돌개바람이 불어와 옷깃으로 파고들었다. 풀썩, 옹달샘 옆 소나무 가지에 덮여 있던 눈이 무너져내렸다. 놀란 장끼가 날개를 퍼덕이며 골짜기를 넘어갔다.

"아빠, 나 많이 힘들었어요."

의도치 않은 말이 튀어나왔다.

"아빠 없이 혼자라서 외로웠어요."

단단히 옥죄였던 끈이 툭 끊어지는 듯했다.

눈물 한방울이 뺨을 타고 흘러내렸다. 시작이었다. 그동안 울어선 안 된다고 스스로를 윽박질렀다. 우는 순간 내 삶 자체가 산산조각 공중 분해될 듯해 이 악물고 참았다.

댐의 수문이 열리듯 그동안 꾹꾹 눌러두었던 눈물이 주체할 수 없이 터져나왔다.

눈물과 다툼이라도 하듯 무수한 말들이 쏟아졌다. 이제껏 누구에게도 해보지 못했던 말들이었다.

아빠, 보고 싶었어요. 얼마나 보고 싶었는지 몰라요.

아빠가 미웠어요. 날 버렸다고 생각했어요.

어른이 된 줄 알았는데 난 여전히 아홉 살 꼬맹이였나 봐요.

나만 외롭고 나만 힘든 줄 알았어요.

아빠의 마음은 생각도 못 해봤어요.

아빠, 왜 그랬어요.

살았어야죠. 살아 있어 줘야죠.

나는요, 바보 멍텅구리였어요.

무서워서, 외로워서, 아빠를 마음껏 그리워할 수가 없었어요.

아빠를 그리워하면 숨이 막혀 살 수가 없어서, 아빠에게 화를 내고 기억에서 지우려고 애썼나봐요.

너무 보고 싶어서, 너무 그리워서…….

아빠 말대로 세상을 사랑하고 싶었어요.

아빠 말대로 사랑받고 싶었어요.

하지만 그럴 자격조차 없다고 생각했어요.

목숨까지 내준 아빠의 사랑을 받고도 알지 못했어요.

원망인지, 사죄의 고백인지 모를 말들이었다. 뒤죽박죽 엉망진창, 순서도 근거도 없는 말들이 머리가 아닌 가슴을 관통해 쏟아져나왔다.

눈물은 흐느낌에서 통곡으로 변했다. 울어도 뭐랄 사람 없는 첩첩산중이었고, 소리쳐 울어야 할 아빠의 산소였다. 울지 못했던 시간을 보상이라도 하듯 눈물은 멈출 줄을 몰랐다.

얼마의 시간이 흘렀을까.

나는 일어나 천천히 봉분 주위를 돌았다. 젖은 눈가와 뺨에 찬바람이 스쳐 쓰라렸다. 발목까지 차오른 눈이 신발 안으로 들어왔다. 그러거나 말거나 더듬이를 잃어버린 풍뎅이처럼 계속해서 맴돌았다. 딱히 마음먹은 것도 아니건만 멈출 수가 없었다.

한순간 무릎이 꺾이면서 바닥에 주저앉았다. 묘비를 향

해 엉금엉금 기어갔다.

묘비명을 처음에는 속으로, 이어 소리 내어 되풀이해 읽었다. 또다시 눈물이 흘러내렸다.

죽어도 아주 죽지 않은 아빠는 어디에 있는가?

아빠는 내 안에 있었다. 내가 아플 때 아빠도 아파했고, 내가 외로울 때 아빠도 함께 외로워했다. 미워서, 원망스러워서 내 안의 아빠를 인정하지 않았을 뿐이다.

묘비의 아빠 이름을 한 자씩 검지로 짚어갔다.

정, 호, 언.

가시고기 우리 아빠.

아빠는 나 때문에 행복했단다. 믿기지 않았다. 행복까지는 무리일지라도, 적어도 나 때문에 활짝 웃었던 날이 한 번쯤은 있었길 바랐다.

내가 아빠의 인생에서 기쁨이었던 적이 있을까. 서러움과 고통과 안타까움을 잠시라도 잊게 만들었을 순간을, 나는 필사적으로 떠올렸다.

폐교의 철봉대에 매달린 아홉 살 내가 눈에 아른거렸다. 번번이 실패하던 턱걸이를 딱 한 개 해냈을 때, 아빠는 마치 세상을 다 얻은 양 기뻐했다. 눈물까지 글썽이며 환하게 웃었다. 숨이 막히도록 나를 껴안았다.

그때 아빠는 내가 살 수 있다는 희망을 보았으리라. 아빠에게 희망의 결과물을 보여주고 싶었다. 살아있다는 사실을 확실하게 증명하고 싶었다.

산벚나무 가지가 눈에 들어왔다. 발돋음하면 닿을 높이에서 봉분을 향해 뻗어 있었다. 나는 가지에 매달렸다.

한 번, 두 번, 세 번……. 턱걸이를 시작했다.

숨을 멈추고, 배에 힘을 팍 줘라.

아빠의 목소리가 생생하게 들려왔다. 비로소 아빠의 말을 듣게 된 것일까.

"아빠, 예전의 내가 아니에요. 무거운 조명 장비도 공깃돌처럼 가볍게 다루는 조명감독이라고요. 턱걸이쯤은 한 개가 아니라 백 개도 가능해요."

한순간 가지를 잡고 있던 팔에 힘이 빠지면서 눈밭에 나뒹굴었다. 누운 채로 눈을 감았다 그대로 잠이 들어도 좋을 만큼 편했다.

아빠의 얼굴이 떠올랐다. 그토록 보고 싶었던, 그러나 애써 떠올리지 않으려 했던 아빠의 얼굴이었다. 그리워하는 것조차 막으려 단단히 질러놓았던 마음의 빗장이 풀어지고 있었다.

아빠가 환히 웃고 있었다.

아빠는 늙지 않았다. 그게 좋기도 했고 가슴 저리기도 했다.

바람이 불어왔다. 이마를 덮은 머리카락이 불불이 일어났다. 마치 아빠가 내 머리카락 속에 손을 넣고 흔들어대는 듯했다. 그리고 아빠의 목소리가 귀엣말처럼 들려왔다.

이제 다움이도 아버지가 되겠구나.

나는 눈을 감고 바람에 실려오는 아빠의 목소리를 들었다.

아버지가 된다는 것은 선택이 아니라 운명이란다. 운명은 책임지는 것이지. 하지만 겁내지 말아라. 그건 즐거운, 끝내는 행복한 책임이다. 아빠를 보렴. 다움이가 있어서 아빠는 행복했단다.

나는 자리에서 일어났다. 몸은 으슬으슬 떨려왔지만, 마음은 모닥불을 지펴놓은 듯 따뜻했다.

운명은 책임지는 것이다! 아메드의 말이었다. 내가 한없는 절망 속을 헤매일 때, 아빠가 아메드의 입을 빌려 말해준 것이었다.

아빠는 그렇게 누군가를 통해 나와 함께 있었다. 그게

아메드였고, 박 화백이었고, 요세프였고, 진희 고모였고, 사라였다. 내가 신음할 때마다 아빠는 누군가의 눈과 귀와 입을 통해 곁에 있다고 신호를 보냈던 것이다.

아, 나는 단 한 순간도 혼자인 적이 없었다.

★☆★

오목눈이 한쌍이 산벚나무 가지에 올라앉아 오목한 눈으로 나를 지켜보다 날아갔다. 간간이 바람이 눈보라를 일으키며 불어왔다. 태양은 박지산 정상에서 골짜기마다 찬연한 햇살을 흩뿌렸다.

오두막 툇마루에 배를 붙이고 누운 아홉 살 다움이로 돌아간 듯 내내 마음이 편했다. 따듯하면서도 부드러운 느낌이 나를 에워싸고 있었다. 내가 아빠에게, 아빠가 나에게 보내는 교감이라는 생각이 들었다.

이제 돌아갈 시간이었다. 나는 한껏 게으름을 부리듯 천천히 봉분 주위를 돌았다.

"안녕, 아빠."

아빠와의 작별이 어렵지 않았다. 오히려 한없이 가슴이

설레는 작별이었다.

아, 이제 나는 내 안의 아빠와 마음껏 대화할 수 있게 되었다.

이제 나는 아빠를 마음껏 그리워할 수 있게 되었다.

오두막을 지나는 순간이었다. 아빠가 마지막 힘까지 끌어모아 필사적으로 썼다는 글이 떠올랐다.

네뜨와르. 눈먼 아들과 앉은뱅이 아버지의 우화.

시집의 에필로그로는 어울리지 않았다. 앞뒤 설명이 생략되어 미완인 채로 출간된 듯했다.

곧, 아빠가 시집을 구상한 처음부터 의도했다는 것을 알아차렸다. 아빠는 네뜨와르 우화를 통해 나에게 말하고 싶었던 것이다.

혹시 그 의미를 알아차리지 못할까 봐, 아빠는 손글씨로 나만을 위한 에필로그를 완성해 놓았다.

인쇄된 활자에 이어 펜으로 쓴 아빠의 글이 뒤따랐다.

아들은 더 이상 슬퍼하지 않았다.

아빠의 향기를 느낄 수 있기 때문이었다.

아들은 이제 아빠의 향기를 쫓아 어디든 갈 수 있었다.

아빠는 죽어도 죽은 게 아니었다.

아빠는 꽃이 되고 향기가 되어 아들과 동행하는 거였다.

아들아, 나의 사랑하는 아들아.

이제 너는 아빠를 볼 수도, 들을 수도, 만질 수도 없겠지.

하지만 너를 떠난 것은 아니다.

아빠는 땅에 묻히겠지만 향기가 되어 너와 함께 있을 거란다.

네가 지칠까 봐, 네가 쓰러질까 봐, 네가 가던 길을 멈추고 돌아설까 봐 마음 졸이면서 너와 동행하는 거란다.

영원히, 영원히…….

에필로그

Silverwell 12mile.

기나긴 여정이었다. 잠깐잠깐 토막잠을 자긴 했지만 꼬박 이틀을 내달린 셈이었다.

아빠의 산소를 다녀온 후, 모든 게 선명해졌다. 무엇을 버려야 하고, 어떤 것을 지켜야 하며, 어떻게 회복할 것인지를 알게 되었다.

허위와 이기의 허물을 벗어 던져야 할 때였다. 미지근한 맹물 같은 시시한 삶을 살겠다는 생각을 버려야 할 때였다. 아빠가 자신의 전 생애로 보여준 길로 가야 할 때였다.

향리에서 서울로 돌아온 즉시 미국행을 서둘렀다.

과거는 아빠에게로, 미래는 사라에게로 닿아 있었다.

비로소 내가 누구인지 정의할 수 있게 되었다. 아빠의 아들이었고, 머지않아 아버지가 될 자였다.

연정훈 감독에게 사의를 표했다. 반대가 심했다. 배신 행위라고 했다. 다시는 자신과 작업할 수 없을 거라고 했다. 할리우드에 나의 행동을 알려 앞길을 막겠노라고 협박했다.

영화는 안 할 수도 있었다. 아예 못 하게 된대도 도리 없었다. 계약 내용을 어기진 않았지만 신뢰를 깨뜨린 건 분명했다.

피터는 무모한 결정이라며 비난했다. 지름길을 앞에 두고 먼 길을 돌아가는 처사라고 했다. 무엇보다 연 감독의 차기작에 참여할 기회를 거절하는 나를 이해하지 못했다. 단숨에 마이너에서 메이저급으로 위상이 달라지는 성공의 사다리를 스스로 걷어찬 꼴이라고 했다.

연 감독과 피터에게 미국으로 가는 이유에 대해선 침묵했다. 납득시킬 자신은 있었다. 다만 그러고 싶지 않았다. 아버지가 된다는 사실을, 거래의 저울 위에 올려놓는 것이 온당치 않았다. 타협의 영역이 아니었다. 아버지는 거룩하고 숭고하며 위대한 이름이었다.

채 선생이 조명팀의 회식 자리를 마련했다. 이별의 순간에 이르러서야 처음 갖는 모임이었다. 채 선생과 스태프들은 눈물까지 글썽이며 이별을 아쉬워했다. 나는 스태프들과의 약속을 다시금 마음에 새겼다. 채 선생 부인의 쾌유를 위해 약간의 힘을 보탰다.

한국을 떠나기 전, 에이전트 스티브에게 연락을 취했다. 그간 내 수입의 전부를 민윤식 원장의 병원 소아암센터에 기부했다. 정호연, 아빠의 이름으로. 돌아보면 세상에 사랑의 빚을 졌고, 그 일부를 갚은 셈이었다.

박 화백과의 작별이 특히 힘겨웠다. 박 화백이 지상의 마지막 시간을 홀로 맞이하게 되리라는 생각에 마음이 아팠다. 눈물짓는 박 화백과 처음으로 포옹을 하며 말했다. 이제부터 내가 당신을 기억할 차례라고.

고모에게는 따로 인사를 남기지 않았다. 다만 마음속으로 약속했다. 사라와 반드시 돌아오겠노라고.

★☆★

인천에서 LAX 공항까지 11시간을 날아왔다.

예상대로 사라는 패서디나를 떠났다. 카오스도 보이지 않았다. 나와의 기억마저 알뜰히 지우고 싶었는지 아예 연락이 되지 않았다. 그러나 어디로 갔는지 알 만했다.

사라는 고향집에서 나와 함께 새해를 맞이하길 원했다. 그레이트플레인스라고 불리는 몬태나 동부였고, 실버웰이라는 곳이었다.

사라의 집까지 무사히 찾아갈 수 있을까. 찾더라도 그곳에 사라가 있을까. 사라는 나를 받아들여줄까. 나의 자격 미달을 거론하며 거부하지 않을까.

불안과 염려와 두려움을 뚫고 2박 3일을 달려왔다. 한 해의 마지막 날이었다.

실버웰은 하나의 커뮤니티라고 하기엔 지나치게 작은 규모였다. 서너 개의 상가 건물과 교회, 성조기를 매단 초등학교, 10여 채의 주택이 길 양편에 자리한 게 전부였다. 사라의 집을 알려줄 만한 이를 만날 수 있을지조차 의문이었다.

실버웰 카페라는 곳으로 들어갔다. 주유소와 식당과 상점, 펍까지 운영하고 있었다. 실내는 텅 빈 채였다. 턱수염을 가슴까지 기른 중년의 사내가 나를 맞았다.

출입구 위쪽에 걸린 현판이 눈에 들어왔다. 기다란 나무 판자 위에 새겨진 글을 읽는 순간, 가슴이 철렁 내려앉았다.

You may not know where you're going.
You have to know who to go with.

어디로 가는지는 모를 수 있어.
누구와 함께 가야 하는지는 알아야 돼.

사라의 메일에 적었던, 자신이 아끼는 아빠의 명언이라는 바로 그 문장이었다.

커피를 가져온 턱수염 사내에게 현판 문구에 대해 물었다. 사내가 재깍 대답했다. 헨리 홍이라고.

★☆★

턱수염 사내의 안내를 머리에 새기며 다시 차에 올랐다. 매우 가깝다고 했지만 실버웰에서 20분을 달려 도착했다.

구릉 하나 전체에 울타리가 둘러져 있었다. 입구에는 'Henny Hong's Ranch'라는 간판이 세워져 있었다. 축구장 20개에 달하는 크기였지만, 사라의 말에 의하면 인근에서 가장 작은 규모의 목장이라고 했다.

2층 목조주택에서 20여 미터 떨어진 주차장에 차를 세웠다.

부르르, 몸이 떨려왔다. 두려움인지, 설렘인지 분간하기 어려운 떨림이었다.

사라는 장차 태어날 아이가 나를 아빠라고 부르는 걸 원치 않는다고 했다. 스스로를 사랑하지 못하는 사람은 결국 아무도 사랑할 수 없다는 이유였다.

사라가 원하는 조건을 갖췄을까, 나는?

내가 얼마나 깊은 사랑을 받아왔는지는 알게 되었다. 나는 버림받은 게 아니었다. 내 어깨에 올려진 숱한 사랑의 손길을 미처 깨닫지 못했을 뿐이었다. 사라의 사랑 역시 그랬다.

나는 선뜻 집으로 걸음을 떼어놓지 못했다. 오랫동안 상처로 남아 있던 장면이 떠올랐다.

어둠이 내린 벤치에 아빠가 앉아 있었고, 나는 저만치 떨어진 채 아빠에게 다가가지 못했다. 아빠가 나를 향해 두 팔을 벌려주길 간절히 원했다.

현관문이 열렸다.

연분홍빛 플로어 치마를 입은 여인이 포치로 나왔다.

사라였다.

세상의 모든 흐름이 뚝 끊어진 듯한 완벽한 정적 속에

우리가 있었다. 한 해의 마지막 날, 저무는 햇살이 사라를 그윽하게 비췄다.

벤치의 아빠는 끝끝내 내게 손을 내밀지 않았다. 그게 안타까웠고 서러웠다. 아빠가 손이라도 내밀어 주었다면, 내 방황도 한결 가벼웠으리라. 그때 아빠로선 그럴 수밖에 없었다. 안다, 잘 알게 되었다. 이젠 머리가 아닌 가슴으로도 받아들였다.

카오스가 현관문을 빠져나오는 모습이 보였다. 한동안 나를 향해 고개를 갸웃대던 카오스가 포치를 폴짝 뛰어내렸다. 의족을 얻은 것을 뽐내기라도 하듯 쪼르르 내 발치까지 달려왔다.

사라가 포치에서 계단으로 내려왔다.

사라가 두 팔을 넓게 펼쳤다. 벤치의 아빠가 어서오라고 부르는 듯해 눈시울이 뜨거워졌다.

입술을 쭈뼛거리며, 손등으로 연신 눈가를 훔치며, 나는 이제 막 걸음을 익힌 아이처럼 다가갔다.

사락골에 들어가 무너진 오두막을 세우고 생태학교 보조 교수로 살지, 몬태나 실버웰에서 소의 목덜미를 쓰다듬으며 지내게 될지, LA에서 조명감독으로 일하며 내 작품을 찍을 날을 기다려야 할지……. 아무것도 결정나지 않았다.

상관없었다.

어디로 가는지는 더 이상 중요하지 않았다.

누구와 함께 가야 하는지는 분명했다.

지금, 그 사람이 함께 가자며 두 팔을 펼치고 있었다.

나는 사라의 품에 안겼고, 사라를 힘껏 안았다.

그리고 아빠의 목소리가 들려왔다.

안녕, 다움아.

아빠의 작별 인사였다. 이제는 잡고 있는 손을 놓겠다는, 가슴 설레는 그런 종언의 인사였다. 이제부터는 내가 사라의 손을 잡고 함께 나아가라는 메시지였다.

나는 사라의 손을 잡고 깍지를 꼈다. 깍지 낀 두 손으로 아빠를 향해 흔들었다.

"안녕, 아빠."

-- 끝

작가의 말

가시고기를 출간하고 20년의 세월이 흘렀습니다. 가시고기를 사랑하고, 뒷이야기를 궁금해하며 기대하는 독자들이 있다는 것이 작가로서 참 감사한 일입니다.

가시고기 후속작에 대한 요청이 많았습니다.

알면서도 섣불리 시작할 수 없었습니다.

저에게는 다움이와 같은 나이의 아들이 있습니다. 가시고기가 출간될 때 아홉살이었습니다. 그 아들이 스물아홉 청년이 되었습니다.

그러나 가시고기 개정판을 준비하며 다시 들여다본 소설 속 다움이는 여전히 아홉 살 꼬맹이였습니다.

문득 다움이의 삶이 궁금했습니다.

다움이는 어떻게 어른이 되어 가고 있을까?

부모의 사랑 속에서 성장한 아들도 청소년기를 힘들게 통과했는데, 혼자가 된 다움이의 삶은 과연 어땠을까.

생의 한가운데를 외롭고 쓰라린 발목으로 걸어가고 있진 않을까.

다움이가 외롭고도 힘든 시간을 거쳐 반드시 사랑받고 사랑할 줄 아는 아이로 우뚝 섰으면 좋겠다는 간절한 마음으로 집필을 시작했습니다.
다움이와 함께 묻고 답하고 싶었습니다.

우리는 어떻게 사랑을 알아가는가?

혼자 남겨진 듯 외롭고 쓸쓸한 우리 모두에게 위로가 되기를 소망합니다.
다움이와 동갑으로, 20대의 끝자락에 선 아들을 맘껏 축복합니다.

흰발산 기슭에서, 조창인

가시고기 우리 아빠

2022년 2월 21일 1판 1쇄 발행
2022년 4월 8일 1판 3쇄 발행

지은이 조창인
펴낸이 조금현
펴낸곳 도서출판 산지
전화 02-6954-1272
팩스 0504-134-1294
이메일 sanjibook@hanmail.net
등록번호 제018-000148호

@조창인 2022
ISBN 979-11-91714-07-4 03810